远方译丛·企鹅特辑
罗新 / 主编

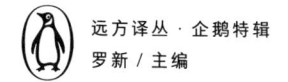

暗影之城

SHADOW CITY

一个女人的喀布尔漫步

〔印〕塔兰·N. 汗 著　陈元飞 译

商务印书馆
The Commercial Press

图书在版编目(CIP)数据

暗影之城:一个女人的喀布尔漫步/(印)塔兰·N.汗著;陈元飞译.—北京:商务印书馆,2023
(远方译丛)
ISBN 978-7-100-22552-6

Ⅰ.①暗… Ⅱ.①塔… ②陈… Ⅲ.①游记—作品集—印度—现代 Ⅳ.①I351.65

中国国家版本馆 CIP 数据核字(2023)第 099393 号

权利保留,侵权必究。

Copyright © TARAN KHAN, 2019
First published as Shadow City: A Woman Walks Kabul in 2019 by Chatto & Windus, an imprint of Vintage. Vintage is part of the Penguin Random House group of companies.
Simplified Chinese edition copyright © 2023 by the Commercial Press in association with Penguin Random House North Asia.
All rights reserved.

"企鹅"及其相关标识是企鹅兰登已经注册或尚未注册的商标。未经允许,不得擅用。
封底凡无企鹅防伪标识者均属未经授权之非法版本。

远方译丛
暗影之城:一个女人的喀布尔漫步
〔印〕塔兰·N.汗 著
陈元飞 译

商 务 印 书 馆 出 版
(北京王府井大街36号 邮政编码100710)
商 务 印 书 馆 发 行
北京通州皇家印刷厂印刷
ISBN 978-7-100-22552-6

2023年7月第1版　　　　开本 880×1230　1/32
2023年7月北京第1次印刷　印张 9½

定价:68.00元

献给我的父母

推荐序

罗 新

2006年8月塔兰·汗第一次抵达阿富汗，正是喀布尔最美的季节，随处可见的桑树正在悄悄改变树叶的颜色。初来乍到，塔兰最常听到的告诫是，千万不要在城里步行。幸亏她没有听从这类好心的告诫，而是利用一切机会走街串巷，真切地看到一个外人（更别提是年轻女性）不大可能看到的、隐匿在暗影中的、似乎在又似乎不在的、浮游于记忆与遗忘之间的喀布尔，因而才写出这本别人写不出的、视角独特、情感浓郁的《暗影之城：一个女人的喀布尔漫步》(*Shadow City: A Woman Walks Kabul*)。

那时美国领导的多国联军推翻塔利班政权已整整五年，尽管这五年尚不足以清除之前塔利班五年统治留下的深刻印痕，塔兰见到的喀布尔似乎是有希望、有活力的。长期避难在外的阿富汗人回来了，多个国际组织的资金和人员抵达了，新建筑和新街区涌现了，女孩子返回学校上学了——一个非常不同的未来似乎已触手可及。2006年的初访之后，塔兰在随后的七年间又多次重访喀布尔，每次都跟后街小巷的喀布尔人生活在一起，有机会深入他们的庭院、厨房和长期对外人深沟高垒的情感世界。然而，另一方面，塔兰在这七年间又目睹了喀布尔安全形势的一步步恶化：国际组织、军队和政府的驻地外高筑水泥墙，恐怖袭击的消息时

i

时传来，越来越多的人想要离开——读塔兰在2019年出版的书，应该可以预见到2021年8月塔利班重新进入喀布尔。

不过，《暗影之城》并不是一本讲阿富汗政治的书。事实上，塔兰试图在急剧变化的政治现实中捕捉那些相对稳定的文化与社会连接，在遗忘中打捞记忆，在断裂中发现连续，在暗影中寻觅光亮。七年间，塔兰漫步于喀布尔，感受季节轮转，见证了大黄和紫荆木的璀璨。她发现的故事，都是国际媒体的战地记者们既没有兴趣也没有能力去寻找的。喀布尔的街巷充斥着被历史遗忘、被现实掩藏、被世界无视的鬼魂，塔兰决心去倾听这些鬼魂的呢喃。听着听着，她忽然意识到，这些呢喃既是关于过去的，也是关于未来的。塔兰由此也明白了，在看似没有多少历史遗痕的喀布尔，无处不是有关深远往昔的慨叹，甚至这座城市本身就是一座纪念碑。

塔兰·汗1978年生于印度北部阿里格尔（Aligarh）的一个穆斯林家庭，主要生活、学习和工作的城市是孟买。塔兰本科在孟买的圣哈维尔学院读历史，之后在英国剑桥大学获得南亚研究专业的硕士学位。她的工作是拍摄纪录片和写作，写作内容主要是关于南亚与中东地区的旅行、文化、性别与身份认同。从很早起，她的作品就发表在一些重要报刊上，包括美国《纽约时报》、英国《卫报》和印度《大篷车》杂志等。她作为访问学者驻访过的著名学术机构包括美国的麦道尔艺术村（the MacDowell Colony），以及澳大利亚的独立研究中心（the Center for Independent Studies）等。《暗影之城》是她的第一本书，出版后立即引起英语世界的广泛关注，可谓一鸣惊人。《纽约时报》这样评论道："（塔兰·汗）作为一个才华横溢的作家和勇敢无畏的旅行者，奉献出一个刻画细微、层次丰富的喀布尔,……她以敏锐的观察与诗句般的文字,让这座城市鲜活起来,把历史、政治与个人经历编织在一起,创造出一部引人入胜的处女作。"

这本被称为跨类型(genre-bending)的书,兼有回忆录和旅行笔记的属性。塔兰有意避开了宏大话题,而聚焦于个人经验,只写她自己的所见、所闻与所感,因而格外生动、细致。她在喀布尔最初感受到的是时间的单薄,深感对往昔的健忘反映了多年战乱之后阿富汗社会的心理创伤。2021年塔利班重新夺回阿富汗之后,塔兰在一篇文章里说:"我在《暗影之城》里开始写这种(历史)健忘症,就是为了对抗遗忘,为了保存记忆,因为文字是对抗记忆消磁的法宝。对我自己,对读者,这都是一种警醒。让我们记住,我见证过的这座城市的美丽与复杂性,的的确确是存在过的。"她所说的喀布尔的"美丽与复杂性",正是《暗影之城》的写作主题。

怎样展示喀布尔的"美丽与复杂性"呢?塔兰重点写了五个侧面:关于书,关于死亡,关于电影,关于疾病及毒品,关于爱和婚姻。这些侧面都为读者推开了一扇窗户,敞开了一个在时事新闻上看不到的喀布尔,一个活着的、有深度的、会哭会笑的喀布尔。她写喀布尔的书店、图书馆、爱书人、读书人,既让人心痛,又洋溢着温暖。在艾哈迈迪那家颇有一些善本西文书的书店,塔兰只拿走了一本波斯文的阿凡提(穆拉·纳斯鲁丁)故事集。波斯语是一种跟她有历史关系、她却基本不懂的语言,"它(波斯语)就像一面屏板,遮挡起一个我熟悉的影像,散发的光芒透过掩映着它的曲线和典雅的拱形,勾勒出轮廓","不过我把这本书留在了床边,我经常会拿起它,好像在期待突然间我能读懂它,

iii

也许我在这本书中寻到了一种超越语言的熟悉感"。

这种超越语言的熟悉感,就是塔兰与阿富汗的深层联系。她父母两边的家庭,都和阿富汗有某种历史关联,特别是她的外祖父,一个从未踏足阿富汗的读书人,却在波斯语的诗歌与历史中拥抱着阿富汗,把喀布尔当作自己的精神故土。塔兰深受外祖父的影响,她在喀布尔的漫步,一方面像是按照外祖父的指导一步步熟悉这座诗歌之城,另一方面又像是陪伴着外祖父回到他阔别一世的故乡。在书里,塔兰称自己2006年初抵喀布尔为"重返",2013年离开喀布尔为"重逢",就是对这种深刻联系的一种苏非式描写。这种联系当然是个人的、偶然的和有限定条件的,不过正是基于这种联系,塔兰·汗可以看到,并且也可以写出一个别样的喀布尔。

读完此书的读者一定会赞同美国国家公共广播电台的评语:"这本书最棒的地方之一,是塔兰·汗能够用她的个人经历来展示更大的世界。作为有关阿富汗文献的一个重要增补,《暗影之城》是一本美丽的、强大的、终究满怀希望的书。"

原该启程的清晨，旅人犹在酣眠，

黑甜梦乡，绊住离去的脚步。

每一位到来者在此建起家园，

而每位离去之人，将自己的寓所移交他人。

——《蔷薇园》(Gulistan)，

萨迪·设拉子（Sa'adi Shirazi）[1]

高玥　译

---

[1] 萨迪·设拉子（1208—1291），中世纪波斯诗人，成名作有《果园》和《蔷薇园》。他的诗结构严密，语言凝练、流畅，韵律抑扬有致，几百年来一直是波斯文学的典范。他被誉为"波斯古典文坛最伟大的人物"，在波斯文学史上占有崇高地位，是公认的支撑波斯文学大厦的四根柱石之一。——译者注，若无特别说明，本书所有脚注均为译者注。

前言

初抵喀布尔,得到的第一句告诫就是且莫步行。那是2006年初,塔利班被美国领导的联军推翻已有5年,而2001年之前塔利班掌权的时间也大致是5年,两者时间跨度相仿。冬天刚刚开始消退,就如这季节更替一般,喀布尔也正迎来它的转折,虽然当时我们都未曾意识到这一点。当春天来临、万物复苏之时,我加入街上涌动的人潮,开启了第一次城中漫步。

我的记忆始于一个似是而非的地方。虽不知何故,但我一定去过那儿。而我脑海中浮现出的第一个场景,是喀布尔河(Kabul River)南岸一个叫曼达伊(Mandayi)的集市。记得那时我穿梭于窄巷间,巷子里开满了商店,一直延伸到大街上。街上还散落着一些商贩和他们的手推车。我便在成堆的干果、罐装食用油还有肥皂等一些商品旁边转悠着。那个下着雨的春日,暗淡的日光透过商店上方的檐棚,照射到泥泞不堪的地面上,还有算不上很熙攘的集市,这似曾相识的一切,都让我想到了我熟悉的印度集市。我还记得自己曾走上一座桥,桥的栏杆边上站着一个卖衣服的年轻商贩。他的肩上担着一个木架,上面系满了衣服,有风吹过,这些衣服就层层叠叠地飘扬起来,让人几乎看不清他的脸。我在他那儿买了一条格子围巾,给他照相的时候,他露出了笑脸。在他身后,便是环绕着喀布尔的群山——左边是谢尔达瓦扎山(Koh-e-Sher Darwaza),也就是狮门山,右边是阿斯迈山(Koh-e-Asmai）。一条河[1]自两山之间泻出，河水裹挟着一些垃圾，缓缓淌过脚下这座桥。我跨过桥，也跨越了这座城市的历史——从老城（Shahr-e-Kohna），走到新城（Shahr-e-Nau），历史的画卷在我面前徐徐展开。

记忆的碎片纷至沓来。我记得自己曾漫步于疏落的街道，感受阳光倾洒在我的背上。收音机里传来阵阵歌声，我路过一群懒洋洋的年轻人，躺在拖来的破沙发上晒太阳。我见到了几面有弹痕的墙壁、加装着护栏的大门，还有店铺前饰有书法线条的玻璃窗。我的脚下踩着软和的春泥，烟囱里冒出袅袅炊烟；遥望地平线上的帕格曼山脉（Paghman Mountains），落日为山峰上的雪镀上了一层暮色。鸟儿站在光秃秃的树枝上，歌唱着即将到来的黄昏。我回到房间，试图掸掉鞋子和衣服上的泥渍，可泥渍十分顽固。我朝窗外看去，四堵院墙之外的喀布尔已然面貌一新。它就像一个金光闪闪的未来，广阔得远超我的想象。而我走得越远，它就越加显露出丰富的面貌。

2001年，美国发动了阿富汗战争，而此前这里也一直战乱不断，数番腥风血雨，饱经风霜，人们很容易忘记喀布尔存世已有3000年。来到这里几年后，我曾读到一篇讲述喀布尔历史的文章，里面似乎道出了一些真理。"正如人一样，某些城市也患有健忘症，"文章写道，"它们并非没有过去。更确切地说，不论它们的过去多么辉煌，最终留给人们追忆的旧物、存世的断壁残垣和供人寻见的蛛丝马迹，皆是少之又少，即使称不上完全销声匿迹，也逐渐为人们所淡忘。"[i]在这座"失忆之城"里，我发现漫步不失

---

1 此处指喀布尔河。

为一种发掘历史的方法——一种"双足考古学"——这也是对现在的一次再发掘。

斗转星移间，这些漫步愈显深刻，街道也都变了模样。我的喀布尔漫步之旅于2006—2013年间展开，每一次重返都会遇到新的转变。这数年间，我穿行于这座载满回忆的城市——这里时时处处都满载着别人讲述的喀布尔故事或片段。我犹如在神话和寓言世界里漫溯，在想象间畅游，在诗歌与梦境中历险。这些故事就像广阔的桥梁，连接起不同的地方与时代。就在这些漫游历程中，我发现了一座深藏不露的城市。

称喀布尔为"失忆之城"，指的是它的自然景观，过去的废墟就埋藏在它的外表之下，形成了平行世界。但我又想到，这也适用于它为人所遗忘的文化，喀布尔作为一座历史古城，已经从人们的观念中逝去，而一并逝去的，还有它兼容并包的独特生活方式。深入这些平行世界去探险，就像是在追逐街上的影子，飘忽不定。

而这，恰恰是我最熟悉的探索方式。

我与漫步之间有种复杂的羁绊。我想这与我儿时的经历——在印度北部城市阿里格尔（Aligarh）长大——密切相关。走上街头，来自男性的密切审视便随之而至，让人恍惚间觉得闯入了禁地。身为一名女性，我得有个光明正大的理由才能现身街头。于是我学会了漫步时摆出一副正经"工作"的姿态，抹去身上任何可能透露出的"寻乐"迹象，表现得好像只为漫步这一个目的。由此可见，漫步于我是一种奢侈，而非一件理所当然的事情。它是一种彰显着自主与灵活性的行为，我很早便学会了，并且乐在其中。我还熟练掌握了一项类似的本领——辨别属于我的领域，寻找一些提示我准入或禁入的标志。

被告知不要四处漫步,是喀布尔令我感到熟悉的另一重原因。绘制喀布尔的地图,我凭借的是在家乡的街道穿行时积累的知识与直觉。这也是我的漫步路线为什么另辟蹊径且漫无目的的原因——这完全不同于旅行指南里的地图,它们注重罗列游玩清单,树立自己的权威性。我的地图提供不了通往预期目的地的高效路径,也并非权威或高清的地图,让你觉得一切尽在掌控,抑或是能指点迷津。它们是通往发现的道路——拼成一幅迷失的地图。迷失,让你用崭新的眼光看待故土,用全新的想象去再度感受熟悉的地域。迷失在喀布尔,是为了发现它——发现这处富饶丰裕、拥有无限可能的宝地。

我发现,探索喀布尔与阅读神秘的波斯语诗歌有着共通的原则。在波斯语诗歌中,查希尔(zahir)代表显意,而巴丁(batin)则代表着隐意或暗含之意。这基于一种心照不宣的理解,人们表面上谈论的事物是一种喻象,而人们真正想表达的东西就寓于其中。比方说,当人们谈论起月亮,其实想到的是所爱之人;谈到乌云遮住了月亮,抒发的是与恋人离别的苦楚;而说到墙壁,表达的是背井离乡的忧愁。这种曲笔在历经一番言语的婉转曲折后才抵达理解的豁然开朗之境,就像从一扇小门走进一座大花园里,景色就变得别有洞天。这也是一句忠告,眼见不一定为实,因为在喀布尔你所看到的,仅仅只是它的一面罢了。而隐匿其后的——暗影之城——才是真相层层剥落后的全貌。

我们讲述的故事通常提取自不够忠实的记忆,我们讲出的只是记住的那部分,其余的已然忘却,而看待一座城市亦是如此。我们的眼睛看到的只是脑中回忆起的那部分,一些显而易见的表象。有时候这种遗忘是无意间受到的影响,由战乱或时间的侵蚀造成。不过其他时候,遗忘也可能是有意为之,是一种有意识的记忆清除策略。我在喀布尔四处搜寻那被人遗忘的历史,以此绘制出这座暗影之城的地图。

这座失忆之城,在远处,在其外表之下,在那介于铭记和遗忘之间的半影地带,它失落的部分仍闪烁着微光。作家达伦·安德森(Darran Anderson)写道:"很多城市都被遮掩在它们那如同善意谎言一般的名字之下,它们通过口口相传的记忆,日复一日地讲述着自己隐秘而艰辛的历程。"[ii] 邂逅这些失落之城的办法,便是在城中漫步。而这本书所讲述的,正是这些漫步的故事。

目录
CONTENTS

推荐序 / 罗 新　　　　　　　　　　　i
前言　　　　　　　　　　　　　　　vii

第一章　重返　　　　　　　　　　　1
第二章　写在城市上的印迹　　　　　38
第三章　缺失　　　　　　　　　　　74
第四章　移动的影像地图　　　　　　114
第五章　与精灵同行　　　　　　　　154
第六章　面纱下的城市　　　　　　　192
第七章　重逢　　　　　　　　　　　231

致谢　　　　　　　　　　　　　　　256
原文注释　　　　　　　　　　　　　261
参考文献　　　　　　　　　　　　　274

第一章

重返
RETURNS

在喀布尔,故事往往是这么开始的,"*Yeki bood, yeki na bood*"——意为"曾经是有的,曾经又没有"。

这句话相当于其他国家童话开头的"很久很久以前……",无论选择哪种方式来解读这一表达,这都是讲述喀布尔故事的一个很好的开头。喀布尔曾经是一座城市,又从来不是。或者,用寓言故事中那种似是而非、耐人寻味的话来说:它在那儿,它又不在那儿。

喀布尔的故事始于桥,也就是水上之路。关于它的起源有一个传说,相传喀布尔是一座神奇的岛屿,位于一个巨大的湖泊中心。为抵达此岛,一个国王就用干草(*kah*)堆成了一座桥(*pul*)。后来,国王在这个神奇的岛屿上建了一座城市,并将表示"干草桥"的波斯语单词——发音即为 kah 和 pul——组合起来,将这座城市命名为 Kabul。[i]

喀布尔是一座岛屿,或者说,对于站在其毫无特色、坑坑洼洼街道上的外来者来说,它似乎是一座岛屿。喀布尔高耸的围墙上布满了一条条褐色的泥土印迹,一扇扇钢顶的大门镶嵌其中,凡此种种,皆蒙蔽了你的双眼。细小的尘埃笼罩着那里的街道和房屋,我们与喀布尔之间仿佛隔着一条柔软的窗帘,而它就模模糊糊地藏在后面,就像海市蜃楼,既远又近,朦胧虚幻。

但只要穿过入口大门的小开口，一切就变了，变得别有洞天：你会走进郁郁葱葱的花园，温馨美好的家，房间里满是书籍、照片和毛毯，音乐不绝于耳。而在老城区，房屋鳞次栉比，平坦的泥制屋顶连成了一条不同寻常的通道。这条小径居高临下，相对隔绝，远离公众视线的打扰。而在其他地方，房屋斜倚小山而建，窗户既映照着天空，又能使人瞥见房间里面的生活。视角变化更迭之间，这座城市的样貌也逐渐显现。

孩提时代，父亲曾给我买过一个小万花筒，让我痴迷不已。那是一根塑料管，末端扣着一个透明的小帽，里面装满了手镯的碎片，就是一些大小不一的彩色玻璃碴。这些平平无奇的碎屑摇身一变，就会浮现神奇的景象，令我着迷。轻轻翻转下手腕，甚至就在眨眼之间，那些碎屑便重组成一个全新的图景，使我沉醉其中。而行走在喀布尔，就像是在看万花筒。碎屑翻转落位，熟悉的东西又呈现出新的面貌。

"它在那儿，它又不在那儿。"在那些意想不到之地，喀布尔常会与你不期而遇。

* * *

涉足喀布尔之前，我便对它早有耳闻了。或者，更确切点说，喀布尔是我感觉似曾相识的地方。

我父亲是普什图族后裔，他们在印度被称为帕坦人。父亲的祖先们当过流民，后来定居在印度北部肥沃的平原地带，生活了几世纪之久。到了18世纪，随着莫卧儿帝国的衰落，一批小国先后涌现，这其中就包括罗希拉人（Rohilla，源于罗希拉人的起源

地Roh）建立的国家，位于现在的罗希尔坎德地区（Rohilkhand）。[ii]

这些王国最终毁于英国的殖民活动。至18世纪70年代时，只有一个兰普尔公国（Rampur）幸存下来。而到了19世纪，它成了一个附属国，名义上由一名印度行政长官统治，实际上却受英国掌控。[iii]

我听说的第一位先祖——我的曾祖父——就在这个宫廷里工作，一家人也一直在此生活，直到我的祖父搬到了阿里格尔。我正是从兰普尔的亲戚身上理解了印度帕坦人——我不仅知道他们的双眼炯炯有神，鼻梁高挑挺拔，也明白他们的幽默往往辛辣刻薄，但他们情感充沛、热情奔放，且对此引以为豪。

我在德里旁边的大学城阿里格尔长大，和我一大帮同处青春期的堂表兄弟姐妹们挤在一座杂乱的房子里。我们几乎从没去过家以外的地方，可我们都爱听有关我们家族起源的故事，激动于故事中的异国情调。我们尤其喜欢用它来解释许多事情，例如我们火暴的脾气、对美食的热爱，以及我们遇到拥有普什图族血统的印度影星时，会争相宣布自己的"所有权"。我们还会乐此不疲地讲起一个笑话：一个固执的帕坦人想买一个甜瓜，便跟卖水果的商人讨价还价。他的坚持不懈让商人败下阵来，最终恳求他免费拿走这个甜瓜。结果帕坦人回答道："如果是免费的，那，我就要两个。"

对于那片素未谋面的岩地，我们与它的联系本是微弱的，可因它是一个遥远的想象之地而平添了几分诱惑。我们可以随心所欲地塑造它。"我们是帕坦人，"我们亮明自己的身份，"我们重情重义，勇敢而不失柔情。"这些形象有的取材于我们身边的大人，有的来自印度电影里对帕坦人的描述，他们是待人真诚的朋友，也是凶悍无比的敌人。因此，当我向家人宣布我要去喀布尔工作时，他们虽流露出担心，但也激动不已。

2006年初的一个冬日，我在德里搭乘航班飞往喀布尔。飞机上载满了人，大部分乘客是国外的救援工作者和北约人员，也有一些返乡的阿富汗人。当我们飞过喀布尔东部的萨法德山脉时，我瞧见山峰上的雪闪着粼光，飞机的两翼几乎要擦过群山的顶峰。接着，飞机俯冲进一座山谷，而喀布尔就坐落在我们下方。房子外的细栅栏历历在目，整座城市都在群山的怀抱中。飞机降落在停机坪上，在滑行过程中路过几排老旧的战斗机，还有几架属于人道主义机构的小型飞机。

当时的我沉醉于蔚蓝的天空，还有四周的美景之中。而我的旅伴们比我经验丰富，没有浪费时间对着景色目瞪口呆。飞机落停后的几分钟里，他们沿着停机坪迈向破旧的机场大楼，女人们从包里拿出头巾，一边走一边迅速系上。当我终于到达移民登记处时，我前面的队伍已经排得又长又乱。入境大厅里，搬运工人正从一个静止的行李传送带上举起大包小包，让乘客们辨认，嘴里说着"是这个吗？还是那个？"，然后把它们扔在一旁的手推车里。终于排到我时，面前这位身材壮硕的官员随意翻阅着我的护照。他盯着我的名字，疑惑地问出声："汗？"我回答说："是的。"我急切地想讲讲自己的故事。"我的祖先来自这里。""那你去印度干什么？"他用流利的乌尔都语问道，被我的激动给逗乐了。接着，他对我说："欢迎回来。"然后动作夸张地给我的护照盖了章。

可事实上，我怀揣着一腔热情"重返"这片想象中的先祖之地，原来是极大地忽视了它的历史与地理环境。这里的族群和传统比我想象中的更多元、复杂，我甚至还发现，我的祖先很可能来自杜兰德线（Durand Line）的另一边。杜兰德线是英国殖民时期划下的边界，普什图族人被迫分居在阿富汗和巴基斯坦两境。不过我的喀布尔朋友们并不为此烦恼。多年来，阿富汗历届政府都不承认这条线的存在。"我们瞧不起这劳什子杜兰德线，"他们豪迈地安慰我，"你就是我们的一分子。"

* * *

我来喀布尔时正赶上返程的旺季。来此之前，我遇到过在塔利班统治期间逃到德里的阿富汗难民。他们于20世纪70年代开始逃亡，那时阿富汗国内的冲突已经爆发，且不断恶化。然而到了2006年，人口流动的方向发生了逆转。塔利班下台后的几年里，有将近300万难民回国。[iv] 许多人被首都相对安全的环境和机遇所吸引，留在了喀布尔。大部分难民是从巴基斯坦和伊朗返回的农民，他们原本只能勉强维持生计，还有一些劳工、企业家、政客和专业人才。一道而来的，还有外国援助者、咨询顾问和记者。所有的到来者都会集在这个动荡不安的城市里。

现在想来，那真是一个多事之春。不过在当时，人们仍然对首都形势抱有谨慎而乐观的期待。

尽管伊拉克战争陷入了困境，但阿富汗战争仍被视为一场"正义之战"。五年前，美国及其盟友与阿富汗军事联盟——北方联盟（the Northern Alliance）——一道推翻了塔利班政权。人们坚信"基地"组织已被赶出阿富汗。2001年12月成立了国际安全援助部队（International Security Assistance Force, ISAF），作为一支联合国授权、北约领导的特派队伍，负责保卫首都喀布尔。

2003年，这支部队的保卫范围扩展到了喀布尔以外的地区。外国援助力量纷纷涌入阿富汗，帮助重建这个被战争击垮的国家。厌倦了冲突与罪恶的阿富汗人也对此充满希望，并做出积极的回应。2004年的政府选举替换掉了波恩会议期间设立的临时过渡政府，由哈米德·卡尔扎伊（Hamid Karzai）担任阿富汗伊斯兰共和国的总统。

按理说，环境相对安全的喀布尔应该能在教育、基础设施和争取妇女权利等方面取得进展。但不祥的征兆已然浮现：全国各地的塔利班派系死灰复燃，对政府腐败和任人唯亲的行为，民众不满情绪日益高涨。外国援助资金也未能得到妥善利用——即便作为首都，这里也经常停水断电，交通瘫痪。更糟糕的是，喀布尔正沦为自杀式炸弹袭击、爆炸和绑架的猎獗之地。2006年2月，《外交政策》（Foreign Policy）杂志联合美国和平基金会发布了第二份"失败国家指数"（Failed State Index）名单，阿富汗位列第十。[v] 那时的喀布尔虽没有战火纷飞，但也绝谈不上宁静和平。

阿富汗与美国的冲突爆发于2001年，然而早先几年的种族斗争和宗派暴力事件就已为此埋下了祸根，这些势力在塔利班倒台后又重新抬头，蠢蠢欲动。除去军事上的利益争夺，还有更多的致乱因素：国内武器泛滥成灾，20世纪80年代和90年代又缺乏一个强有力的中央政府，让动乱的局势愈演愈烈。这股混乱还因买卖鸦片的灰色经济而起；各路军阀为争权夺利不断发起混战，进而推波助澜，导致局势乱象丛生。全国各地的民间社会机构与组织受到侵害，被迫迁移。城市的基础设施破败不堪，农村地区民不聊生。政府内部贪腐严重[vi]，仍存在战争犯罪、包庇枉法的风气。如海啸般大量涌入的援助资金，也为贪污腐败提供了温床。

作为首都,喀布尔是多股力量汇聚的中心,是一切利益纷争、风云变幻的首要见证者,也是损失最惨重的受害者。不同的世界在此碰撞:新式与旧式的较量,旧式与古老的切磋,阿富汗精英与乡下移民的角逐,外国人与阿富汗人的对立,平民与政府的搏斗,村庄与城市的争夺。

第一次喀布尔之旅,我同丈夫和一位朋友结伴而行。我们的任务是前往一家由阿富汗政府运营的广播电视台,向那里的员工传授影视制作技术。抵达之时我们满怀期待,觉得会在这里度过一段意义非凡的时光。

这座城市在我注视的目光中悄然变幻:原本光秃秃的树枝渐渐变得茂密,花朵挂满枝头,向空气里吐露着色彩,沁入醉人的芬芳。小溪与河流变得丰沛起来。土墙林立的废墟后面,冉冉升起新的家园。战争留下的残骸随处可见。有些地方的人们将旧吉普车与坦克的车身改造成房屋,车门铺作桥面,竖起的金属板作为遮挡风雨的墙壁。这些过去的碎片经过重新排列,摇身一变又成为崭新的风景。

每天,我们要开车穿过喀布尔混乱的车流去上班。在这车水马龙中不乏大型越野车的身影,其车身上印着不同救援组织的标志,车顶上的无线电天线像暴躁的触角一样迎风摇摆。还有一些被称为"小镇王牌"(Town Aces)的灰色小型货车,通勤族们会把"Town Aces"念成"突尼斯"(Tunis),司机们会把目的地的名字报出敲门声一样的节奏,"Karte Seh Karte Char Barchee Jada Jada Chowk Chowk"[1],中间一口气也不停。路上还行驶着黄白相间

---

1 这些是喀布尔的部分地区名称。

的丰田卡罗拉出租车，与自行车和行人一道慢慢汇入车流。有时还能见到国际安全援助部队的车队，同样被围得水泄不通。不过，在他们车旁行驶不免会感到惴惴不安，倘若遇袭，敌方的目标也许是他们，但代其受难的往往是身侧的平民。喀布尔的每一个十字路口都驻扎着一批街头儿童，向行人兜售着杂志、口香糖和电话卡，或是给一长溜等待跟进的汽车清洗挡风玻璃。

从科洛拉普什塔街区（Kolola Pushta）开往喀布尔西部大约需要一小时，这一路上我们穿过几处喀布尔的地标建筑，地形不断变化着，建筑从车窗外一闪而过。我们只有一次步行上班的经历，当时还有同事陪着。

* * *

在喀布尔的历史中溯游，得从它的发源地开始。这里原是一处河边的定居点，位于一座名叫巴拉希萨尔（Bala Hissar）的城堡中心，是"高地堡垒"的意思。[vii] 城堡内有驻扎的兵营、住宅和集市，天然便是一座城市。城中有一条以喀布尔命名的河流，夹在狮门山和阿斯迈山之间。喀布尔沿着河流南岸逐渐拓展开疆土。它厚厚的城墙沿着狮门山脉蜿蜒而下，据传这些城墙遗迹的历史可以追溯到公元 5 世纪。

这座城堡矗立在狮门山脉东面的山脊上，几百年来被不同的军队所占领。16 世纪时，有一位叫扎希尔丁·巴布尔（Zahiruddin Babur）的年轻王子，被自己的宗室仇敌——乌兹别克人——赶出了故乡费尔干纳（Ferghana）。他带领军队驻扎于此，寻找建立王国的契机。他在兴都库什地区游荡了一段时间，于 1504 年凭借身边一小群亲兵的力量成功吞并了喀布尔，之后，他在印度建立了莫卧儿王朝。虽是如此，他也从未忘记过喀布尔，因为这座城市牢牢地抓住了他的心。

从巴拉希萨尔城堡沿着喀布尔河继续往西北方向漫行，一座周围环绕着花园的圆顶纪念堂便映入眼帘，这便是帖木儿·沙阿（Timur Shah）的陵墓。他是杜兰尼王朝中第一个把喀布尔作为首都和中心城市的国王。杜兰尼王朝由他的父亲艾哈迈德·沙阿（Ahmad Shah）创立，被誉为"阿富汗人的土地"，为现代阿富汗奠定了基础。到了19世纪30年代，喀布尔沿着河流南岸拓展开的疆域已十分广阔，人口也变得多样化起来。据历史学家分析，"那时的喀布尔凭借其兼容并包的亲切形象，让所有到过喀布尔的旅客印象深刻"[viii]。

我们跨过1880年的喀布尔河，其时正值阿米尔·阿卜杜·拉赫曼·汗（Amir Abdur Rahman Khan）统治时期（1880—1901）。彼时的俄罗斯和大英帝国都想控制中亚地区，阿富汗便是两虎嘴下争夺的羔羊之一。19世纪，英国在阿富汗打了两场战争，试图将这个国家收进他们的势力范围。最后一次英阿战争结束于1880年，最终英国撤军，让阿卜杜·拉赫曼·汗继承王位。这位"铁腕阿米尔"留下了一段毁誉参半的政绩，他通过专制手段保证了阿富汗的统一。他扩建了被战争摧毁的喀布尔，把自己的王宫和其他办公场所往北面迁移，迁到了喀布尔河的左岸。这些建筑汇集在一处，便形成了现在的总统府阿尔格宫（The Arg）。从旧城迁往新城是阿米尔为建设一个强大的现代化国家做出的努力。随着喀布尔的领域不断向北面扩张，未来这种转变还会继续下去。

阿卜杜·拉赫曼·汗还是一名多产的建筑师，他自己设计并建造宫殿、兴建公园、作坊和一些公共建筑。他还从中亚传统和欧洲文化中汲取灵感，在首都引进了一种与众不同的建筑风格。他的儿子阿米尔·哈比布拉（Amir Habibullah, 1901—1919年在位）也延续了这一现代化趋势。不过还数他的孙子——阿米尔·阿曼努拉（Amir Amanullah，1919—1929年在位）热情最甚，毕生都致力于阿富汗的现代化建设。

1919年是阿曼努拉在位的第一年，他发动了第三次英阿战争，并且宣布阿富汗完全独立，脱离英国对其的外交把控。但他由衷地着迷于西方的现代文明，并仿照它在自己的国家推行现代化。阿曼努拉深受岳父马哈茂德·塔齐（Mahmud Tarzi）的影响。马哈茂德是一名知识分子，也是作家兼出版商。他在外流亡数年后才获允重返故土。在他的指导下，阿曼努拉实行了几项意义深远的改革，诸如颁布第一部阿富汗宪法，[ix] 推动妇女教育改革，反对一夫多妻制等。阿曼努拉的妻子索拉娅王后（Queen Soraya）美丽博学、见多识广，是助他推行改革的完美搭档。她身着华丽的西式服装，跨坐于马背上，与众人一道参与国王的狩猎活动。[x]

来到城市的西南部，便能寻见一处最能彰显阿曼努拉雄心的建筑遗迹，它是一座新式行政中心——达鲁拉曼宫（Darulaman）。建造这座宫殿是为了庆祝阿富汗脱离英国而独立，"进入了主权国家的大家庭"。[xi] 阿曼努拉的设想是建成一座现代化（即西方风格）的城市，建筑皆采用欧洲风格。而达鲁拉曼宫作为一座大型的"行政官殿"，坐落于城市的中心，被设为秘书处。[xii] 这座圆顶建筑由法国建筑师兼考古学家安德烈·戈达尔（André Godard）设计，映现出18世纪欧洲的辉煌光彩。[xiii] 就连花坛里的花，都是使用从欧洲进口的种子进行栽种。还有一条通往宫殿的林荫大道，路两旁的白杨树笔直宽阔，极为雅致。很快，这里便成了一处时髦之地，引得众人纷至沓来。但要想漫步于此，喀布尔人还得自掏腰包，同时还要求"所有行人需身着欧洲风格的服饰，并建议妇女们摘下面纱"。[xiv]

1928年，阿曼努拉和索拉娅开始了为时七个月的欧洲之旅。除了出席一些官方活动，他们还为自己的新家购置了一些家具。回国后，阿曼努拉宣布了一项更为激进的改革计划。但1929年1月，他的政府被一场叛乱推翻。阿曼努拉推行的一系列现代化举措本就备受争议，而他们被曝光的欧洲之旅照片更是火上浇油，尤其是一张索拉娅王后身着无袖连衣裙的照片。[xv] 后来这对夫妇逃到了意大利。直至1960年阿曼努拉去世，才得以身归故里，葬在了贾拉拉巴德（Jalalabad）。而他想要建立一座冠以他姓名的现代化新城之梦想，却从未彻底实现。新城的中心——达鲁拉曼宫——1969年时遭遇了第一次大火，1992—1996年内战期间又遭到炮火轰击。如今只余一片断壁残垣立于林荫大道的尽头，静静地注视着这座城市的沧桑变化。

后来，喀布尔落入塔吉克叛军首领哈比布拉·卡拉卡尼（Habibullah Kalakani）之手，他因出身卑微而被讽刺为"挑水夫之子"。[xvi] 不过他的统治仅维持了9个月。1929年10月，阿曼努拉的堂兄纳迪尔汗设法夺回喀布尔，登上了国王的宝座，并试图推行相对谨慎的改革。然而他最终也落得一个血腥的下场——在参加喀布尔一所高中的毕业典礼时被暗杀。1933年他的儿子扎希尔·沙阿（Zahir Shah）继位，他是阿富汗的最后一任国王，统治历时四十年。

历经这些政治变革后，喀布尔又沿着河流北岸继续扩充着领土，到 1930 年时便有了如今的新城。这里房屋栅栏排列整齐，花园与高墙林立四周，一切都与老城拥挤的小巷形成了鲜明对比。20 世纪 40 年代时，代表国家同阿富汗建交的外交使团与大使们就安置在新城，与喀布尔的上流社会及中产阶级比邻而居。

20 世纪六七十年代的喀布尔一直在稳定发展着——部分得益于从外省移居过来的农村家庭。若漫步于那时的喀布尔街头，横可望房屋和商店绵延到城市尽头的远阔之景，侧可见房屋与商店蜿蜒至阿斯迈山两边山麓、直攀山坡的蔓延之势。到了 70 年代初期，作为一个小国的首都，拥有约 50 万人口的喀布尔几乎全境祥和。[xvii] 但这之后，就变天了。

1973 年 7 月，趁国王扎希尔·沙阿前往欧洲疗养期间，他的堂兄穆罕默德·达乌德·汗（Muhammad Daoud Khan）发动了一场政变。随后，达乌德宣布阿富汗共和国成立，自己担任总统。5 年后，阿富汗共产党——也称阿富汗人民民主党（People's Democratic Party of Afghanistan）——发动了一场政变，推翻了达乌德·汗的统治，史称"萨乌尔革命"（或四月革命），由此成立了阿富汗民主共和国。1979 年，当阿富汗人民民主党忙于党派内讧、清除异己时，苏联军队大举入侵阿富汗。随后，阿富汗的抗战逐渐演变成一场美苏冷战下的代理人战争。阿富汗游击队——即"圣战者"——在美国、沙特阿拉伯和其他国家的支持下，与苏联扶持的阿富汗政府展开决斗。此时的阿富汗已深陷暴力的旋涡。

1989 年，苏联从阿富汗撤军，同时仍继续扶持阿富汗政府，让纳吉布拉（Najibullah）担任总统。出乎敌友双方意料的是，纳吉布拉政权竟延续了三年之久。1991年苏联解体后，纳吉布拉政权及其在阿的扶持力量也在圣战者各路军阀的攻打下瓦解。而对喀布尔人民来说，这标志着一个黑暗时代的降临。在此之前，他们已躲过最严酷的战争，而如今，前线的烽火辗转到了首都。

1992至1996年正是残酷的内战时期，圣战者各派为争夺首都控制权而互相开火，不分青红皂白直接轰炸居民区，导致大批居民流离失所。各路军阀犯下累累暴行，大片的城区被夷为平地。[xviii] 喀布尔约百分之八十的核心历史建筑被摧毁。等到1996年塔利班夺得首都时，喀布尔的半壁江山已沦为废墟。

塔利班颁布的社会限制措施让本就残破的基础设施雪上加霜。饥荒现象比比皆是，许多居民只能依赖援助机构的救济过活。而美国以驱逐塔利班之名发动的空袭，又给这座城市带去了更为深重的物质破坏。[xix] 到了2001年冬天，拥有170万居民的喀布尔几乎不能正常运转。[xx]

2006年，我初见喀布尔时，它正经历着转型的阵痛。首都的和平前景与经济机会吸引着众人前往。五年间，这里的人口几乎翻了一番，达到了300万。[xxi] 数以千计的家庭在喀布尔的山坡上建立居所，利用一切从废墟中抢救出来的物资重建他们被战争摧毁的家园。夜幕降临后，这些临时居所里亮起的灯光映亮了地平线，城市之上又是一座城池，它们不受法律认可，却逐渐壮大，变得日益坚固，为无数人遮风挡雨。极目远眺，喀布尔，正在延绵不息。

＊＊＊

每天，我都能找到新视角，观察这座日新月异的城市。

在上班的路上，我曾途经大片大片的土地，它们呈规则的几何形状，不难看出这是之前城镇规划留下的痕迹。而其他地方的变化则更蛮横肆意了。我曾穿过一处巨大的筒仓——20世纪50年代时由苏联援资建立，用作粮仓和面包房。它高耸的黄色墙壁和烟囱上满是弹孔——这是内战的遗迹。我驶离后便进入了库沙尔汗米纳区（Khushal Khan Mina），这里的农田已经不存在，取而代之的是一幢幢拔地而起的公寓大厦，于此落地的还有各类商业中心、政府与社会机构。

我们工作的电视台在代布里[1]，内战时期这里发生过激烈的战斗。我看过一张当时的照片，街道空无一人，路边的排水沟里漂浮着一具肿胀的士兵尸体，腰上还系着弹药带。我们如今工作的这栋楼也曾遭到战争的破坏。随后的塔利班执政时期，电视台被强令关闭，2003年才在外国的援助下重建起来。

我们的电视台是一处工作的胜地，这里的同事让我们早先的日子充满热情与温暖。隔壁就是国立音乐学院，柔和的长笛声与鼓点常透过墙壁飘来，我们的日常便伴随着这些音乐展开。

记得下午的早些时候，我和同事们沿着喀布尔大学的林荫大道散步，一起去看艺术展，或是给他们的节目拍摄一些片段。他们会带我去附近的餐馆吃烤肉串午餐，帮我在烘焙店里挑选最好吃的印度薄饼。

---

[1] 该地区位于阿富汗中北部的法利亚布省。

有一天，一位同事邀请我去家里做客，她们一家人正在筹备她哥哥的婚礼。下班后我们一起离开，我跟随她在街上穿梭，街上房屋有的已损毁，有的正在修缮，程度各异，不一而足。脚下的路越走越窄，墙与墙之间也越发逼仄。最终，同事停在了一扇木门前，有一条细窄的排水沟横在门与马路之间，水流涓涓。打开木门便是一座泥墙围起来的大庭院。褐色土地的中央栽种着石榴树苗。客厅里熙熙攘攘，透过窗户，我瞧见她的兄弟们在制作萨马努（samanak），这是一种麦芽做的甜点。只见一口大锅架在火上，他们正不断在锅里搅拌着。这家人于2001年后回到了喀布尔，先前作为难民在巴基斯坦漂泊了数年。这是他们第一次在自己的屋檐下举办婚礼。

我还记得一段令人忧心忡忡的漫步。某天下午，我和一位男同事前往一处山坡上的"非正规"定居点。一如既往地，移民来的家庭在这里盖起自己的屋舍，简朴的格局也一如他们留在村子里的家，将乡村的气息吹拂到了城市。我们沿一条狭窄的小径走上陡坡，一道露天的排水沟将这条小径一分为二。我抬头望上山坡，只觉一阵头晕目眩。途中我们路过一群孩子，他们正背着黄色塑料桶往坡上走。因为这些定居点没有供水系统。

去往定居点的路上，同事引我走上一条白色小石子标示出的道路，说明这条路是扫过雷的安全区。这些未引燃的炸药是数十年战争留下的产物，也使得喀布尔成为世界上埋藏地雷最多的城市之一。距我们下方几米处，就有一个排雷小组拿着手中的探测仪勘探着地表。我边走边在脑海里紧张地重复着"红色石头代表危险，白色石头则是安全的"。然而，这却是山上许多家庭每天的必经之路。

回想起过往，晚上我常常步行到喧闹的新城市集中心，那里是喀布尔的核心商圈。街道两旁的商店灯火通明，往来其中的潮男靓女互相打量着彼此的衣着举止，这是一项由来已久的传统。这条街上新旧元素混杂交织。有开设在公寓大楼一层的小型商店，也有大一些的百货商店，比如向路人宣传"永远快乐"的切尔西超市，深受外国人的欢迎。这里的走廊上摆放着昂贵的进口意大利面、奶酪和零食，柜台上是店主挂上的黑白照片，记录着喀布尔如田园诗一般的过去——女士们身着短裙，还有正在享用野餐的一家人。再往前走就是新建成的喀布尔市中心，它是城里建得最早的一批购物中心。大楼的正面覆盖着玻璃，依旧显得光彩如新，台阶上挤满了售卖着一美元一包口香糖的小孩。

没过多久，我们便开始了更远的探索——参观朋友的家、探访集市，等等。有时，直升机排着队形依序飞过人们的头顶，我们按照这样的节奏有条不紊地生活着，每天早晨醒来，傍晚再去散步。晚饭前我们走到街尾的面包店，带着用报纸包好的面包返程，热乎乎的面包上撒着黑种草子，松脆可口，扑鼻的香气让人加快了回家的脚步。一到周五，我们便加入喀布尔人的大军，一道去卡尔加湖景区附近的山上野餐，那是城外一处风景优美的水库。去的路上挤满了汽车，似乎每辆车上都有孩子，炊锅里装满食物，后备厢里的甜瓜哐哐作响，野餐垫铺满了河畔。

* * *

漫步于喀布尔，我发觉有关外祖父的思绪一直陪伴我左右。我从父亲的家族里继承了一张前往喀布尔的地图。可当我真正抵达那里时，我发现外祖父——我的姥爷——才是我真正意义上的向导，他的思想和话语指引着我漫游城中的脚步。在此之前，作为一个乌尔都语学者兼译者，他教我用漫步的方式来体验和阐译这个世界。

我的姥爷在一个包容开明、重视教育的大家庭中长大。他的性格和接受的教育使得他十分亲近波斯语文本与英国文学，还有民间音乐、诗歌与神话。他在学生时代为激进主义和印度自由运动所吸引，并在二十多岁时搬到孟买。20世纪40年代，这座大都市作为印度进步文学运动的一部分，荟萃了一批耀眼瞩目的乌尔都语作家和诗人。我的姥爷也参与了这场运动。他的许多朋友后来都成了著名的诗人、作家和艺术家。我的姥爷、姥姥就生活在这个充满创造力、忠诚于思想的世界里。他们在德里生活了大半辈子，我出生后的几年里，他们便搬到了阿里格尔，这样离我们更近一些。我对姥爷最早的记忆，是他伏案写作或阅读的身影，周身烟雾缭绕，烟斗中散发着香气。

姥爷姥姥家里的布置风格体现出一种简约之美，它是一种主动的选择，也是生活之道。于姥爷而言，唯一有价值的东西便是他收集的大量藏书，种类各异，不一而足。这些书籍主导着房间的装饰风格，自由散漫地潜入角落和缝隙里。我很早就从他那里习得了对文字的尊崇，以及不囿于身外之物的生活艺术。每逢夏天我过生日时，收到的不是那种小孩子都喜欢的精美礼物，而是他用乌尔都语写给我的一些古怪诗句，都是写给"Bibi July"的——宝贝七月小姐。

早先在喀布尔的一次漫步让我想到了姥爷。那时我注意到街上一位身穿绿色长袍、蓄着胡须的老人。在与朋友擦肩而过时，他愉快地眯起了眼睛，扬起手做出问候的手势，而后又停落在他的心口处，动作起伏间透出一股行云流水般的优雅。他和朋友互相致意的手势无意间形成了一种对称，勾起了一段我竟毫无印象的记忆——姥爷在勒克瑙¹附近的小镇沿街漫步时，也曾用同样抽象而清晰的手势回应着别人的问候。

尽管姥爷从未涉足这里，但他对喀布尔的了解比我设想的还要深入。这一部分得益于他对波斯语的熟练掌握，对文学经典和定义了这片土地的思想家们，他都能够如数家珍；剩下的则凭借直觉，一种不自觉的融入感，因为塑造着这片土地的是印阿共同的文化环境。他总能讲出一些有关喀布尔的新奇知识，谈论他的见解，或是给我分享的趣闻轶事补充一下背景故事。是他，为我指明了这片土地上的道路。

第一次喀布尔之旅后，我回到阿里格尔，坐在姥爷那间卷帙浩繁的书房里，我和他一道再度神游喀布尔——仿佛和他一道又漫步于这座城市，在诗歌与散文的林荫路上寻觅探索着。同年秋天我重返喀布尔时，姥爷给了我一本《巴布尔回忆录》（*Baburnama*），这是那位年轻的君主巴布尔所写的回忆录。他二十一岁时征战喀布尔并成功将其收入囊中，并要求将自己葬在这里。

我和姥爷一同品阅着回忆录里巴布尔为喀布尔引用的诗歌：

在喀布尔的城堡里开怀畅饮，推杯换盏，把酒言欢；
因为喀布尔啊，依山又傍水，城市兴旺，沃野绵延。[xxii]

---

1 印度北方邦首府，北印度仅次于德里的第二大城市。

每次我启程前往喀布尔时,姥爷都会对我赠言几句,而他赠别的话语,仿佛又把他送到了我的身旁。此刻我眼前又浮现出他伫立门前的身影:他的手就搭在我肩膀上,身后便是我即将踏上的旅程。他用波斯语说道:"Hazar baar boro. Sadd hazar baar biya."意思是:"千百次地离开,又千万次地归来。"

* * *

第一次旅行时我住的宾馆在科洛拉普什塔街区,位于新城边上。它的格局与我在阿里格尔的老家很像。这里原本是一片农田,零星散落着几座泥堡。20 世纪 40 年代时,喀布尔的中产阶级在这里安家落户。这家宾馆便是从一处富裕人家的宅邸中分出的一部分。而这家人,在动荡的战争年代都搬去了欧洲。

这里的装潢独具一格,采用大窗设计,天花板用原木材料装饰。有些屋子的墙壁弯成拱形,形成一处雅致的暖房——里面摆着一排排盆栽植物,冬日人们可以在这里沐浴明媚的阳光。屋内的装饰采用深色调,木制门板、水泥地板,厨房大如洞穴,还有几间内室。

这些屋子的建筑逻辑于我而言很是熟悉,与阿里格尔的房屋颇为相像——选址远离街道,内向的布局注重隐私。花园里栽种着果树和垂蔓的葡萄藤。

和在阿里格尔一样,我住在一处围绕内院扩建出来的房间。院墙后隐约可见一座小山,山顶上有一座荒废的泥堡。初到这里时,院内的景色还很荒芜。但没过多久,各种深浅不一的绿植便覆盖了那座小山,蔓延到院子里,爬上我窗外的杏树,在枝丫间留下了葱茏的绿意,樱花也绽放于梢头。夜晚的温度逐渐回升,我便坐到外面,看万物在春天一点点复苏。

我在这里的生活沉浸在一种宁静慵懒的节奏中,让人感觉既熟悉又意外。没过多久我便发现,自己在这儿的头几个星期就像住在一个奢华的泡泡里。这是一座拥挤不堪的城市,也是人流呈爆炸式快进快出的地方,有时这种速度快到来不及彼此打声招呼。他们中有来自乌兹别克斯坦的建筑商,到这里来监督工程项目;有给不同公司安装软件的印度工程师;还有来自德国和日本的援助人员。他们进出阿富汗的速度之快已是司空见惯。在吃晚餐或参加工作聚会时,人们抛给我的第一个问题就是:"你是什么时候来喀布尔的?"或者是:"你会在这儿待多久?"

重建这座城市的一部分力量就来自于我身边的这类人。可他们却很少有机会去体验自己参与重建的场所,这听来有些讽刺。对他们中的许多人来说,喀布尔只是他们驱车驰过街道时一闪而过的模糊残影。因为他们收到了和我一样的忠告,永远不要在此漫步。

工作任务进行到一半时,我们决定找一处自己的住所。最后我们租下了附近的一处顶楼,整栋房子的历史要追溯到20世纪70年代。瑙罗兹节,即波斯新年或春节,过完不久,我们便搬去了新家。

我们新住所的马路对面是一座大院,里面住着在萨菲里程碑酒店工作的年轻印度员工,那是一家位于喀布尔市中心的高档酒店。许多员工都在等着搬去迪拜,有的人已经等了一年多。每逢周五他们聚在一起打板球,大院的高墙后面就会传来熟悉的噪声——球棒撞击的声响、热烈的欢呼声与粗野的咒骂声掺杂在一起,周末,午后的宁静总会被时不时地打断。

我们的房东是一名退休的飞行员,我称呼他为"伊斯梅尔·萨哈卜"(萨哈卜是一种尊称),他和家人们住在房子一楼。先前我和他起过几次争执,尤其是说到我在厨房里的笨手笨脚时。但住在他的屋檐下,透过他开朗健谈的性格,我第一次得以瞥见喀布尔独特的文化与生活方式的一面,这里的人们对这些生活规范和礼仪熟稔于心。这就像我所熟悉的印度城市一样。或者简单点说,它就像我熟悉的城市。

从 Khareji ——外国(人)的——生活圈子里跳脱出来,也就打开了新的生活方式。在当时,每天晚上喀布尔都会停电。我们还住在宾馆时,没有为此头疼过,因为大型发电机解决了我们的顾虑。但是伊斯梅尔·萨哈卜可没有这样一台机器,也不会为了我们去弄一台。不过他也做出了让步,同意把他的电池借给我们,好让我们能点上一盏灯,用上笔记本电脑。但即便如此,每天他早早吃完晚饭后,我们又得重归黑暗的怀抱。因为在他看来,我们是租客,而不是他应该款待的宾客。当夜幕降临时,这里的贫富差距便显露无遗:城市的一部分隐匿在黑暗中,而另一部分则靠着发电机撑起一片光明。

由于接连几个晚上都笼罩在电脑幽灵般的荧光中,我们终于放弃了。趁外汇利率适当上浮时,我们买了一台自己的发电机。于是,从我们的阳台上也传出一个个音符,汇入了外面砰砰作响的发电机的机械交响乐中。城中的灯火也多了我们这一盏,在周遭的灯盏烛火间大放光明,映照出一片彻底的黑暗。

伊斯梅尔·萨哈卜还是一名收藏家,多数晚上他都待在一间小小的书房里,里面满是他收藏的手工艺品,坐在这间书房里,还可以俯瞰楼下的花园。有时他会邀请我们一同欣赏他收集的相片或集邮册。有时分享一些他喜欢的音乐：一些阿富汗和印度音乐家，比如西塔琴演奏家乌斯塔德·维拉亚特·汗（Ustad Vilayat Khan），或歌手贝格姆·阿赫塔尔（Begum Akhtar）。这些也是我第一次在姥爷的磁带里听到的音乐。我们自己的客厅里放着一架伊斯梅尔的留声机，我们对着他收藏的印度古典拉格和爵士乐研究了好几个星期。我们的租住区里需要避开一处房间，它的里面挂满了伊斯梅尔收藏的念珠。它们几乎占据了每一寸墙面，就像成千上万只眼睛在眨也不眨地注视着空荡荡的房间。

不过他最热衷的地方，还得数他的花园。他对其百般关注与呵护，根据自己心仪的各种园艺理论来布置花坛、岩石和水道。需凑近仔细看才能发现，许多花盆原来是空的火箭弹弹壳，而花园门上悬着的铃铛是废弃弹壳制成的。伊斯梅尔大部分时候就坐在草坪上，不停地挪动他的椅子，视察着他的花草果树——他就像一个小国的君主一样，随心所欲地指点着自己的"江山"。

我们和伊斯梅尔的关系就像春天的天气一样变幻莫测。有时他会抱怨我们的脚步声太重，来回走动时就像在屋顶上"跳舞"。而另一些时候，他会唤我们下楼一起吃晚饭。我用磕磕巴巴的达里语——即喀布尔人所说的一种波斯语——向他和他的家人问好，他的妻子总是面带微笑地耐心听我说完。而当我介绍自己时，她意识到我的名字是喀布尔一个很常见的名字，只不过是另一个版本。她便摆手拒绝了我说的印度版本，不容置疑地对我说："纳斯塔兰，你就是纳斯塔兰。"于是我便成了她眼中的纳斯塔兰，那是一种喀布尔很常见的小白花，点缀在伊斯梅尔的花园篱笆旁。我厨房的窗缝里也能见到它们的身影。

我们安顿下来后曾邀请朋友来家里吃乔迁宴。我现在还留存着一张那天晚上的照片。照片里的面孔大多很年轻，每个人都在开怀大笑，彰显着满满的活力与真挚的情谊。他们多是外国人或在国外长大的阿富汗人，从事着重建阿富汗所需的不同行业。拍完这张照片后不久，很多人便离开了，稍后，其他人也相继离去。但在那时看来，喀布尔是孕育一切的希望之地，每个人的梦想之都。

* * *

一个夏日的午后，我和朋友瓦兹玛穿过新城前往她家所在的公寓楼。楼的旁边是一座公园，就位于社区的中央。我们穿过飘着烤串香味的街道，身后还跟着一群街头儿童，他们试图向我们兜售一些杂志和地图，还有几本南希·杜普里（Nancy Dupree）的名著《喀布尔历史指南》(*An Historical Guide to Kabul*)。[xxiii] 这是一部用英语写成的旅游指南，首次出版于20世纪60年代，2001年之后又再度风靡。作者用精确而富有魅力的笔触描绘出喀布尔的迷人风光，还给出了游览城市圣地与古迹的推荐路线，使得读者在增长见闻的同时，又感到痛心——就在几周前，距离我们不远处就发生了一起自杀式炸弹袭击，夺走了数条无辜生命，那些街头儿童也有不少受伤。

透过公寓窗户，瓦兹玛指给我看她父亲一家以前居住的地方。那块地盘已经售出并拆除，以便建造新的公寓楼或购物中心。而她母亲的家原本在公园另一头，但现在住在那里的是一些权贵家庭，手握一些军阀出身的政客人脉。她的亲戚试图通过法庭来维护自己的所有权，但成功的希望渺茫。瓦兹玛的父母在内战期间逃离喀布尔，父亲先留在阿富汗，之后搬去了巴基斯坦。她的母亲和姊妹们则去了美国。先前的一次旅行中，瓦兹玛曾期望能以某种永恒的方式重返喀布尔，甚至梦想着她的家人们能重聚在这座他们曾经安身立命的城市。她向我倾诉时，我们正一同凝视着公寓旁边露出的地洞。看着泥土从她父亲房子的地基上被掘走，我领悟到，在喀布尔，重返有着多么复杂的意味。把这座城市称为家是一场赌博，因为在这里，泥土真的可以实实在在地从你的脚下移走。

2001年后的喀布尔发生了翻天覆地的转变，家的概念也随之改写。2009年，喀布尔的人口预计在300万到400万之间，一阵建筑热潮重塑了首都的地理格局。[xxiv] 一个周五下午，我参加了一个诵读《古兰经》的仪式，庆祝一位同事在萨尔科塔勒（Sar-e-Kotal）的新住所竣工，那里距离喀布尔北部的旧郊区凯尔哈纳（Khair Khana）不远。住在那里的都是工薪阶层，他们买下这些土地，盖起自己的家园。在一栋三层的楼房里，我们和同事的一大家子一起吃午饭，阳光普照在这些看起来勉强算是完工的房间里。我朝一扇窗外看去，房子周围满是推土车和水泥搅拌机。尘土飞扬间，喀布尔似乎正沉浸在一个永无止境的建设狂欢中。

这些重建中的街区曾在内战和塔利班时期被夷为平地。因此，对于先前流离失所的家庭而言，这些房子——例如我之前住的那处——象征着一种繁荣稳定的生活。然而，并不是所有的建设工程都会考虑为阿富汗平民提供住所。

大概在2007—2010年期间，喀布尔的房地产价格一路飙升，在援助资金和鸦片贸易利润的支撑下形成了金融泡沫。比如在喀布尔东部一处苏联时代的住宅区，旧公寓的售价约为15万美元，而2001年时其售价才1.5万美元左右。在新城，新的建筑拔地而起，许多像瓦兹玛父亲家那样的老房子纷纷被拆除，改建成为公寓楼群。这些建筑采用的是从巴基斯坦和中国进口的原材料——由玻璃和混凝土铸成——为城市的风貌增添了一抹坚实的亮色。喀布尔的街道不断变化着模样，这些建筑既彰显着权贵们取得的迅猛成果，也反映出阿富汗新精英们的宏图伟志。不过这些建筑设计得很糟糕——冬冷夏热，但在当时它们却为投机商们带去了可观的收益。

这股建筑热潮还促使喀布尔部分地区建起一栋栋"罂粟宫殿"——这是一些豪宅，而这一名称是以其可能的经济来源而命名的。它们通常（直接或间接地）归一些政客、军阀和在战时经济中发家的新富企业家所有。这些豪宅的建筑风格类似于婚礼蛋糕，通常粉刷成艳丽的粉红色、绿色和黄色，搭配着罗马柱、弧形阳台以及奢华圆顶，外墙上贴着亮闪闪的瓷砖。它们基于一种外来的奢华与现代化设计理念，可能是从白沙瓦（Peshawar）[1]或迪拜输入，再由本地的泥瓦匠付诸实现。有时他们会在大门的显眼位置放上一块牌子，上面写着"如真主所愿"，以避开邪恶之眼[2]的诅咒。

这些豪宅和它们栖身的这座城市之间存在着惊人的脱节。其俯瞰街景的精致阳台还有屋顶的露台始终空无人迹——几乎没有

---

1 巴基斯坦开伯尔普赫图赫瓦省的省会，那里有大量的阿富汗难民。
2 最早关于"邪恶之眼"的传说是从古希腊和古罗马开始的。人们深信，一个过于耀眼、优秀的人，或被赋予了不切实际的赞美或地位的人，都容易因自我膨胀而招致他人的不满和嫉妒，"邪恶之眼"的灾难由此降临，盯住不放。

人喜欢被街上的行人窥视。相反，它们大多租给了一些非政府组织、援助机构和企业，用作办公室和驻所，只有他们付得起每月15000 美元到 20000 美元不等的高昂租金。当时是 2007 年，而阿富汗的人均年收入大概才 350 美元[xxv]。这些色彩绚丽的大楼高耸入云，俯瞰着下方掩在混凝土墙板与沙袋之后的逼仄街道，给这座城市注入了一股迷离而放纵的气息。

* * *

接下来的七年里，我和丈夫多次往返喀布尔，接手了不同的媒体项目。每一次都去一个新住所，而我们住过的各式房间便辗转成为我游历这座城市的私人地图。我们曾和两位阿富汗朋友合住过一套房。他们都是在童年时离开了喀布尔，然后又在不同的时期，以不同的方式重返此地。

我在第一段旅程中遇到了哈立德，当时他一直与联合国有合作，并负责督导我们在广播电视台的培训课程。没过多久，他便从起初的同事变成了我们的好朋友。他个头不高，脾气阴晴不定，有时会爆发出一阵笑声，有时又会怒气冲冲。他的个人经历折射出许多同时代人的身世浮沉，他们皆出生于阿富汗和平年代末期。哈立德的父亲曾是达乌德政府里的一名将军，作为陆军工程师在全国修建道路。1978 年 4 月，人民民主党发动萨乌尔革命，推翻了阿富汗共和政府，他的父亲在革命爆发的那一天失踪了。而达乌德总统一家则全部遇害。他父亲失踪的那晚，哈立德一家整晚都在等待他父亲的归来。他告诉我说，他的母亲从未停止过这种等待。

在之后的共产党统治时期,哈立德的家人们相继离开了阿富汗。他是在 20 世纪 80 年代离开的,当时他还是一个孩子。他先是在巴基斯坦生活了数月,然后去了加利福尼亚,和他的兄弟姐妹团聚。在美国时,他称自己为喀尔(Kal),他也把这个名字用连字符穿在了他现在的身份里。他告诉我,他在 20 世纪 90 年代时回过一次国——当时是一名援助工作者兼摄影记者——在阿富汗和中亚之间往返了四年之久。

几年后,他结婚并搬回了加利福尼亚,在那里获得了一份稳定的工作,以供养他的家庭,过着平静的移民生活。2001 年后,他再度重返喀布尔,同联合国展开合作,接着又在这里创办了一家媒体制作公司。我早先的几次重返便是接手了同他合作的项目。

他的办公室是新城附近一处漂亮的老房子,在那儿我遇到了一些演员,其中还有几位上一代的电影明星。有时我会和女演员们还有工作人员聊聊天,其他晚上我便坐在石廊上啜饮着绿茶,看外国投资人过来检查设备——他们的屁股上别着枪,手中掌控着巨额资金。他们便是国际安全援助时期守卫着喀布尔的奇异力量。

2007 年的首都喀布尔盛兴淘金热。当时,在阿富汗开展的贸易种类层出不穷,几乎什么行业都能挣到钱。餐饮业、房地产业、建筑业还有社会信息产业——跟着哈立德,我结识了一些在上述各类行业创办公司的人们。据世界银行统计,自 2003 年起,喀布尔的经济便以 9% 的年平均速度增长着。[xxvi] 大部分的增长动力来源于外国援助和军事基地建设注入的短期资金流。事实证明,这种"暴力和平"催生出的繁荣既无广泛的经济基础,也不可持续。[xxvii] 然而,当时的喀布尔就沉浸在这股"美元热"的氛围中。

和哈立德相识的几年里，我们和他合住在一间位于卡拉法塔胡拉（Qalae-Fatahullah）的房子里，比他在新城的那栋要小一些。这种回退的变化不仅体现在哈立德的生活方面，还体现在这座城市身上。我们的新住所位于伊斯梅尔的房子东面，接连穿过几条小街便可抵达附近的一座集市。这一路上都能见到政府或警务要员，林立的高墙与检查站将他们护在身后。我始终觉得，和这些权贵们比邻而居就是在豪赌。虽然有些人对此很放心，觉得格外有安全感，我却担心这反倒会转化成牵连，带来不必要的伤害。

脚下的路蜿蜒曲折，通向一座俯瞰四野的泥堡。沿途开着几间小茶馆，它们的玻璃窗上绘着精致的书法，还有烤肉串与茶壶的图案。街上有一家房地产公司和一溜儿装潢古板的药店，还有几间出售女士婚服的店铺，再就是几家橱窗上贴满海报的裁缝店，海报上面，是头抹发胶、衣着时髦的年轻男子。

20世纪70年代之前，这里还是新城北边一片人迹罕至的荒地。因为实在偏僻，连公交车也未开通，许多我熟悉的街道在当时也还没有建成。这里以前还是一块湿地，春天时滤干雨水，夏天时就变成了一片草地。哈立德说这里的水质偏咸，所以从不让我喝。他还督促我养成穿鞋前抖鞋子的习惯，以免踩到蛰伏在里面的蝎子。

我们的房子前有一栋新建的宏伟大厦，以高价租了出去。我们被挡在身后，隔开了街道。有一条狭窄的车道连着我们的房间，房间四周还围着一座小花园。这种布局给房子提供了不错的安全保障。我们有一些在大型援助机构工作的朋友，当他们登门拜访或留宿时，又或者上门的记者需要为报道找一个别致的背景板时，我们的厨师马苏德便会被请来，要求他拿上一把卡拉什尼科夫冲锋枪"巡视"一番，以展现其威严的长度。表演结束后，他再把枪靠回墙上，系上围裙继续做饭。我们的屋后是一所女子学校，我的一天便在学生晨会的爱国歌声里拉开序幕。瑙罗兹节过后，喀布尔的路上挤满了身穿校服的孩子们。她们的寒假已结束，即将返回学校上课了。在清晨的街道上，我时常能见到女孩们拖着脚步上学的身影，她们手拉着手，咬一口冰激凌，踢着沿路的鹅卵石。

这是一间满是男性的屋子。除了我的室友，大多数人只是匆匆过客。有些人的家人在欧洲或美国，家中有老婆和孩子；而有些人的家人就在城里，他们会溜达过来谈谈生意，或走亲访友，又或者只是来和朋友们谈天说地；有的人只是暂住一晚，其他人则会在我们的空房间里一连住上几天或几周。而住在这儿，时常会有一种边缘感——我们的日常总是逃不开谈论室友与家人的距离远近，以及各自承担的家庭责任。

这意味着我闯入了一种男性的亚文化中，周围满是男性的举止与特征。举个例子，每逢星期五早上，哈立德就会和他精挑细选的帮手们启动热闹的大扫除工作，他们一般会在厨房里喷洒上大量的漂白剂。到了晚上，他们就窝在沙发里看电视。谈论的话题随着夜色而逐步深入。他们通常会说起多年的抗争，谈论战争在动荡的年代遗留的轨迹，还讲到与他们生活息息相关的循环怪圈，不断地离开又重返。说到以前的旧相识或老朋友，他们又笑又骂，这些人如今摇身一变（这个国家的其他事物也是如此），成了政商界肩负道义、手握重权的大人物。整栋房子里弥漫着兄弟会的气氛，又充满了兰博[1]式狂热而残暴的幻想。

---

1 系列电影《第一滴血》的主角。——编者注

在这种男性氛围下，我需要时不时地喘口气，寻找一些别的陪伴。我会去玛丽亚姆中学的市场淘些便宜货，或者去探一探我那些时髦女同事们的秘密商店，她们总能精打细算而又打扮得体。我在街上走了一小段路就发现了一家不错的裁缝店，再往前走一点便是一家二手鞋店，我在那儿淘到了一双红色的休闲鞋，立即高兴地穿上了。许多女孩（例如我）出门时已经穿上了新买的战利品，店主会对所有走出店门的女孩说："Ba khair beposhi ——愿你愉悦地穿着它们。"回到家里，我们用烤肉来庆祝生日，和邻居们一起策划逃生路线以防突袭，还要留心不要一屁股直接坐到沙发上，因为沙发下面可能藏着一盒手榴弹。

我们的花园荣枯与否取决于哈立德的心情。我坐在花园里，听他讲述着两个男人的故事，他们都是来拜访哈立德的常客。其中一位是反苏圣战时期响当当的人物——坎大哈地区的前圣战者指挥官。那时是 20 世纪 80 年代，圣战者的各路军阀还没有将枪口对准彼此。另一位是共产党政府领导下的阿富汗军人，被组织派去暗杀那位指挥官。他在指挥官的车里放置了一枚炸弹。当汽车开上一条土路，感受到路面的颠簸不平时，炸弹就会爆炸。而当指挥官的车行驶到土路前不到一公里的地方时，也许是出于直觉或纯粹的运气，他和别人换了车。最终坐在他车上的那个人不幸丧命。

听哈立德讲道，故事里的两个男人正坐在花园的塑料椅子上，一起啜饮着伏特加，身旁放着枪。故事发生时，他们各执自己的立场，划开一条泾渭分明的界线。时过境迁，这些界线变得颠倒模糊，把不同的人推向不同的战场，直到最后他们分坐在一张桌子的两端，一同赏着日落，看着北约的直升机在喀布尔壮阔的天空中穿云破雾。在我眼里,他们就像喀布尔的艰辛过去幻化成的幽灵,彼此交换着回忆。

像这样的邂逅故事就像一管强劲的解毒剂,缓解人们对喀布尔不切实际的幻想。它让人们意识到自己犯了错,在喀布尔不该用过去时态谈论战争。战争既然不是来到喀布尔,又谈何离开。它就如潮水,已经起起落落无数次,而人们逐渐学会了观察,看这股浪潮如何席卷他们的生活。

我们通过另一个室友——沙阿博士——来了解喀布尔历经的又一次迭代。他是一位训练有素的经济学家,先前从事着世界各地的发展援助工作。不过我认识他的时候,他是一家私人公司的顾问。我们称他为"萨哈卜博士",他比哈立德年长一些,表现得稳重自持。但没过多久我便发觉,他言辞间常闪现出一种揶揄讽刺式的幽默。

20世纪70年代早期,萨哈卜博士第一次离开喀布尔,前往欧洲,当时的他还是一名少年。而这一次离开比所有人预料的都要久。他告诉我,就在启程前的几天里,他骑车绕着城市兜了一圈,用相机拍下喀布尔所有的地标。他至今也没弄明白这样做的原因。毕竟那时候摄影很少见,也很费钱,更别说用的还是胶片。而他花了整整三天时间,骑车前往陵墓、宫殿、公园和历史景点,拍摄下它们的珍贵影像。这些记录着他少年时代的喀布尔胶片,被妥善地保管在他德国的家中。"我会拿给你看的。"他总爱挂在嘴边说,却从未兑现过。反倒是我们住在一起的许多个夜晚里,他将那些照片描绘得栩栩如生。

萨哈卜博士的故事让人不禁想到他所代表的喀布尔精英阶层,那是一个已经销声匿迹的世界。他说起河边有一家叫沙基尔·恰纳克法鲁什的陶器店，里面收藏着品质上乘的瓷制茶壶。他熟悉的每一户家里都摆放着布料精美的靠垫，房间布置得简约而考究。放学回家的路上，他会在"知识银幕"那儿逗留一阵，那是一家放映教育片的电影院。他口中的喀布尔来自一个更为自信的时代，那时这里的未来还未曾蒙上战争的阴霾。

有时萨哈卜博士会沉浸在自己的回忆中，似乎忘记了他正在和我交谈，于是他分享的故事便成了他的自言自语。通过他的叙述，我对曾经在伊斯梅尔的花园中瞥见的东西有了更透彻的理解——那是喀布尔特有的文化，一种由其环境定义的、复杂的生活方式。

和许多同龄人一样，萨哈卜博士对这种喀布尔文化了如指掌。不仅如此，他还率先见证了它在城市中的消逝。每天，他都能在这座大变样的城市里发现激怒他的新元素。譬如断电、奢华的毒品大厦、坑坑洼洼的街道、腐败的政府，还有漫天要价的糖果商、被遣去清理排水沟的孩子们……这一切引起萨哈卜的强烈愤怒，这种愤怒渗透进他生活的方方面面；与此同时，这种愤怒又无从说起，难以言表。在他的谈话中频繁地出现"禽兽"这个词，他变着法儿地使用该词来发泄情绪。他把自己所有的情感都灌注到这个词中，把它用作形容词、副词、介词、标点符号和劝谏等。他极尽夸张地使用它描述一切，从"禽兽"政客到"禽兽"网络运营商、"禽兽的"电力供应，以及"禽兽的"电视节目的"禽兽"主持人。在他身上我体会到一种回家的苦涩，那种失落感，面对自己的家园却只能袖手旁观时徒然的愤怒。在他心中，昔日的喀布尔已荡然无存。

"这不是我的城市，"有时他会在谈话末尾感慨道，"这些人也不是我的同胞。"我听来感觉既困惑又愤懑。从某种程度上讲，萨哈卜博士的境遇并不足为奇。战争带来毁灭，而城市在动荡中重生。几个世纪以来，喀布尔人和其他城市的居民一样，对"外来者"的破坏行径一直怨声载道。而萨哈卜博士的经历触动我的地方在于，他年少记忆里的城市已被战争摧毁过一次。而2001年之后，在和平重建喀布尔的进程中，这座城市再度被抹去，这一次是从人们的记忆中抹除。喀布尔这样一座历史悠久、底蕴深厚、山川秀美、文化繁荣的城市，似乎已经消逝在当下这座新兴城市的外表之下了。这其中的讽刺之处连萨哈卜博士都没有意识到——这一段过往，竟是由一位大半生都漂泊在外的喀布尔人讲述给我听的。

乌尔都语诗歌里有一种体裁反映了这种城市的失落。这类作品称为"shahr ashob"，即"哀挽诗"，哀悼社会秩序的衰落与灭亡，也是哀叹逝去生活的声声挽歌。比如有诗歌描写印度民族起义后的德里：1857年，印度士兵发动了一场大规模起义，以反抗英国的殖民统治，最终遭到了镇压。[1]这些诗歌叹息着王廷的覆灭、凋零的美好文化、逝去的优雅、日常的风仪。我想到了萨哈卜博士每天晚上讲的那些故事，那就是他所作的哀挽诗，悼念他失去的城市。

这也让我在几年后观看一组视频时再度想起他。这是一组拍

---

[1] 1857年9月19日，德里在英军攻击下陷落。印度起义军在总司令巴克特·汗的率领下向奥德撤退。印度莫卧儿王朝宣告最终灭亡。德里保卫战从9月14日开始打响，印度起义军在11000名英军围攻下坚守了六天，杀伤包括两名将军在内的5000余名英军。德里失陷后，印度民族大起义形势急转直下，英军逐渐掌握了主动权。

摄于20世纪90年代的视频，^{xxviii}其中一组镜头可能拍摄于塔利班统治的风口浪尖上。一个阿富汗男人伫立在乡下某处庭院中，除了门和一楼房间的一处角落外，其余地方尽数被毁。一处角落里躺着一块设计简雅的雕花木板。镌刻着花朵的墙壁上陈设着饰品，四周还有镶边。我还见到一处熟悉的壁龛，在我的老家也是这样的小型壁龛，用来放置一些常见的家庭物品，比如一盏灯或几本书。那面墙的根部覆盖着煤灰，周围连接的墙体陡然豁开巨大的缺口，显露出其后的山峦。

影像中展现的是一处寻常家庭中的寻常角落，在生活中兼具美观和实用，而现在竟透出些神龛的意味来。在这些墙壁中嵌入的是人们对阿富汗的记忆，这里有人们视若珍宝、精心照料的家园，他们可以坐在家中的壁龛旁眺望群山。而曾经气派的房屋如今却只余下了孤零零的壁龛。看着屏幕上那个男人落寞的身影，从残败的院落里搬走碎石，我不禁想到了萨哈卜博士，他每天早上步行去上班时也是如此，在城市的残骸中小心地避行。

我使出浑身解数，想和萨哈卜博士同游喀布尔，但他还是坚持独自漫步。我和他靠得最近的时候，是他晚间的闲逛时光，漫溯于这座他记忆中的城市。他是我们心中的谢赫拉莎德[1]，编织着一个个关于喀布尔的故事，这座走向消弭的城市依旧美丽动人，可却永远留在了过去。

不过有些时候，他会间接地和我们分享他的漫游历程。某些晚上，他会带给我们一家小餐馆里的果仁蜜饼，店主是一名土耳其面包师，他的家人世世代代都住在喀布尔。萨哈卜博士说，这

---

1 《一千零一夜》中的苏丹新娘，书中故事的讲述者。

是唯一一家用新鲜核桃做糕点的餐馆。其他晚上，他会请我们吃冰激凌，层层奶油冰凉沁爽，装在锡纸小盒子里带回来。不过据他所说，这座城市已让他辨不出模样，可他又拒不透露是在哪儿发现这些"小欢喜"的。

还有些晚上，当他需要纾解对喀布尔的种种不快时，我们就是他近在手边的发泄对象。他往德国打网络电话时，如果碰上比平时更不稳定的网络连接，就会愤愤然盯住弓着身子坐在笔记本电脑前的我们，用一口混着法语和达里语口音的英语慢吞吞地说："就是你们这些人，霸占了互联网的全部网速。"

* * *

多年来，家人们对我的旅行逐渐改变了看法。每当我收拾行李时，他们总会焦急地问我："你为什么还要回去呢？"而要向他们一一解释出我的理由则变得越发艰难。

只有当我身处喀布尔时，我才觉得自己找到了答案。走进喀布尔就像是在一个炎炎夏日走进老家的一间屋子。从明亮的日光下进入黑暗。随着你的眼睛慢慢适应，房间的轮廓渐渐清晰，昏暗的内部也就逐步显露，一步一景地展现出你熟悉的家具和角落。而我注视喀布尔的时间越久，它的布局就越宏大，变得越发深刻与广阔，在它浅显的表象背后，正有细微之处逐渐浮现。数年来我漫步于喀布尔的街道，觉得它越发有家乡的熟悉感。

唯一一个没有问过我为什么还要回去的人，是我姥爷。

所以，不出意外地，我在他的书房里寻觅到一个最像答案的答案。那时我们正在谈论诗歌，姥爷问我："你知道'ghareeb'是什么意思吗？"我肯定地回答他，在乌尔都语中它是形容词"贫穷"的意思。姥爷又补充说，在阿拉伯语中，它还有"局外人"或"陌生人"的意思。波斯语诗歌中的"*ghurbat*"通常指一种远离故土的状态。流亡在外或背井离乡恰恰就是一种贫穷。后来我发现这种观点与比哈尔（Bihar）[1]的工人们哼唱的"*birha*"（"离别"的歌曲）不谋而合，这些合同工漂过幽暗的海洋，远赴加勒比海的甘蔗园。

恍然失神间，姥爷吟咏了几句穆罕默德·伊克巴尔（Muhammad Iqbal）[2]的诗。这位诗人用波斯语和乌尔都语写作，在喀布尔也经常能看见他的诗作。

  Ghurbat mein hon agar hum

  Rehta hai dil watan mein

  Samjho wahin humein bhi

  Dil ho jahan hamara

  即使身在流亡

  也仍心系故乡

  遥想重返故土

  我心长存的地方[xxix]

伊克巴尔提到的这个故乡究竟指什么地方呢？姥爷说，这是

---

[1] 比哈尔，印度东北部一座城市。
[2] 穆罕默德·伊克巴尔(1877—1938)，英属印度乌尔都语和波斯语诗人、哲学家。

一个开放式的问题。它可以是你出生的地方，也可以是某个接纳你的地方，还可以是一处想象之地，只有在那儿，你才是完整的你。

我第一次离开喀布尔时，朋友们将水洒在我身后的地上，口中说道，愿它照亮你前行的路，指引着你归来。这条路窄窄的，却又很明亮，洒上的水让它熠熠生辉，看起来就像是一座通往神奇岛屿的桥梁，或是一条连着漫天故事的走廊。这条路，映亮了大地。

第二章

写在城市上的印迹
WRITTEN ON THE CITY

通往喀布尔的路上,铺满了故事。

一小块记忆的碎片将我拉回了那个下午:我在姥爷的书架上发现了一本书,在书里我头一次读到喀布尔的故事。大人们睡得正酣,屋子里弥漫着一种寓言故事开头时的寂静。我仔细阅读着手中的书,这是1892年孟加拉国传奇作家罗宾德拉纳特·泰戈尔(Rabindranath Tagore)写的一篇短篇小说。[i] 该小说以当时的加尔各答为背景,刻画了一段不同寻常的友谊:一个名叫米妮的小女孩和一个"卡布里瓦拉"——阿富汗货郎——之间的故事。卡布里瓦拉会用他大包里的杏仁和葡萄干来招待米妮。他们一起玩耍,放声欢笑。每当卡布里瓦拉串访到米妮的街道,她就会朝他喊道:"啊,卡布里瓦拉来了!"读完故事,我意识到卡布里瓦拉是爱着米妮的,因为她让他想起了自己远在家乡的女儿。他口袋里揣着一张纸,上面印着他女儿的小手。这便是他与女儿的照片之间最近的距离。记忆中,我是从这个故事里第一次听说了喀布尔这座城市:一名穷货郎游荡在遥远异乡,寻找着跟自己孩子相似的面孔。

成长过程中,我读了很多书。一方面是我喜欢看书,另一方面则是因为,在印度的阿里格尔,女孩子实在没多少其他事可作消遣。我出生于穆斯林家庭,开明程度十分有限,还有种种隐秘的禁制,使得门外的世界看起来十分遥远,像是一块远在千里之外的大陆，而我便是冒险"神游"的旅客。不论是去学校，还是全家外出看电影，或是跟朋友们社交，这些无一例外都会受到监管。关键是这些出行还需要给出理由——一个能被准许现身街头的目的，而这些答案绝不可能是"漫无目的"。我的兄弟们可以在阿里格尔的大街上自由地闲逛，深夜时分在热闹的茶馆里流连忘返，越墙而过，凝望星空；而我只能百无聊赖地占据屋内的空间。那时候，阅读是一条通往无限可能的道路，为我提供了一方无与伦比的天地，让我大胆地阔步前行。

因此，书籍才是我的私人领地，令我感到既雀跃又安全。它们是我游历世界的地图，也是我获得归属感的方式，给人回家般的温馨。我足不出户，就能看到书籍为我打开的新世界。

我在一所杂乱的平房里长大，里面塞满了书籍。昏暗的卧室里吊着高高的天花板，两旁是放书的橱柜，上面摆放的大多是叔叔阿姨们的书本，昭示着在20世纪50年代他们曾毕业于印度北部的寄宿学校。这其中包括一些促进身心健康的书籍，当时，这些书作为在德育科学、英语辩论赛上获得名次或参与的奖品分发给学生们的。这些橱柜摆放杂乱，霉迹斑斑，却时常能从里面翻出一些新玩意儿，或是一些怀旧的老物件。就是在这里，我找到了自己的第一套 P. G. 伍德豪斯[1]的作品，并由此对乔吉特·海尔[2]的浪漫故事萌生了兴趣。我还读过安东·契诃夫（Anton Chekhov）、艾萨克·阿西莫夫[3]和

---

1 伍德豪斯（Pelham Grenville Wodehouse，1881—1975），英国幽默小说家。

2 乔吉特·海尔（Georgette Heyer，1902—1974），英国剧作家。

3 艾萨克·阿西莫夫（Isaac Asimov，1920—1992），俄裔美籍作家，科幻小说黄金时代的代表人物之一。

安·兰德[1]等人的作品。在那些停电的下午,借着从窗户的一丝缝隙透进来的光线,我细细阅读着书上的铅字,用一只手翻动书页,另一只手给睡觉的祖母扇扇子。在漫长的冬夜,别无去处时,我便宅在家中阅读。书籍是我全部的社交生活,也是我所需要的一切。

许多年后,我发现这种成长经历为我在喀布尔的生活做了完美的铺垫。我青春期时这种与世隔绝的日常,与 2006 年时喀布尔的生活节奏无缝衔接上了。侨民工人们集体住的宾馆,通常是一些改建过的平房,林立的高墙包围着郁郁葱葱的草坪,圈出一片完美的生活空间。而我的房间,可以俯瞰整座内院,就像在阿里格尔一样。因此,那些在国外的女性看来难以接受的事情,我却觉得再自然不过了。

"这儿的晚上可没什么好去处。"反正我们也从不在晚上外出。

"你在这儿有什么消遣呢?"我翻了个白眼以示回应,继续翻着我的书。

阅读让我学会在喀布尔生活,在很大程度上,让我过得像在家中一样惬意。

直到有一次旅行,我意识到自己忘了带常备的书籍。没有它们我便不知所措。若手头没什么读物,夜晚的黑暗便会悄然逼近,漫长得可怕。

我开始四处搜寻可读的东西,并向别人寻求帮助。从一些相似的人——来喀布尔工作的外籍人员——那里,我得到了揶揄的鄙视,也有一些心有余而力不足的帮助。这就好比我想在喀布尔

---

[1] 安·兰德(Ayn Rand,1905—1982),俄裔美国哲学家、小说家。

的市场里寻找一些异域水果或名牌泳装一样。(只可惜,这些东西应该能在新城的时髦商店或五花八门的"布什集市"市场上买到,该市集的名称来源于美国的布什总统,2001年时他曾下令攻打阿富汗。)一些经常旅行的朋友们主动提出,他们下次访问迪拜时会帮我带一些回来。而其他人则委婉地建议我,下次收拾来喀布尔的行李时,要做更充分的准备。

刚开始,我迫切地寻找书籍,以求轻松打发掉夜晚,后来却变成了一系列的漫步,游历在文字构成的天地里。当我在喀布尔的街道上徘徊寻觅时,我开始用读故事一般的眼光阅览这座城市,故事的脚本就浮现在喀布尔的街巷与砖石上。它如一卷羊皮卷,沉甸厚重,铭文被镌刻后又抹除掉,一遍遍地反复书写着。

漫步是我去阅读这座城市的方式,正如阅读也同样引领着我在城市中漫步一样。

* * *

在第一次喀布尔之旅期间,我穿过所在的科洛拉普什塔街区,来到附近的一家被国际非政府组织租用的宾馆。此处环绕着一座圆圆的山丘,因而得名"圆山"。山顶上有一座泥堡,在那个春日,历经阵雨洗礼后的它,拂去了喀布尔恼人的尘埃,矗立在蓝色的天际下,清新脱俗。

这座堡垒是1928年反抗阿曼努拉国王期间的关键据点。同年12月,叛军首领哈比布拉·卡拉卡尼占领了这座堡垒,随后于1929年1月控制了喀布尔。作为阿富汗的统治者,卡拉卡尼推翻了阿曼努拉备受争议的革新措施。在他短暂的统治期间,许多官廷精英转而效忠于他。ⅱ但到了1929年10月，喀布尔再次沦陷，阿曼努拉的堂兄宣布成为国王。卡拉卡尼没有接受先前许诺的大赦，但也投降了，同年11月，他与亲近的党羽一起被处决。堡垒的剪影投射在宽阔宜人的街道上，提醒着人们这段短暂而紧张的改弦更张：这是一场城市与乡村间的对抗，也是一次现代与传统之间的欲望之争。

主干道上街景远阔，不过我的目的地却不在此，于是转而走上了一条支道。透过防护墙，我瞥见喀布尔古朴的房屋和草坪上耸立的树木。南希·杜普里曾在书中提到此处，这里曾经是一片草地，位于以前的恰曼－瓦济拉巴德区（Chaman-e-Wazirabad）边上。冬季被洪水淹没的草地形成一处供候鸟栖息的湖泊，"令众多猎人大喜过望"。ⅲ自20世纪40年代起，喀布尔的中产阶级在这里兴建房屋，建筑风格与伊斯梅尔·萨哈卜的房子如出一辙，搭配大花园和精心侍弄的草坪。

2001年之后，许多这样的住宅迎合时代的特定转型，被改建成了宾馆、咖啡厅或餐馆。路上，我途经几处援助机构的办公室和外国工人的住所，还有一些其他机构驻扎在此，有了他们的推动，2001年后喀布尔迅速繁荣了起来。

那天，我去拜访的非政府组织宾馆里，摆放着一个橱柜，里面满是书籍，让我不禁想到阿里格尔的老家。房间里装着木门，安着碰簧锁，旁边就是壁炉架。封面艳俗的颜色和平装的书脊似乎与整个橱柜格格不入——据一位房客所言，他们便是靠这些来聊以慰藉，逃避"艰苦的现实"。

能否拿到书本——特别是英文书——这在喀布尔极具等级意识的教育领域里，是一种区分阶层的手段。这些并不是普罗大众可以获得的书籍，它们被层层安保隔离起来，只有身份"正确"的人才能接触到。当国际重建项目的工作人员去上班时，这些书便被塞进手工制作的拎包里，放在越野车上，陪人们穿梭在喀布尔拥挤不堪的道路上，度过漫漫车程。

在喀布尔徘徊寻书的过程中，我发现一些新潮的咖啡店里有书籍交换活动，这往往是那些珍宝与我近在咫尺之时。顾客们可以从书架上挑走他们喜欢的任何书籍，离开时要尽可能留下自己的书籍。这对在喀布尔走马观花式的侨民生活来说，是一种巧妙的调剂手段，毕竟离别随时可能迫近，这就是现实。

我经过其中几家咖啡馆。有些咖啡馆在街上醒目的位置摆上了招牌，窗户涂成浅黑色来吸引路人，其他咖啡馆则位于比较安静的街区，只用小手绘板做广告牌。这些小店没有在店外搭起路障或派驻保安人员，希望能借此避开潜在袭击者的雷达探测。在每家咖啡店的货架上，我都能找到离去的记者和援助人员留下的痕迹——他们的名字集合于一处，无处不在，就像万神殿里供奉的神祇一样。巴基斯坦记者艾哈迈德·拉希德（Ahmed Rashid）撰写的关于塔利班的书频频出现，还有史蒂夫·科尔（Steve Coll）的《幽灵战争》（*Ghost Wars*），这是一本介绍阿富汗的实用作品——这里的真相，远比小说更离奇。[iv]

这里有战地记者关于战争报道的书籍，有摄影师拍下的战地影册，有关于缝纫界和美容学校的故事，也有喀布尔的裁缝和书商的故事。有少量几册孤独星球出版社发行的旅行指南，崭新锃亮，还有许多讴歌阿富汗人纯真之美的书卷，如《追风筝的人》（*The Kite Runner*）。[v] 喀布尔是一座被世界遗忘后转而重建的城市，坑坑洼洼的街道边静立着一处处阴凉之所，里面的书籍不断变换着名称与主题——一如旧时的灯塔,指引着前行的人们。

从这些书籍交换中空手而归,我转而投向手中的《巴布尔回忆录》英译本——这是年轻的国王巴布尔写下的日记,语言大胆直白。在阿里格尔时,姥爷把它送给了我。[vi] 这本回忆录最初是用察合台文写的,被视为世界文学经典自传之一。我发现,它还是一本独一无二的喀布尔指南。

巴布尔被他的叔叔们赶出了他在费尔干纳的王国,此地在今天的乌兹别克斯坦地区。巴布尔十二岁时就开始写《巴布尔回忆录》,里面讲述了他一再试图占领传说中的撒马尔罕(Samarkand)的经历,这个珍贵之物他只是短暂地拥有了一瞬。1504 年,在遭遇了一系列军事失败后,他将目光转向喀布尔,并成功占领了这座城市。巴布尔被这片新领土所吸引,他的回忆录满是对喀布尔气候之奇妙、水果之甜美和周围环境之优雅的描述。"在喀布尔的疆域上,有一片紧挨着一片的高温区和低温区。在一天之内,一个人可以从喀布尔镇上走到一个永远不会下雪的地方,或者他可能会在两个星体小时[1]之内抵达一处积雪终年不化之地。"[vii] 他饱蘸着热情,记录下喀布尔的集市,描述捕鸟时的探险,赞叹这里上好的木材,参观此处的清真寺,还细数了长于山麓丘陵上的郁金香品种。

我在他的文字中漫步喀布尔,我读到巴布尔对于活水的钟情,他设置在喀布尔及其周边地区的花园,引溉的便是溪流的活水。当他的后代——印度莫卧儿王朝的君主们,造访这处位于王国边

---

1 星体小时(astral hour),也称星体时间。一个星体时间为星体近轨道环绕时间,地球的星体时间为 5000 秒多一点,约 1.39 小时。

缘的地区时，会在花园里举行野餐，和数百年后现代喀布尔人的做法如出一辙。

《巴布尔回忆录》直言不讳地描述了作者跌宕起伏的人生经历，即使过去了几世纪，作者的声音依然具有即时性。在巴布尔的皇家羽毛笔下，诸事皆宜，百无禁忌。他记录了他与第一任妻子圆房时腼腆的迟疑，以及他对一个名叫巴布里的年轻男子的迷恋。他还记录下屠杀和斩首的事件。他描述了他在喀布尔举办的惊天动地的饮酒狂欢，并详细地列出过量饮酒与食用 maajun 毒品（一种鸦片和其他物质的混合物）的后遗症。"当毒品派对遇上酒会，绝不可能是和谐的景象。酒徒们开始大谈特谈，喋喋不休，聊天中大多隐晦地提及 maajun……尽管我想尽力控制住局面，但无济于事。这里乱成一片，令人作呕。我忍无可忍，就此解散了此类狂欢会。"[viii] 在喀布尔的旅居生活中，《巴布尔回忆录》是一本在烽火纷扬中记录人生的回忆录，具备极高的文史价值，里面记载着毒品、酗酒和绝望的爱情故事。

在接下来的日记里，巴布尔将目光转向印度。他自封为"印度斯坦皇帝"，定都德里，并于1526年赢得了一场关键的战争。这场胜利促成了强盛的莫卧儿王朝的建立。说来讽刺的是，取得这些功绩之后，《巴布尔回忆录》的情节便进入了悲哀的转折。巴布尔不得不花上大部分的时间，来治理他的新王国，他渴望着见一见喀布尔熟悉的风景。他焦急地去信，询问着他一手建立的花园。就像许多在他身殒之后流亡的阿富汗人一样，当他切开甜瓜，转而想到留下的那些水果时，不禁热泪纵横。他给身边缺席的伙伴写下了题为"向逃亡朋友们致辞"的诗句，他们退居到了气候凉爽的喀布尔。[ix] 也许他曾怀想过汩汩流动的活水，他在钟爱的花园里挖凿出的一道道水渠，就如同嵌刻在大地上的诗行。

巴布尔发起了第五次印度征战，事实证明，这也是他的最后一次征战。他于1530年12月在阿格拉（Agra）去世，享年四十七岁。他的回忆录在前一年就已终结，一句话写到中途便戛然而止。他死后被葬在印度，但几年之后遗体被转移到了喀布尔，因为他生前曾要求安息于此。

他的陵墓位于喀布尔旧城的西南部，坐落在狮门山的山坡上。里面安息着这位宏伟王朝的开拓者，很显然，他的陵墓并不耀眼夺目。然而，它却设立在巴布尔亲手栽植的大花园里。这座花园和喀布尔大部分地区一样，在1992—1996年的内战期间遭到了破坏。2002年，阿迦汗文化信托基金会（Aga Khan Trust for Culture）以巴布尔在其回忆录中的描述为指导，据此开始重建这座大花园。2006年温暖的春日，我漫步到了那里，当时正好遇到在测试重建的中央水渠。随着水流喷涌而下，围观的工人爆发出阵阵欢呼声。

我走上花园的十五处露台，俯瞰着后来扩建出的建筑，比如巴布尔的曾孙沙贾汗（Shahjahan）建造的一座小型大理石清真寺，一处游泳池和一座凉亭。花园里的每一层空间，都重新种植上了巴布尔在回忆录中提到的树木——樱桃树、苹果树、桃树、胡桃树、桑树、杏树和南欧紫荆树。这是一座在文字间重焕生机的花园。

巴布尔的安息之地坐落在山顶的陵墓群中。陵墓四周围着一面精致的大理石镂花屏板jaali，它是原版的复制品。当我拜谒此处时，印度工匠们正在安装这块屏板。正如巴布尔希望的那样，陵墓面朝天空修建。这里的景色十分壮丽，将恰尔代山谷的风光尽收眼底，周围环绕着白雪皑皑的帕格曼山脉。在花园围墙后的山坡上，立着一幢幢传统的泥屋。一群孩子从花园的水龙头里给各自的容器接满水，带回山坡上的家。

　　站在这处露台上，我发觉，透过很久以前那位国王写在纸页上的文字，喀布尔对我敞开了大门。在这本书的扉页上，姥爷为我题上了一句通常认为出自巴布尔之口的著名格言，当我漫步于这片熟悉又陌生的地域时，这些话便是我的指路明灯。"Babur ba-aish kosh, ki alam dobara neest."意思是："巴布尔，好好享受，快乐生活，因为人生不会重来。"ˣ

* * *

　　《巴布尔回忆录》是我在喀布尔的书店——Shah M 书店的书架上找到的其中一本书。这家开于街角的标志性书店坐落在一个名为查拉希·萨达拉特的十字路口，在我看来，这个十字路口似乎在新城的新潮和拐角处各类政府办公室、部门的平淡之间达成了某种平衡。新城方向通往书店，走在希尔阿里汗（Sher Ali Khan）路上，这是一条繁忙的大街，两侧是宽阔的人行道。我经过几堵高墙，有些墙面上贴着选举海报，还有我在喀布尔已经见怪不怪的涂鸦，是阿祖甘密封剂刊登的广告。道路中间的分隔区种满了悬铃木树苗——巴布尔最喜欢的树木之一。树下的土壤刚浇过水，还很湿润，叶子上落上一层喀布尔无处不在的灰尘——此时正值暮春时节。

　　我走的这条路线经过伊朗大使馆，外面经常站着排队的签证申请人——一些希望在邻国找到工作的阿富汗人。再往前走，平平无奇的墙壁让开一条路，露出了一排排商店——一些文具店和打印铺，打出五颜六色的字体来宣传他们的商品服务。随着道路的弯转，建筑物的外墙变得出乎意料地优美，它们的顶部是奶油色的塔楼。环绕着喀布尔的群山映入眼帘，山峰还戴着雪顶。在十字路口的中央有一小块绿地，道路两旁是坐着轮椅的乞丐和慢吞吞挪移的黄色出租车。这处路口经常被封，方便政客和军事官员的车队通行。这片区域发生过喀布尔最严重的交通拥堵，因此交警的声音时常回荡在十字路口处，手中的喇叭嘶吼着"卡罗拉注意，卡罗拉注意！"，催促着卡罗拉出租车继续前进。

在绿地的另一侧，是蜿蜒曲折的街道，沿街开着一长溜的摄影工作室，展览印度女演员的照片和秀丽的风景的照片。这家书店就在这些工作室前面。它的规模相对较小——与宽敞的邻居相比只占一小块地方——让人很容易从它前面走过。但书店的绿色墙壁和醒目的红色字母彰显着它的存在：顶上的店名招牌印着英文字母 Shah M Book Co。

我走进了街上这家较为宁静的书店，开始四处浏览。门边的书架上摆满了有关阿富汗的英文书籍，这些书名令我回想起我在咖啡馆换书时看到的那些书。店里书籍高昂的价格在惊掉我眉毛的同时，也触发了我抠门的本性。我本可以直接走出去，但是那天店主沙阿·穆罕默德·赖斯（Shah Muhammad Rais）正靠在柜台。他听说我来自印度，便给我倒了茶。当我们拿起精致的杯子小口啜茶时，赖斯告诉我他是怎么想到开办这家店的。他说道，几年前，他去了伊朗度假，想要一睹大海的风采，却最终来到了一座离海岸八竿子远的城市。到那儿的第一天，他走在一条满街都是书店的路上，然后走进一家书店坐了下来，就这样到了晚上，已经读完了半本《奥赛罗》。接着，他买下这本书连夜读完了，第二天又回到书店，第三天亦然，在他余下假期里，每一天都是如此。

当他回到家，以卖书为生的念头便油然而生。不论喀布尔的时代如何更迭，从共产主义年代到圣战者、塔利班时期，再到国际安全援助部队时代，他的书店一直风雨无阻地开着。

除了卖书，赖斯还有一件热衷的事，他想收集关于阿富汗的一些出版物，以此记录下阿富汗的文学传承。他为此做出了努力，保存下近年来阿富汗在不同动荡时期发行的宣传册与年鉴、公报和纪念手册。多年来，他的工作违反了历届政府下达的不同命令。他说，在共产主义年代，他因持有圣战者宣传杂志而被判入狱一年；在塔利班掌权时，又烧毁了他的一大堆书和明信片，他们反对一切映现出生命力的形象。

赖斯从办公桌下拿出一些他抢救回来的材料来给我看。其中包括20世纪七八十年代阿富汗历届政府发行的一系列纪念册。在这些册子的开头，可以看到国家统治者的年表，中间不时有间断。例如，在一些册子上，君主的名字被遮盖，涂上了粗黑的线条。而其他册子上，统治者跳删了某些年份和政权的记载。这些抹除掩盖的是多年的流血事件、散落在世界各地的家庭、宫殿派系之间无休止的阴谋，等等。如今很多宫殿都遭到不同程度的损毁，这都拜那些派系斗争所赐。一连串永无止境的冲突，简明扼要地反映在了几页泛黄的纸页上。

赖斯为他一手开办的书店感到自豪。和他在书架间转悠时，我看到了他收藏的英文书——从适合初学者学习的普什图语-英语常用语手册，到阿富汗种族群体的学术研究。架上摆着大量关于阿富汗女性领导人的著述，也有政治家们在阿富汗的回忆录。还有关于苏菲派[1]、诗歌和伊斯兰教的书籍，以及阿富汗投资者名录。赖斯拒绝在书店里放上一本关于他的书，这便是挪威记者奥斯娜·塞厄斯塔（Åsne Seierstad）撰写的《喀布尔书商》(*The Bookseller of Kabul*)。[xi]2002年，塔利班政府被推翻后不久，塞厄斯塔跟赖斯的家人在一起生活了数月。而这本书让人一眼就能看出，它是以赖斯的生活为原型描摹的一幅生活肖像，赖斯对此颇有异议。她书中的主人公名叫苏丹·汗，他表面上十分开明，在家里却是暴君。他拒绝让儿子接受教育，还把一个年轻女人娶为二妻，伤透了他头妻的心。这本书一跃成为国际畅销书，而赖斯和塞厄斯塔之间的冲突也引起了全世界的关注。赖斯在挪威法院对塞厄斯塔提出法律诉讼（后来塞厄斯塔被判无罪），为了反驳塞厄斯塔，他还撰写并出版了自己的书《从前在喀布尔有一位书商》(*Once Upon a Time There Was a Bookseller in Kabul*)，还把这本书大张旗鼓地展示在书店的橱窗里。[xii]

我告诉赖斯，我正在为我的外祖父寻找贝迪尔诗歌的大字排印本，赖斯便带我到楼上——他收藏波斯文学作品的地方。阿卜杜勒·卡迪尔·贝迪尔（Abdul Qadir Bedil）出生在17世纪的印度巴特那市，是最具反叛性和最负盛名的波斯诗人之一。他的诗句里渗透着苏菲派思想和印度俗语。说来又很讽刺，如今在印度几乎没什么人记得他，但他在阿富汗以及塔吉克斯坦和乌兹别克

---

1 苏菲派（Sufism），伊斯兰教神秘主义派别，是对伊斯兰教信仰赋予隐秘奥义、奉行苦行禁欲功修方式的诸多组织的统称，亦称苏菲主义。学者们一般认为它源自"苏夫"（阿拉伯语，有"羊毛"之意）。因该派成员身着粗羊毛织衣，以示其虔诚的信仰和生活上的安贫质朴而得名。

斯坦等中亚国家却备受尊崇。赖斯很高兴听到在阿里格尔还有贝迪尔的读者，便带我参观了他的珍藏。比起楼下的英文书籍，这些波斯作品的价格明显低了不少。我的目光扫过这些书名：有诗人贾拉勒丁·鲁米（Jalaluddin Rumi）和穆罕默德·伊克巴尔的作品，也有德里的米尔扎·阿萨杜拉·加利卜（Mirza Asadullah Ghalib）和设拉子[1]（shiraz）的萨迪等人的诗作。这些名字构成了一座波斯文学的万神殿，我感受到了一种来自姥爷书房的熟稔感。

赖斯帮我找到一本在伊朗出版、印刷字体足够大的贝迪尔诗集，方便视力衰退的姥爷辨认。当我下楼结账时，他拿出了一卷略薄的书册——是《列王纪》（*Shahnama*）里的一册故事。《列王纪》是阿布·卡西姆·菲尔多西（Abul Qasem Firdausi）所作的叙事史诗，为全世界的波斯语使用者熟知。[xiii] 赖斯摆手拒绝了我付钱的提议，并在书的扉页用花体字题上了波斯语"赠给印度的迈赫迪先生阁下（Mehdi sahib）"，接着，他又用准确的波斯语继续写道"一位书迷传给另一位"。

* * *

在赖斯书店的一帆风顺鼓舞了我，我决定去踏访一处开在阿斯迈山上的图书集市，这座山几乎将喀布尔一分为二。图书集市位于赖斯书店以南。有一条路穿过各个政府机构设下的安防工程，而后又经过一大片药店，还有锡克教的商贩坐在各自的小摊

---

[1] 伊朗第六大城市，法尔斯省省会，南部最大的城市，伊朗最古老的城市之一。

前售卖着姜黄、辛辣的阿魏[1]和其他草药。再往前走一点就是Ju-e-Sheer，字面意思是"牛奶之河"。

我从一些居民那里听说，这个地方的名字来自一条曾经沿着阿斯迈山流动的小溪。溪水十分纯净，当月光倒映在溪流中时，溪水看起来便是纯白色的，如同牛奶一般。在这些古老的山坡上，来自喀布尔不同过去的数股小溪汇集在一起，汩汩流淌。山脚下是一座献给女神阿斯迈的寺庙，据传这位女神自9世纪印度沙希王朝以来，就一直守护着这座城市，古往今来，她的名字如同山峰一样亘古恒久。[xiv]也许这条小溪就流向这座寺庙。也有居民说，这个名字来自拜火教徒倒入河中的牛奶，甚至更早之前，他们就在山坡上建起了寺庙。一天下午，我来到这座山坡，这里的书店像倔强的蘑菇一样，紧贴着崎岖的地面，书籍从店铺的玻璃窗后隐约地闪现出来。

一些简易的摊位曝露在阵阵山风中，灰尘被吹起后沉积在货摊上；其他摊位则配备了电脑和暖气。有些摊位粉刷得很鲜艳，引人注目的颜色与它们上方连成一片的土坯泥屋形成鲜明的对比。我从大街步入集市，几步间就迷失在犹如迷宫般纵横交错的狭窄沟壑中。这里的书店彼此连通，小男孩们在小巷里跑来跑去，有时藏在梯子上，然后气喘吁吁地跑回来，扬扬得意地带回我想要的书，或是一本他们认为我应该会想要的书。

我继续往图书集市的深处走，遇到一些给孩子挑选钢笔的士兵们，还有热情的书商，试图把波斯语版的印度民间故事塞进

---

[1] 阿魏，从一种草本植物根部提取出的树脂胶，有特殊的臭气，嚼之有灼烧感，用于草药和印度烹饪。

我怀里,那是白沙瓦的泰姬陵出版社出版的。我还路过几排扎基尔·奈克(Zakir Naik)的普什图语布道书,他是孟买一位风头正劲的传道士。我问一个男孩他的书摊上有什么英语书,他翻出一本平装的《拯救大兵瑞恩》(*Saving Private Ryan*),薄薄的一册,是删节后的特别版本,方便读者学习英语。我把书翻到后面的问题列表,看到这么一个问题:"书中提到战争使人们结为兄弟,对此你有什么看法?"

最终,我停留在一处小书摊上,摊主叫阿拉什·艾哈迈迪(Arash Ahmady)。我正费力打量着他不拘一格的收藏品。他告诉我,他在附近卡特塞(Karte Seh)的一家医院工作,仅是出于对书籍的热爱,他周末会来半山腰上卖书。喀布尔的春天捉摸不定,我们顶着料峭的春风,手指逐渐僵硬,仍仔细阅览着手中浮雕精美的喀布尔地图。还有一本奥马尔·海亚姆[1]的诗歌,译者是爱德华·菲茨杰拉德(Edward Fitzgerald),用柔软的蓝色皮革装订。我还看到几本传记,其中有一本是甘地(Gandhi)的自传。我问道:"你是从哪里搞到这些的?"他实事求是地说:"喀布尔。"看到我脸上的表情,他又体贴地迅速补充说:"当然,在这儿你不可能找得到第二本。"

后来,关于这笔让我存疑的财富,我从一位朋友那里了解到它背后的故事。在20世纪90年代,随着内战从农村转移到喀布尔,大多数能离开的家庭都搬走了。朋友说,许多像艾哈迈迪书摊上的这类书籍来自匆忙关闭的大使馆和文化中心,以及喀布尔剩下的精英宅邸。"在这儿你不可能找得到第二本。"这句话与艾

---

[1] 奥马尔·海亚姆(Omar Khayyam,1048—1131),波斯诗人及天文学家。

哈迈迪所言不谋而合。艾哈迈迪说起自己淘书的经历,那些年他围着喀布尔河附近的书商打转,捡拾起那些似乎无人问津的书,而他兜里的钱刚刚够买下它们,最终他也这样做了。我们都沉默了一会儿,我蓦地想起了文化更为开明的喀布尔,在那时,贝迪尔和托尔斯泰[1],还有海亚姆、甘地等人的作品还在代代流传。我老家橱柜里的书本也是如此——从上一代人那里传承下来,在漫长的夜晚被翻开重温。

艾哈迈迪的书对我来说太贵了,所以我带走的只是一本英语－达里语的常用语手册和一本便宜的穆拉·纳斯鲁丁寓言。这位满嘴俏皮话的滑稽人物,深受印度、中亚及其他地区的人们爱戴,他给人以朴素的智慧,敢于向权威道出真相。姥爷时常给我讲穆拉的故事,他觉得穆拉不着调的失敬之举有种道不尽的可爱。我买下这本书时,可能正是因为想起了姥爷。直到后来,我才意识到自己读不懂这些波斯语讲述的故事,我原本熟悉的乌尔都语文本,现在换成了一门生疏的语言,就如同披上了一层精巧的谎言,让我兴冲冲地扑了个空。它就像一面屏板,遮挡起一个我熟悉的影像,散发的光芒透过掩映着它的曲线和典雅的拱形,勾勒出轮廓。

不过我把这本书留在了床边。我经常会拿起它,好像在期待突然间我能读懂它。也许我在这本书中寻到了一种超越语言的熟悉感。它让我想起喀布尔河畔不识字的路边书商们所拥有的那种知识,或是如今踪影全无的孟买书店,曾经这些书店遍布马路各

---

[1] 此处有歧义,一般有两个名人托尔斯泰。列夫·托尔斯泰(Leo Tolstoy,1828—1910),俄国作家、政治思想家、哲学家。阿列克谢·尼古拉耶维奇·托尔斯泰(Alexei Nikolayevich Tolstoy,1883—1945),苏联作家。

处。这些书商会为顾客翻找书籍，给出推荐，胸有成竹地按书名和作者归类，在文本间寻觅着一种言语之外的熟稔感。看着他们挪移书本，动作行云流水，娴熟得就像走在一条踏过千百次的道路上，甚至在梦中也能行走自如。

* * *

我早先几次踏入喀布尔，便一直坚定地认为，若是姥爷在这里，一定会觉得很自在，他对这里的街道乃至文化特征都了如指掌。他经常跟我事无巨细地描述喀布尔："有些城市我虽然从未去过，可却十分了解。"这种熟悉感主要来自书籍和其他读物，这是姥爷小时候在博帕尔（Bhopal）[1]学波斯语时就打下的基础。这在当时并不罕见，因为印度的精英教育包含波斯语，不论信仰，一概如此。大约在12世纪，波斯语已经在印度扎根，这种活泛的语言将国内一些城市与伊朗和中亚等地区联系在一起，范围一直延伸到东部的孟加拉国。[xv]印度在被英国统治之前，波斯语一直是它的官方语言，也被视为一种高雅的文化表达形式，直至后来被英语取代，而后者也正是我用来探索世界的语言。

也许这就是我们接近这座城市的不同方式。尽管我主要是通过西方的描述来了解喀布尔，但在同样的地域传承下，姥爷的思路反而离我更近。例如，他知道要在《列王纪》中寻找喀布尔，他告诉我，这部史诗中的某个女主人公就是一位喀布尔的公主；他知道著名的苏菲派诗人贾拉勒丁·鲁米就出生在阿富汗北部的

---

1 印度城市。

巴尔赫，而不是我猜想的土耳其（这就是我在喀布尔经常听到有人叫他毛拉[1]·贾拉勒丁·鲁米的原因）。他指引我去探索诗人贝迪尔备受尊崇的这片地域，在历史悠久的《巴布尔回忆录》中寻觅喀布尔的光景。

这一切使他读懂了城市的密码，对这座城市的复杂与精细了然于胸。这就好比，即使远隔千里，他也能比我更清晰地分辨出喀布尔街道的层层面纱。这也是我多次转而求助于他的原因，由他指引我在这些巷陌间漫步，他坐在阿里格尔的书房里，得心应手地指导我的脚步。

在某个特别的下午，当我听到喀布尔两座毗邻宫殿的名字时，不禁想起了姥爷。这两座宫殿旁曾坐落着一处公园，名叫扎内加，意思是"金边镶嵌"。这个公园由阿米尔·阿卜杜·拉赫曼·汗建造，为了推动喀布尔现代化与扩张，他还在喀布尔河左岸建造起了宫殿和欢乐园。这两座宫殿分别取名为博斯坦和古丽斯坦，后者是为王后而建——将宫殿选址定在这里，是看中了此处风景优美，与世隔绝。[xvi] 这些建筑群里一些标志性的建筑物已经消失了，其他的则以不同的形态保存下来。而这两座宫殿的名字则揭示了它们更为久远的来历：取自 13 世纪波斯诗人萨迪·设拉子的著名作品——《果园》（*Bostan*）和《蔷薇园》。

长诗、诗集和散文集这样的作品，是波斯经典文学中最重要的部分。它们也是姥爷所在学校的开设课程之一。按传统来看，南亚次大陆上大多数波斯语学生的教育都启蒙于这些作品。它们的影响还在西方国家蔓延开来，涉及包括伏尔泰和亨利·戴维·梭

---

[1] 毛拉（Maulana），巴基斯坦、印度等国对波斯语和阿拉伯语学者的称号。

罗在内的作家。我了解到,《蔷薇园》是19世纪早期英属印度官员所使用的主要波斯语教材。[xvii]

随着语言的切换,这座城市也呈现出不同的面貌,书法家手中的笔在它身上画出波斯语字母优美的曲线和折角,让喀布尔这份手稿看起来像是由精妙的字符和标点拼成。它的土地上处处点缀着名称与典故,将每一条街道都糅进一篇文章里。

用这种视角看待喀布尔就像在读一首诗。

走上喀布尔的街道,诗歌从不同物体的表面折射出来,散发着光芒。卡罗拉出租车和卡车的尾部写着洋洋洒洒的诗句,有现代的小调,也有诗人们传唱已久的妙语。墙壁则记录着精炼的评论,比如在一处军营对面的墙上就潦草地写着一句:"别再唱苦情歌了。"诗歌也反复出现在喀布尔人的对话中,他们喜欢引用一些精妙的诗句。在这座城市里,"诗人说"这几个字常被用作一锤定音的论据。

诗歌用它的光芒照亮日常,也为回忆增添色彩。

这声音从街头儿童的口中传出,他们把小颗骆驼蓬的种子放在锡盒里烧掉,作为抵御邪恶之眼的符咒,以换取几张阿富汗钞票。他们让芬芳的烟雾在汽车和人的头顶盘旋,吟诵着让他们免受灾害的诗句。

> 斯潘德,把恶魔锁起来,
> 斯潘德,把那邪恶的目光移开。
> 为了纳克什班德国王的爱,
> 也为了撒马尔罕姑娘们的美丽。[xviii]

这里提到的国王纳克什班德是著名的苏菲神秘主义的酋长巴哈丁·纳克什班德·布哈里（Sheikh Bahauddin Naqshband Bukhari），他创立的纳克什德班教团是这一哲学里最具影响力的派别之一。衣衫褴褛的孩子们以极快的速度背诵着这几句话，这其中蕴含着一条通往喀布尔沉重历史的线索，揭示着它在中亚历史长河中所处的位置。

这也提醒我们，虽然大多数阿富汗人不会读写，但他们皆沉迷于口述故事的传统中。[xix] 他们的耳朵听惯了在口口相传中流动变幻的故事，比如远道而来的商人带到喀布尔的古老集市上的传记，也有来自印度的书册。我之前读到过传说中建于 17 世纪的查尔夏塔集市（Chahr Chatta），它的名字来源于它的四座拱形屋顶，分别覆盖着四条拱廊，墙壁上装饰着镜子，还涂着一种混合了云母的特殊液体，可以让墙壁闪闪发光。[xx] 到了晚上，这里便犹如一整片灯笼，光辉灿烂。

我想到那些关于美妙的城市和冒险的故事会传到这座集市上，听众们只会通过一种方式来理解它们——那便是把它们融入自己的故事中，从这些千里之外的故事里找到自己生活的共鸣，将遥远的异乡视为自己家乡的倒影，将它们塑造成无尽的喀布尔。最终，这些故事成为喀布尔故事的一部分，成为千里之外、远在他乡传诵的某个喀布尔传说。

这些焚烟的孩子们加入了讲故事的队伍。他们沿着马路往前走，小小的身影绕过集装箱，一圈又一圈，经过一辆又一辆的车，一个又一个的人。他们用魔法将我们绑在一起，通过烟雾和诗歌将我们的身体一字排开，就像街道上浮现的一行诗。

***

沿着另一条文字铺就的道路,我来到喀布尔公共图书馆。去的那天,我随意而又傲慢地问我的阿富汗朋友纳兹拉:"喀布尔真的有图书馆吗?"她愤怒不已,于是带我去了图书馆。

我们相遇时,纳兹拉在一家影视制作公司工作。在我看来,她是喀布尔新一代年轻女性的典型代表,她不仅打扮入时,举手投足间更是透出一股干练,十分引人注目。塔利班占领喀布尔时,她的家人移居到了巴基斯坦。他们于2001年后回国,正好赶上纳兹拉进入喀布尔大学读书。她选择了法语专业,在学习期间还去法国生活了几个月。我的出行有纳兹拉做伴之时,她往往表现得十分积极踊跃,时常带我领略一番喀布尔的新奇景致。例如她安排了这次图书馆之行,狠狠反击了我的无知。

图书馆大楼位于查拉希·马利克·阿斯哈尔街(Charahi Malik Asghar)一端,连接着这条车辆川流不息的单行街道。这座大楼自1966年以来一直矗立在这里,发展到现在,周围的景致已是今非昔比。这条街道是喀布尔最繁忙的街道之一,放眼街头,一片熙攘的景象,街上竖着几面巨大的广告牌,刊登着手机和奶粉的广告。埃斯特拉尔中学距此只有几步之遥,它由阿曼努拉国王创立,与法国合作运营。近年来,许多杰出人物都曾在这所精英学府学习,由于做作的生活方式和口音,他们被欠缺风度的同时代人称为"法国鸡"。

向右是一条环绕外交部的林荫路,途经一座美丽的大花园。2006年以后,这里密集的建筑物便成了袭击的高危目标,这条路逐渐隐没在混凝土防护栏和沙袋后面,正常的交通已关闭。先前可以走的人行道，如今行不通了。我们只好开车前往图书馆，按照规定的单行线行驶，绕过扎内加公园和豪华的喀布尔塞雷娜酒店外不断延伸的安全护栏。我们在图书馆门口下车，只见它被挤在一众车流和高耸的建筑物之间，一眼望去，小得可怜。

尽管这座图书馆对公众开放，但要想进入却并非易事。我们刚到大门口就被拦住了，接着又在门禁处接受保安的盘问。历经一层又一层的审查，才得以进入。而这之后，境况就来了个大转变。正如那些被喀布尔在无形中化解的矛盾一样，从进门那一刻起，我们便成为贵宾，无论走到哪里，都会受到欢迎，并获得了盛情款待。

这栋图书馆完全是喀布尔官方的建筑风格，又让我回想起走进德里政府大楼的场景。图书馆里的走廊幽深昏暗，不时能见到一些隐秘的小角落放置着水汽沸腾的大水壶。其中的一条走廊通向大厅，直达一间阅览室，这里面摆放着整洁的木书架和大桌子，午后会洒进丰沛的阳光。书架上摆着五花八门的书籍——从《性别的另一半》（The Other Half of Gender）到《数据小册》（The Little Data Book）。在每天平均一百个的访客里，一大半都会去往大厅阅览室。

我们先去拜访了图书馆馆长哈米杜拉·沙赫拉尼（Hamidullah Shahrani），这是一位三十多岁、精力充沛的男士，几周前才刚刚上任。在他接手前，这些馆藏遭遇连年的战争，已损失惨重。据他所说，有许多藏书在内战时期遇窃，而其他书则遗失在政府更迭的洪流中。他讲述的这个故事，我在喀布尔曾听过另一个版本——圣战者政府时期有一位部长，他没收了前政府缴获的大量书籍，并将它们扣上"反动宣传"的帽子。沙赫拉尼说道："我们都听说过成吉思汗旭烈兀¹摧毁了巴格达的图书馆,但他是在自己征服的国家大行破坏,说到底他也只是个局外人。而在这里,我们却是'互相残杀'。"(后来,当我把这段对话复述给萨哈卜博士听时,他轻笑了一声,然后摇晃着手指告诫我:"我们都对彼此做了这一切啊,所以,不、要、对、他、人、指、指、点、点。")

透过馆长办公室的窗子,我能看到阿米尔·阿卜杜·拉赫曼·汗的圆顶陵墓,在20世纪20年代,那里曾设立过一个公共图书馆。1929年,正值哈比布拉·卡拉卡尼短暂的统治时期,许多存放在那里的书籍和稿件被洗劫一空,或者下落不明。[xxi]

与他在其他机构的同事不同,沙赫拉尼有着满脑子的计划。我们谈到他关于未来的愿景,包括扩建图书馆、创办线上网站、建立数字馆藏以及与全世界的图书馆链接起来等等。我们用未来时态讨论得天花乱坠,在这种乐观的谈话氛围中不禁飘飘然。他主动提出要带我们四处转转,我们跟着他穿过黑暗的走廊,面对他那张热情洋溢的面孔,似乎周遭也变得明亮起来。这种逐渐强烈的明朗感,也许是基于一种对不确定性的视而不见,不论是架上这些脆弱的书本,还是在这个久经几十年战争的国家经营好一家图书馆,这样的命运与事业,都指向了一种不确定性。然而,当我们与一个个员工擦肩而过时,我又突然意识到,也许沙赫拉尼的想法并非毫无根据。在图书馆工作的大多数人已经在他们的岗位上待了三十多年,他们的职业生涯称得上"长寿",这是掌管他们的政权所望尘莫及的,而反观历届政府的寿命,则短暂得仿佛昙花一现。

---

1 其实是成吉思汗的孙子。

海德里·沃约迪是图书馆最年长的员工之一，在稿件管理部门工作。我们遇见他时，他正坐在窗边一个有阳光的地方埋头看报纸，仅靠一件短袖毛衣抵御早春的寒意。看到沃约迪的第一眼，我就想起了姥爷，他坐在阿里格尔的书房里，沐浴着冬日的阳光，先浏览一遍英文报纸，然后再拿起乌尔都语报纸。我们相遇时，沃约迪已经七十六岁了，在图书馆工作了四十八年之久。同事们都对他满怀敬意，因为他是喀布尔首屈一指的当世诗人之一，也是苏菲神秘主义学者和思想家。伊斯兰教苏菲派与诗歌的联系是深刻而多样的，从贾拉鲁丁·鲁米的诗句中便可以看出这一点。而沃约迪的诗歌就是这样一条存在于作家与造物主之间的浪漫纽带。每逢周四晚上，他都会与弟子们讨论信仰与生命，而诗歌便是他们讨论的核心。

沃约迪出生在喀布尔北部的潘杰希尔山谷，是一位牧师的儿子。他进入了一所乡村学校，在一棵大树底下上课。他的生活贫困而平静，在耳听、口诵诗歌的环境下长大。他还是个孩子时就创作了第一首诗，这些诗句来自他的梦境。"我在花园里看到一个漂亮的女孩，她请我坐在泉水边等待。她翻过一面墙便失去了踪影，我等啊等，她却再也没有回来。"

> 你是何人
> 谁顶着你的脸
> 偷走了我的心
> 令我茫然无依

十三岁左右时，沃约迪迫于家里的经济危机而辍学。这并不是件稀奇事；农村的贫困孩子经常会辍学去农场打工，但他却通过阅读完成自我教育。他读过萨迪的《果园》和《蔷薇园》，读过诗人哈菲兹的作品，读过贾拉鲁丁·鲁米的史诗《马斯纳维》（Masnavi）。1954 年，年仅十几岁的他搬到了喀布尔。

在首都喀布尔，沃约迪找到了精神和文学上的导师，并在这里安了家。对一个来到城市漂泊的年轻作家来说，那定是一个激动人心的时刻。直到 20 世纪 60 年代，教育推动着识字率激增，尤其对于受过教育的精英分子而言，喀布尔的发展速度十分迅猛。这一时期的文学作品受到东方哲学家和西方作家的影响。沃约迪开始在一众新阿富汗诗人和作家间崭露头角。

1964 年，他进入喀布尔公共图书馆工作，同时也开始创作诗歌，创作主题包括他的城市生活以及他对和平、精神奋斗等更大问题的思考。

虽然我读不懂他的诗歌，但也能直观地感受到他对图书馆的热爱。他办公桌后的书架上堆着如山的稿页，将近五十年的光阴如数奉献给了它们。这些稿页中包括阿富汗最古老的报纸和杂志。沃约迪给我看了几张用土耳其语、阿拉伯语、波斯语和乌尔都语出版的报刊，这些不同的语言揭示着喀布尔读者的词汇范围之广。在阿富汗出版的第一份报刊《旭日》（Shams al-Nahar）也在馆藏之列。1873 年，国王谢尔·阿里·汗（Amir Sher Ali Khan）从印度回来后便创办了这份报刊。[xxii] 这里还收藏着一些由马哈茂德·塔齐支持创办的出版物，他本人不仅是阿曼努拉国王的岳父，更被誉为"阿富汗新闻之父"（塔齐还是一位现代主义作家，曾将儒勒·凡尔纳的法语作品从土耳其语译本翻译成了达里语，而非直接从法语版本翻译）[xxiii]。馆内还收藏着两份在阿曼努拉统治时期印刷的期刊：《阿曼—阿富汗人》(Aman-e-Afghan)和《托洛阿富汗》(Aman-e-Afghan)。前者是主要机关刊物，在喀布尔用达里语出版；后者在坎大哈地区用普什图语出版。据沃约迪所言，阿富汗出版业和作家的黄金时代是1963—1973年间，当时的国王扎希尔·沙阿创立了君主立宪制，国内进入"民主十年"时期。当时不仅有国家发行的出版物，也有个体机构发行的杂志。然而这一时代终结于1973年，国王的堂兄达乌德·汗发动了一场政变。之后不久，阿富汗就进入了长达数十年的冲突激荡时期。

图书馆里这些早期的期刊十分脆弱——它们正以肉眼可见的速度风化成片片碎屑，精装的封面积满了灰尘。但它们是喀布尔为数不多的见证，将文字的记忆汇订在一处。人们很难忽视沃约迪和文件夹里书页之间延伸出的联系，它们以不为人知的方式在逆境中幸存了下来。他似乎是一位喀布尔文学遗产的守护者，外表看似孱弱，却将自己坚定不移的信念寄托在这项事业中——在最黑暗的时代，文字依旧重要。即使城市被一次又一次地摧毁和重建，文字仍然承担着见证者的使命，保持人性的光辉，让美的信念永远鲜活。

我有很多事情想问问沃约迪，可又不想让他厌烦我的提问。他本人还患有中风，当他试图开口讲话时，身体就会止不住地发抖。沃约迪听闻我对向他提问存有顾虑之后，笑了，然后他用达里语给我背诵了一组对句："虽然我的身体在颤抖，但我的内心坚定如山，岿然不动。"

1978年，萨乌尔革命推翻了达乌德汗共和国。这之后的动荡岁月里，沃约迪一直住在喀布尔。1979年，苏联入侵阿富汗，一部分喀布尔精英已经弃城而去，而他却留在了这里。这些年他一直在图书馆工作。对他来说，写诗才是真正要追求的事业，相比而言，图书馆这份工作只是一项副业，然而它又不只是谋生的手段。他说："我很庆幸自己的青春是在这里度过的。埋首在书卷的海洋里，它们的味道和触感令我陶醉，下班后我也会在这里待上几小时，沉浸在翻阅书刊和品味故事的乐趣中。"而现在，他补充道，他就像一只笼中之鸟，图书馆是他唯一熟悉的环境，离开它，他便也就不复存在了。

看着沃约迪在书架边走来走去，我的眼前仿佛出现了一条小径，通往被人遗忘的喀布尔。与这位诗人交谈时，我想起了我在搜罗书籍时常听见的一句话：这座城市"没有什么好读的"。我忽然意识到，这种错误的想法，其症结在于读者本身，而不在喀布尔。

沃约迪说，图书馆最黑暗的时刻便是内战时期。图书馆所在的区域遭到了猛烈的炮击，"天空中的火星像雨点般坠落。图书馆被迫关闭了一段时间，人们忙着抢夺一切能找到的馆藏"。但即使在那些日子里，他也坚持努力工作，因为只要一想到那些遇毁的书，他便心如蚁噬，不堪忍受这种痛苦。

关于这段时期，我想起了朋友与我分享的一段视频。视频里一位年轻人站在废墟中央朗诵着诗歌。[xxiv] 他是阿富汗的著名诗人卡哈尔·阿西（Qahar Asi），他的作品主要创作于 20 世纪八九十年代。我此前没有拜读过他的作品，但我的朋友把阿西在视频中背诵的诗歌也一并发给了我。这首诗写于 1992 年，讲到喀布尔的陷落，谈及它的过去和血腥的现在，诗歌中同时糅合了绝望、愤怒和爱等情感。两年后，阿西在一次火箭弹袭击中丧生，成为内战的又一个牺牲者。沃约迪的故事让我怀念起阿西的嗓音，他的朗诵声回荡在残败的院子里。在战争的咆哮中，依然可以吐露出掷地有声的诗句，这实属不易。

沃约迪在1996年塔利班掌权后才离开喀布尔，2001年后又回了国。从那以后，他就一直待在他的旧办公室里，坐在他最喜欢的靠窗位置，开始每天的工作。那里是他的避难所，也是他现实的家园。面对这些书页，他有种割舍不下的深情，沃约迪用它们筑起堤坝以抵御连年战争的洪水，可现在他遇上了一个新挑战：新来的馆长一门心思地想把档案搬到别处，采用数字化的管理。而沃约迪对这个想法仍然存疑，他担心这会损害到脆弱的书页。

我看着他结束我们的对话，转而与馆长开始了深入的探讨，他告诫这位年轻人在找到合适的位置之前先不要移动书页等孤本和文明的载体。他们之间形成了一种鲜明的对比：馆长的眼睛坚定地盯着未来，而年迈的诗人哲学家却轻轻地对他耳语，叮嘱他要妥善地保存好过去。

和我们告别后，沃约迪坐回了窗边铺满阳光的座位。他身后的街道熙攘拥堵，车流不息。而一街之隔的地方，曾经的图书馆已不见踪影，只有陵墓的圆顶在闪闪发光。在这幅画面中，我看到了喀布尔不断变化的远景，环绕着两股永恒的溪流——战争和诗歌。

* * *

我们来到图书馆的地下室。这里的书都是英文标题，这是不同时期来自世界各地的旅客写下的关于阿富汗的书。

这里有《巴布尔回忆录》的英译本，也有他的后人写下的有失真实的回忆录，还有一本英国陆军中尉詹姆斯·拉特雷（James Rattray）写的书，名为《阿富汗的风景、居民和服装》（*Scenery, Inhabitants & Costumes of Afghaunistan*），里面有他在第一次英阿战争[1]期间绘制的草图。这本书于 1847 年在伦敦出版，给饥渴的维多利亚公众带来异国他乡的图像和故事。书中的插图被印刷成平版画，画中的人物包括喀布尔的贵妇们（他认为，比起印度妇女，她们对丈夫的掌控力要更大一些）以及戴着精致头饰的战士。[xxv]

在我的要求下，负责这块区域的图书管理员拿出了一张硕大的阿富汗地图，展开铺平在一张木桌上。这份地图于 19 世纪 60 年代在孟买出版发行。当纳兹拉对着图书管理员连环发问时，我正忙着仔细研究地图上鲜为人知的边境线。和许多同龄人一样，纳兹拉也是在 2001 年后才回到喀布尔，重返这座她称之为家却从未真正了解过的城市。她吃惊地问道："塔利班统治时期还有人会来图书馆吗？"图书管理员回答她："是的。"他虽然放轻了语气，但其中仍透出了一丝责备："即便在那样的情况下，人们也是读书的，孩子。"

他说，塔利班官员们修复了大部分遭毁的图书馆，他们大多都留下了书本，但烧毁了所有能找到的人和动物的图片。有趣的是，解剖学教科书上的图片却被完整保留了下来，供医学生们学习。"他们没什么钱，却保护了内战后残存的所有遗迹。"管理员指了指我们周围的书架，"他们搭起这些架子，还给它们上了色。"

我们接着寻找诗歌的馆藏区，发现它位于另一栋楼的顶层。

---

[1] 第一次英阿战争（1839—1842）是英属印度与阿富汗之间的一场战争，是 19 世纪英俄在中亚角力的首场大型冲突。参与战争的英军部队大部分由印度人组成，而英军死伤者也多为印度人。

这里的书架上摆放着五花八门的波斯语诗集，但我还是被熟悉的名字吸引过去了——贝迪尔、迦利布[1]、菲尔多西。我拿出了其中的几本，发现它们是在印巴分治前印度出版的，白沙瓦、拉合尔（Lahore）[2]和勒克瑙等地区的出版社都有发行。

在一层书架上，我找到了穆罕默德·伊克巴尔的诗集，放在伊克巴尔·拉合尔的分类里。但是负责诗歌区域的管理员还给我看了他插在书里的手写卡片，上面写着他中意的名称"伊克巴尔·欣达维"，意为"印度的伊克巴尔"。我和纳兹拉对此一笑置之，都觉得这样的标签其实无关紧要。我们一致认为，诗人不分国界。

伊克巴尔不仅浸润于东方的传统，也精通西方的思想，他认为诗歌可以驱动行为，是催生变革的主导性力量。[xxvi] 对于这位诗人兼哲学家来说，阿富汗是一片鼓舞人心的土地：这个自由的国度跨越了英属印度的边界，没有在西方统治下被潜移默化地玷污。他的诗歌里有一个关键的主题——号召世界各地的穆斯林，尤其是南亚次大陆的穆斯林，要摆脱懒惰和奴性，尊重自我、拥抱现代化。这种观念认为，阿富汗是东方领导力的典范，而喀布尔有着光明的前景，这源于重获的纯洁性和百折不挠的力量。伊克巴尔在一首诗中将阿富汗描述为"亚洲的心脏"。这为我提供了一个新视角——将这个国家放在自我世界的中心。

1933 年秋，伊克巴尔应纳迪尔·沙阿国王（King Nadir Shah）的邀请，和两名同伴开车穿过开伯尔山口访问喀布尔。[xxvii] 国王和

1　迦利布（Mirza Asadullah Khan Ghalib，1797—1869），印度穆斯林诗人、散文作家。主要著作有用波斯语写的《诗全集》《散文全集》《五篇集》等。

2　巴基斯坦城市。

诗人相遇，彼此惺惺相惜。而伊克巴尔此行的目的就是支持纳迪尔的现代化项目，帮助他推进建设喀布尔大学的计划。

伊克巴尔和他的同伴们穿越了不同的城市。在这段旅程中，他创作了一首名为《旅行者》(*Musafir*)的波斯长诗。这次出行仿佛一场朝圣之旅。他在诗中援引了几位安息在阿富汗土地上的历史人物，同时也在向神秘主义者和思想家致敬。这首诗里还放进了他在巴布尔陵墓写下的诗句，表明他的内心与巴布尔国王和这座城市靠得如此之近。

> 你是多么幸运，能睡在这片土地上，
> 远离西方的诡计。[xxviii]

我读过一些欧洲人写的游记，他们在两次世界大战期间来到了阿富汗。他们赞美这里原始的风景和淳朴的民风，踏入这里便远离了工业社会的腐败。伊克巴尔的诗既拥抱历史，也涵盖现代化的新生未来，这片土地以这种方式重获新生。

阅读他的旅程是通往喀布尔的另一条道路。对我来说，它起初是一片想象和经验中的边缘之地，而后转变成一处亲切的地方，融入更为广泛的文化连续体中。它又像是一条线，一端始于从姥爷书架上熟悉的书本，另一端延伸到我现在漫步的街道上，一头一尾将这些景象串联起来，跨越岁月与山海。

伊克巴尔以阿富汗为灵感创作的诗歌在完成之前就被残酷的现实所扼杀。印度代表团离开喀布尔几个星期后，纳迪尔·沙阿遇刺身亡。他的儿子扎希尔·沙阿在十九岁时继承了王位，伊克巴尔献给他一本诗集：《旅居者》。

在早期写给自己儿子的波斯语诗歌《贾韦德·纳玛》(*Javed Nama*)中,伊克巴尔写道:

> 亚洲的躯体由水和黏土组成,
> 阿富汗民族则是它的心脏。
> 如果心已腐烂,
> 那么整个亚洲都是腐败的,
>
> 它的衰落就是亚洲的衰落,
> 它的崛起则是亚洲的崛起。
> 只有心是自由的,身体才是自由的,
> 人心因恨而死,因信而生。[xxix]

在喀布尔,诗歌可以被解读为过去和预言。

* * *

和图书馆的其他地方一样,这些诗集是供㕞柴借阅的,没有任何防护措施。因此,它们不可避免地出现了轻微散架的现象。我问图书管理员,现在来这里的人还多吗?他嘲弄地开口:"今天一整天就来了三位客人。"语气里带着悲凉,"没有人关心诗歌,也没有人关心这座图书馆了。"他看着我那位年轻的阿富汗同伴在房间里踱来踱去,手掌摩挲过满是灰尘的架子,他又用严肃的口吻补充道:"诗歌已经逃离喀布尔了。"

据我所知,1977年时,国内冲突还没有恶化,喀布尔的人口只有50万，而图书馆的注册会员数达到了1.4万。在之后的几年里，当城市人口增长到500万时，这个数字却下降到了1300左右。战争造成的隐性代价被大量忽视，这其中一定包括从读者生活中消失的书籍，以及从书店中消失的读者。xxx

当我们即将离开时，我注意到一辆面包车停在一小丛绿植旁，在它身侧是一间破烂的屋子，窗户已经破裂，门上封着木板。和我们一起走出来的图书管理员解释说，这原本是一间流动图书馆，可以让书流动到城市的不同区域或扩散到其他省份。它先前已经投入使用过几次，但2010年时，位于街对面的购物中心发生了一起自杀式袭击，这间屋子的窗户也连带着被炸飞了。从那以后，它就一直靠在墙边闲置着。我们走在草地上，穿过一片毛茸茸的蒲公英和几条适合安静阅读的石凳，来到了公园一角的一座小雕像前。石雕上刻着一句菲尔多西《列王纪》中的波斯语诗歌：

知识就是力量

有了教育，一颗年老的心可以变得年轻。

周围是喧嚣的车流，沙袋后面还蜷伏着哨兵，对比之下，这段文字体现的理想主义似乎有点过时。喀布尔早已面目全非，而它却依然存续了下来。

在离开沃约迪的工作区之前，我向他讨要了一首他觉得能体现喀布尔特别之处的诗。他便吟诵了一首诗人赛依伯（Sa'ib-i-Tabrizi）的著名赞歌。这位17世纪的诗人曾被传唤到德里莫卧儿国王沙·贾汗的宫廷。回来后，他就为这座城市写下了这首颂歌：

71

哦，美丽的喀布尔穿着崎岖的山裙，
玫瑰嫉妒它荆棘般的刺。
喀布尔尘土飞扬，轻轻刺痛我的眼睛，
但我爱她，因为知识和爱都来自她的尘土。
……
喀布尔的每一条街道都让人神魂颠倒，
集市上，正有埃及的商队经过。
没有人能数得清屋顶上美丽的月亮，
还有数百个可爱的太阳藏在她的墙后。 xxxi

这无疑是一首美丽的诗，我也曾在南希·杜普雷写的喀布尔旅行指南中读到过，可当听到沃约迪吟诵时，我却有些失望。时过境迁，这些诗句已经成了喀布尔的一种文学速记，经常嵌在有关喀布尔的文章或旅游博客里作为结束语。对于来到这里的客人，本着一种礼貌的精神，我们向其提供他们想要的答案，而不是准确的真相。我觉得卡西达[1]（*qaseeda*）就是这样的例证，诗人向我展示的并不是他眼中的城市，而是一座我想看到的城市。

但后来我在一位年轻诗人拉马赞·阿里·马哈茂迪的作品中看到了这首诗的续篇。那是17世纪的诗句，也简单地起名为《喀布尔》：

花儿从空中飘落到喀布尔的裙摆上，
就像上帝把婚纱送给新娘……

---

[1] 阿拉伯语赞美诗或颂歌，属于伊斯兰文化。

每一刻都在绽放希望之花,
在喀布尔,男男女女都在微笑。
啊,你描述得多么美好,赛依伯,那山坡上的野花,
但如果你看到了喀布尔冬天的美丽,你又会作何感想?
"马哈茂迪",现在让我们与朋友们分享这福音,
绿色的春天来到喀布尔的绿色花园。[xxxii]

　　这两首诗放在一起读,形成一条通向喀布尔的道路,连接起了数个世纪。一如许多年前,我在姥爷的书房里读到卡布里瓦拉的故事,眼前便铺开了一条探索之路。

第三章

缺失
ABSENCES

　　喀布尔从道路或天空中显现，揭示着它与逐渐清晰的墓地近在咫尺的距离。

　　首先是一幅广阔的远景，一列列的墓地覆盖了整座山坡。随着城市向墓地扩张，这幅景象便碎成一片片光影，挤进生者留下的空隙中。也许，事实恰恰相反，是这座城市悄无声息地融入了墓碑之间的空隙里。但不论从何种角度来看，这里的死者和生者都占据了同样多的空间，在这块变化无常的土地上，这是一份难得的安定。我站在喀布尔的街道中央，抬头望向天际，地平线上仿佛卷起此起彼伏的波涛，那是一层又一层的亡魂，随着城市在他们身边扩张，长眠于此的他们也逐渐迷失。

　　小路从这些墓碑中浮现，如交错的秘密通道般逶迤而行，蜿蜒地穿过山丘和房屋。当我漫步在喀布尔的街上，我看到妇女们正穿行于墓地间的捷径，孩子们沿着这些小路把水送回山坡上的家中。在笼罩着墓碑的树荫下，人们停下来互相致意。住宅旁和市集中间也立着坟茔，在繁忙的大道中央形成一座座孤岛，上山回家的人们有时还会来这里歇歇脚。这些景象于我而言十分陌生，可它们却是喀布尔地貌的一部分，是日常节奏中一段寻常的旋律。

　　在阿里格尔，坟墓被划分在整齐的隔间内，任何与这些隔间的交流都要受到严格的约束。比如，我从小就被教导，穿过墓地时要有礼貌地打招呼，如果无礼的话会招来报应。我的堂表兄弟姐妹们说，倘若你走过坟墓，死者听到头上响起的脚步声，就会悲叹起来。到了半夜，他们的灵魂还会出现在镜子里，对着你耳语，直到你发疯。"如果踩到墓地你就会变瞎。""年轻姑娘如果在黄昏时穿过坟墓，就会被恶灵附身。""他们诅咒你的声音特别大，你要是听到的话肯定会晕倒的。"这些都是我在阿里格尔从小听到大的故事，而且在喀布尔也听过类似的说法。不过回到现实生活里，走在这里的街上，倒是很容易被某座坟墓绊倒。

这些墓碑将地面分隔出了不同的形态，而我学会了将其一一区分开来——位于密集的房屋和商店之间的小型墓碑是一个简短的省略号，山上高耸的墓碑则是长长的破折号。最简单的坟墓是一些平平无奇的土丘，仅用垒起的小石块作为标识；其他的坟墓则相对持久一些，墓前立着精雕细琢的石碑；几座坟茔聚合在一处，就形成了一片家族专用的墓地，在四周围着一圈铁栅栏；还有的墓用一块绑在旗杆上的绿布做标记。绿色是阿富汗殉道者的颜色，这些旗帜被用来标记他们的安息之地，这些烈士都牺牲在阿富汗的某次冲突中。通常情况下，它们是光秃秃的山坡上唯一的一抹色彩。它们看起来是那么生动，被阿富汗春天柔和的阳光轻抚着，也在喀布尔夏季臭名昭著的沙尘暴下猎猎作响。眼前的景象似乎有些揶揄讽刺的意味，因为从远处看，它们就像某种奇特而怪异的树木，常青且耐寒，在这片土地上生长得葱郁苍翠。

这里还有更大的神龛，它们通常坐落在墓地中间，有时也会作为单独的陵墓矗立在那里。这些是喀布尔守护神的坟墓，是照看这座城市的神圣灵魂。许多喀布尔人会拜谒其中的一位或多位圣灵，虔诚祷告，以求祛灾治病，祈愿幸福快乐。一些像这样的祷告遍布于城郊的山上，或隐藏在老城区狭窄的街道中。

这些遍布全城、形态各异的坟墓最终把我的脚步引向了墓地。这里的墓标和纪念碑，其兴衰仿佛汇成了一段嵌进大地的故事，只有通过漫步才能读到。

随着时间的推移，这张悼念之网远比我想象的要大得多。我漫步于这些墓地里的小径，发现它们如同血管一样——连通着这些失落的影子，遍布于喀布尔的土地上。这座城市的特点便是缺失，墓地里的一小块土地不过是其最浅显的表现。

* * *

在喀布尔一个叫作谢尔普尔（Sherpur）的地方，坐落着一块较为齐整的墓地，两次英阿战争的阴影一直笼罩左右。因为这里是喀布尔唯一的一块基督徒墓地，所以安息在这里的大多是来自其他地方的人。在墓墙内躺着的这些人里，既有士兵，也有嬉皮士，还有工程师和探险家。他们因为各种各样的原因来到了喀布尔，便再也没离开过。

盖布雷·戈拉（Qabre Gora），俗称"外国人的墓地"，它距离谢尔普尔的十字路口并不远。而谢尔普尔这个名字承载着的是一座暗影之城的记忆。19 世纪 70 年代，阿富汗统治者阿米尔·谢尔·阿里·汗计划撤离早已拥挤不堪的旧城，转而在这里建起新首都谢尔普尔。[i] 按照他的规划，新的建筑楼宇将围绕着一处堡垒（一个"新巴拉希萨尔"）建造，作为宫廷精英和政府官员的办公场所。但事实上，在国王阿里的计划被 1878 年第二次英阿战争打断之前，只有军事设施建成了。同年冬天，英国军队占领了这些

设施，作为自己的避难所。多年后，阿米尔·阿曼努拉将这些建筑遗迹夷为平地，建起了喀布尔的第一座机场。[ii]

2001年之后，随着喀布尔房地产价格飙升，这块属于国防部的土地也随即拥有了商业价值。2003年，推土机驱散了那里的原住民，拆除了他们的土坯房。随后，这块土地被划分给权贵人物及其亲属，包括前民兵指挥官、高级政府官员和部长等人。[iii]这种所谓的"抢地"行为激起了公民和阿富汗独立人权委员会的抗议。但国际社会和外国大使馆的代表们——他们离抗议活动地仅有几步之遥——却大多保持沉默。对于许多喀布尔人来说，这种种事件便是一个早期的预兆，暗示了未来几年每况愈下的形势。同时，这也揭露出新一轮的变化依旧紧密地依附于过去的模式——政府对权贵包庇纵容，而一旁的外国盟友则保持沉默。

很快，谢尔普尔地区就建起了高大的豪宅，以高得离谱的价格租给那些财大气粗的金主们——外国承包商、援助组织或顾问、媒体公司，等等。在面向外国人的杂志和网站上，我经常看到这些罂粟宫殿[1]的广告："坐拥40间房间，可容纳12辆车的地下停车场，拥有出色的安全保障。"这些豪宅的规模和招摇的风格便是它们的建筑特色，昭示出它们的张扬跋扈、无法无天。许多喀布尔人把这个地区称为"乔普尔"（Chorpur），意为小偷的村庄。每次我们沿着这条路去上班，司机阿卜杜拉都会说上一句："瞧，塔兰，这地方真糟糕，到处都是坏蛋。"

阿卜杜拉对这些街道了如指掌。他以前是一名出租车司机，后来，他开始给像我这样的外国人开车（也就是2001年之后）。

---

1 当地人把这些糖果色的别墅称作罂粟宫殿。

他从未离开过这座城市,"连一晚都没有"——在我的追问下他回应道。近40年来,他唯一的一次外出就是去参加一场在加兹尼的婚礼,并且当天就返回喀布尔。

我每次坐在阿卜杜拉的车里,只能听他调到的唯一一个电台——艾哈迈德·扎希尔(Ahmad Zahir)电台,这个电台日夜播放着这位阿富汗传奇歌手的曲目。有一次我问阿卜杜拉:现在开车和在塔利班统治时期开车最大的不同是什么?"安静,"他回答,"当年的街道非常安静。周围几乎看不到汽车。"阿卜杜拉的出租车经常被驻守在十字路口的警卫拦下,检查是否携带磁带和其他违禁品。如果他们发现了磁带,就会扯出里面的线轴,将它们扔在路上。"那是你唯一能听到的声音。"阿卜杜拉说。盒装磁带被开膛破肚,拽出里面的塑料磁膜,带出了一阵窸窣的声响,听起来就像一声声的叹息。它们随意地散落在街上,或从树梢和电线杆上垂下来,随风起舞,像极了那些在坟墓上方猎猎作响的旗帜。

那天我也去了盖布雷·戈拉,阿卜杜拉走的是途经谢尔普尔的路线。我们拐进一条狭窄的街道,在一堵高墙前逐渐减速。眼前这扇不寻常的厚重黑色木门和门后的空地与这个房屋日渐密集的社区里其他建筑相较显得格格不入。墙上有一个小牌子,用英语写着"英国公墓"。我跨进大门,感觉自己好像误入了一座英国小村庄里的田园墓地。墓碑之间穿插着成荫的树木和修剪整齐的草地。只有环绕着城墙、白雪皑皑的山峰清楚地表明:这里是喀布尔。

公墓的所在地正是19世纪英阿战争期间冲突爆发的地区。[iv]战争是由于英国想要遏制俄国在该地区的影响力而挑起的——即所谓"大博弈"的一部分——两个帝国都在试图加强本国对中亚地区的控制力。第一次冲突始于1839年,当时英国试图扶持更顺从的沙阿·舒佳(Shah Shuja),以取代现有统治者多斯特·穆罕默德·汗(Dost Mohammad Khan)。1841年,发生在喀布尔的一场暴力起义让英国吃了败仗,起义军假意让他们撤退,可是撤退的英军却在逃往贾拉拉巴德的路上遭到了伏击和屠杀。沙阿·舒佳在几周后被杀害。这场灾难性的撤退给当时的英国人留下了难以磨灭的印象。1842年,英军复仇归来,经过两天的洗劫,他们烧毁了这座城市。英军将目标明确地对准了美丽的查尔夏塔集市,把这当作一种报复的象征。[v]在确保本国的俘虏得到释放后,英国最终撤军,而多斯特·穆罕默德·汗也重新夺回了王位。

这场冲突的第二阶段发生在近40年之后。1878年11月,英国再次入侵阿富汗,当时的阿富汗国王雅库布·汗(Yakub Khan)被迫接受了英国的外交管控,英国还要求他在喀布尔接待一名常驻特使。1879年9月,这位特使和他的幕僚在巴拉希萨尔附近的住所被谋杀,英国军队随之报复,于10月占领了喀布尔,并在谢尔普尔营地盘踞下来,整个冬天他们就窝在这处温暖便利的退避点,等待援军。

在这一连串的冲突之后,人们曾有过一段短暂的田园生活。历史学家南希·杜普里写道:"军队一在谢尔普尔的营地安顿下来,便开始欣赏起山谷的风光。他们乘着竹筏、平底独木舟和划艇,沿瓦济拉巴德湖面掠过,板球队和马球队在比赛中相遇。此外还举办了多场赛马。这座城市恢复了往日的繁荣,继续散发着魅力。'临近下午,主要的几场集市纷纷呈现出一片热闹欢快、生气勃勃的景象,人声鼎沸,场面异常热闹。骆驼、大象、骡子,骑马的人、阿富汗人和英国人在这繁忙的人流中推来搡去。'"[vi]然而,这种看似平静的共存掩盖了怨恨的暗流。到了1879年12月，谢尔普尔营地被数千名阿富汗叛乱分子包围。经过几天紧张的等待和战斗，最终阿富汗叛军逃散，英国人重新控制了这座城市。在1880年7月的梅旺德会战中，阿尤布指挥官领导的阿富汗起义军击溃了英军。英国因急于结束战争，将阿米尔·阿布杜勒·拉赫曼·汗扶为新的统治者后，开始匆忙撤离阿富汗。

这一时期阵亡的士兵多数葬在了这里的英国公墓，其中部分墓茔的历史可追溯到第一次英阿战争时期。我见到这座公墓时，墓碑上前些年留下的损伤已被修复，玫瑰花丛十分繁茂，草地也有近期被修剪过的痕迹。围墙之外的地平线上挤满了公寓和住宅。从一面墙后露出的山坡上另有一片墓地，它们不受墙体的限制，在山上自由地蔓延开来。

英国公墓的看守者叫拉希穆拉（Rahimullah）。和阿卜杜拉一样，他在内战和塔利班统治期间也一直待在喀布尔。在2010年拍摄的一段视频中，我看到他对一名采访者说："我从未要求过这份工作。"反而是这份工作找上了他。20世纪80年代，拉希穆拉开始到公墓附近来放牛。有一天，负责此处的园丁把钥匙留给他后便没了踪影。在接下来的28年里，拉希穆拉便一直照料着这片墓地。他说，自己在塔利班政府执政期间也仍继续着这项工作，即使奥马尔[1]本人来访，他也能独善其身。拉希穆拉的脸上布满皱纹，胡子很长，显得十分迷人，侨民社区和国际记者根据这些线索，很容易就把他找了出来。但在同一段视频采访中，他谈到自己因照顾"异教徒"的坟墓而遭到了穆斯林群体的批评。"我

---

1 奥马尔（Mullah Omar，1960—2013），塔利班领导人。

不在乎这些人说什么,"他声明道,"我需要这份钱来养活我的家人……什么外国人,什么阿富汗人?我只是个跟死尸打交道的人而已。"[vii]

拉希穆拉处理的尸体不全是英国人的,而这块墓地也不全属于军人。多年来,各色人潮汇入这座城市,在此起伏翻涌,最后皆凝固在这片名为"外国人墓地"的围场里。因此,这座墓地可被视作一个时代的缩影——因为这座城市曾多次充当十字路口,而各色人等又以各种方式多次将其据为己有。

在这些墓碑中,我看到了奥莱尔·斯坦因(Aurel Stein)的安息之地,他出生在布达佩斯,是一位匈牙利裔英国考古学家和探险家。斯坦因毕生致力于研究丝绸之路的历史,以及东西方之间的技术、思想和文化交流。他花了几十年时间争取阿富汗的入境许可,以便继续自己关于中亚地区的研究。终于,斯坦因在1943年获得了批准,然而他才刚到喀布尔几天,便生病去世了,那时距离他的八十二岁生日仅有几周之遥。

在其他墓茔上,我看到了一些用英语和波斯语镌刻的段落,它们皆出自《圣经》。其中一座墓茔上用波斯语写着"Dar eenja nest, oo zinda shud",这是《马太福音》里的一句话,意为"他不在这里,他已复活"。还有一些给孩童下葬的小型坟墓,"比安卡·露丝尼克,1955.7.5—1955.11.8,葬于古尔巴哈"。这些在喀布尔的其他地方更为常见,但在此处便不寻常了。还有一些铭文用来悼念那些牺牲在岗位上、客死异乡的灵魂,比如在1942年下葬的波兰工程师,还有葬于2004年冬天的孟买耶稣会牧师。

有些碑文不仅是献给逝者的致辞,也是在向这片接纳了他们的土地致敬。一块献给拉斐尔·法韦罗的牌匾引起了我的注意,在他的名字上方刻有不大却十分清晰的"安拉"字样，后面还跟着他的阿富汗称呼（"拉菲乌拉·汗"）。他的墓碑上用意大利语写着"Morto a Kandahar, nella terra che amava e che noi tutti abbiamo amato"，意为"死在坎大哈，在这片他和我们都深爱的土地上"。

在一处角落里，我看到一块雕刻精美的墓碑，它以一个令人晕眩的角度摆放着，上面写着"比利·巴特曼深爱着琼、杰德、哈桑、卡尔多尼亚和掘墓人"。这块用心形图案装饰的"嬉皮石"纪念碑表明，在20世纪六七十年代，一场源于西方的反文化运动[1]将喀布尔亦卷入其中，而这片墓地正是该项运动的一座前哨基地——大约在同一时期，人们还发现披头士乐队成员披上了阿富汗大衣。历数这里的墓碑主人，有殖民军队的士兵，也有一大拨嬉皮士"花童"[2]。英国公墓扮演着记录者的角色，为喀布尔这段被湮没的过去留下一份珍贵的记录。

也许，最让人意想不到的是一块"邹兴志同志"[3]的墓碑，上面只注明了他的身份是"中国驻喀布尔外交官"。在铭文上方有一颗红五星，但是现在已近乎磨没，轮廓也变得模糊不清。碑上标着他的逝世时间：1982年12月。但是据我曾经读过的一篇文章，在苏联统治喀布尔时期，并没有共产党人葬在这块公墓。[viii]现在

1　20世纪60年代中后期到70年代初，美国等西方国家发生了一场以青年为主体的反文化运动，运动建立了一套与主流文化格格不入的生活方式。

2　20世纪60年代美国嬉皮士的一个流派，多由年轻人组成，因佩戴象征爱情与和平的花朵而闻名。

3　于1982年6月赴阿富汗，担任常驻外交官，他因突发脑出血牺牲在工作岗位上。受限于战乱环境，遗体无法运回国内，因此长眠于阿富汗。

看来，这里就长眠着一个例外。

在阿富汗阵亡的苏联士兵都被殓入锌皮棺材里，然后抬回家乡安葬。这是我住在喀布尔时，在卧室里读到的《锌皮娃娃兵》(Zinky Boys)里的内容。这是斯维特拉娜·阿列克谢耶维奇（Svetlana Alexievich）的著作，讲述的是苏联入侵阿富汗的沉痛历史，里面收录了各方关于这场苏阿战争的证词，也记述了一场对战争记忆的"大扫除"——作者在书中逐一揭露这场阿富汗战争在苏联是如何被抹去痕迹的。这些已逝士兵的母亲们被告知她们无权打开自己儿子的棺材。于是母亲们追问道，怎么能确定别的孩子有没有葬在自己孩子的棺材里呢？一些家庭甚至没能拿到任何一件属于自己孩子的物品——哪怕一件衣服、一个打火机也没有！新闻里对伤亡情况绝口不提，老兵们被禁止谈论自己的参战经历。有一名士兵向阿列克谢耶维奇吐露了心声：这些战士为了祖国而牺牲，可他们的存在却被轻易地抹除，消失在了国民的记忆里，这种复杂的滋味才是最让人难以承受的。他谈到了自己一位死于头部枪伤的战友："他是个沉默寡言的男孩，不是什么人人称道的'苏联英雄'，但是，他也不该这么快就被人们忘干净。"[ix]

有近1.5万名苏联士兵在连年的阿富汗战争中被宣布阵亡[x]。他们是英国公墓里数量最多的缺席者。公墓里还有一面被粉刷成白色的墙壁，上面镶嵌着不同时代阵亡士兵的纪念碑。它们是年头最久的坟墓前剩存的碑石，被一并迁到此处。这面墙中间还有一块牌匾，上面写道："该纪念碑谨献给所有在19世纪和20世纪阿富汗战争中牺牲的英国军官和士兵，并于2002年2月由驻阿富汗'国际安全援助部队'英国特遣队的官兵进行翻新，我们会铭记他们。"在同一面墙上，也浮凸着属于ISAF军事联盟里其他国家的墓碑。

我通读了一些写给英国士兵的悼词："纪念死于1879年12月19日的廓尔喀第五兵团的约翰·库克少校……""纪念1879年12月14日在阿斯迈高地阵亡的第72高地人塞西尔·H.盖斯福德中尉……""谨此纪念……二等兵乔纳森·彼得·基图拉戈达，一名步枪队志愿兵，于2004年1月28日在喀布尔的行动中被杀害，年仅23岁。""谨此纪念……一等兵达伦·约翰·乔治。"我继续读道，"皇家盎格鲁团一营（维京人）。2002年4月9日于喀布尔逝世，年22岁。他是一位慈爱的丈夫和父亲。他的姓名将永远长存。"这些文字遍布这面纪念墙上，在碑石上延伸开来，跨越过数个世纪和纷纭的战争，绵亘无穷。

自2001年以来，牌匾上刻着的阵亡士兵名单便一直在更新。但和那些在阿富汗阵亡的苏联士兵一样，他们的遗体并不在这里，而是落叶归根，安息在了祖国的静谧墓园中。只有那些选择留下来的人才会被安葬在阿富汗的土地上。

因此，据我观察，英国公墓里新添的都是一些救援人员的墓茔。例如美国人丹·特里（Dan Terry）和汤姆·利特尔（Tom Little），他们曾带领过一支医疗队前往努里斯坦地区考察。在2010年8月，国际和阿富汗非政府组织遭遇持枪歹徒伏击，造成十名工作人员身亡，而特里和利特尔就正是这"十分之二"。我在新闻报道中看到，美国联邦调查局想要把所有美国人的尸体运回国内调查[xi]。但特里和利特尔的家人坚持要把他们葬在阿富汗。特里的墓碑上嵌着一个简单的木制十字架，利特尔的墓碑上则刻着鲍勃·迪伦的歌词，出自反战民谣《让我死在自己的足迹里》（*Let me Die in my Footsteps*）。

在来到公墓之前，我曾阅读过各种与之相关的报纸文章，其中就包括一篇发表于 2002 年 2 月的文章，那时塔利班政府才倒台没多久。在那个充满希望的初冬时节，英国军队在他们翻修好的公墓里举行了一场纪念仪式，由一支廓尔喀乐队演奏伴乐，然后大家齐唱《天佑女王》(*God Save the Queen*)。在这座营地，英军军官曾乘舟于湖面，与反叛的阿富汗人展开交战。在这座阿富汗国王未能建成的梦想之城，众人在它投下的阴影中挣扎，一位牧师谈到了士兵保卫国家的职责："上帝啊，我们是保卫和平与自由的战士。倘若没有我们，人民便无从得知这二者的宝贵，"他吟诵道，"如果我们这些士兵都陷入长眠或离去，那么在那些寂静之地，在暗夜里那些普通人的家里，还能有多少安全可言呢？"[xii]

举行仪式的同一时间里，英国大使馆接管了墓地的维护工作。这也是这么多年来拉希穆拉第一次拿到工资，当时的他肯定和他的雇主一样，对未来充满信心。然而，在随后的几年里，拉希穆拉在接受采访时抱怨称，这些钱并不够用，时局也十分艰难，他似乎对事情的后续发展感到非常失望。

拉希穆拉在 2010 年去世，被安葬在城镇另一边的穆斯林公墓。他的儿子接替了他的工作。当我见到他的儿子时，对方只是简单地打了个招呼，然后便继续埋头清理地上的树叶。坟墓仍然被精心照料着，但却悄然无声，这种静谧就像挥之不去的幽灵，很多年前曾悄然飘落在撤离的侨民和援助人员身上，飘落在"自由"和"正义之战"这样的字眼上，飘落在这里许下的众多承诺上，让这一切都蒙上一层寂静的面纱。

* * *

一旦开始寻找坟墓,我便发现到处都是它们的踪影。

比如在我朋友哈立德办公室的墙上,就挂着一张男人身穿军装的黑白照片。照片虽然有一点模糊,但已经足够走进来的大部分人进行辨识了,他们会略微多看上一眼,然后向哈立德问道:"这是你吗?"只有少数几个人会转过身来说:"你长得真像你的父亲。"照片中的男子正是哈立德的父亲。1978 年 4 月,由阿富汗共产党领导的政变推翻了总统达乌德·汗的政府,而哈立德的父亲就是在这一时期失踪的。

哈立德的父亲失踪后,他的家人分散至世界各地,他们的轨迹就像弹片散射的路径一样难以厘清。然而,这根缺失的主心骨仍然将他们紧紧联系在一起,而哈立德的生活也依旧受其影响。

哈立德告诉我,父亲刚失踪后的几天,他的母亲便加入了新城内政部大楼外的人群,这些人都在等待失踪家人的消息。阿富汗人民民主党在夺得政权后又经历了党内两派——即人民派(Khalq)和旗帜派(Parcham)——之间的明争暗斗。1979 年 10 月,民主党领导人努尔·穆罕默德·塔拉基(Noor Mohammad Taraki)被暗杀,取而代之的是他曾经的门徒——哈菲佐拉·阿明(Hafizullah Amin)。哈立德说,新总统公布了一份在上届政府执政期间遇害的数千名殒命者名单。阿明的这一举动是为了与过去政府犯下的错误划清界限,涤荡之前执政党的罪恶,以求民众的宽恕。但对于哈立德及其家人这样的阿富汗人来说,这样的党派差别太过细微,根本无关紧要。

通常都是哈立德的姐妹陪母亲前往内政部所在的大街,但哈立德也跟着去过一次。他记得当时街上有一大群人，街边的小摊在叫卖咖喱糯米饭，那是一种阿富汗的路边小吃。哈立德还记得这些官员随意散漫的神态，他们在替人们查阅逝者名单时还在打诨说笑。这套流程在他们看来很是稀松平常，不过是在例行公事罢了。还有一件事哈立德没能记起，不过我的另一个朋友当时也住在喀布尔，他给我补充了这一点——这份死者名单也贴在了国防部外面的围墙上。走上前来的人们一排接一排地阅览着名单，试图找到自己失踪亲人的名字。我已经走过那堵墙好几次了，却从未意识到，那堵墙面原来承载着的是关于失踪阿富汗人的记忆。

哈立德的母亲一直不愿接受丈夫去世的事实。"这些年来，我的母亲从未停止过寻找。甚至在她搬去加州以后，也还在等父亲回来。我们一直和父亲的灵魂生活在一起。后来，母亲去世了，便由我继续寻找他，我止不住地想，父亲会不会真的还活着呢？倘若他活了下来，已经白发苍苍，在某个地方等待着与家人相遇，而我们所有人却都放弃了寻找他呢？这种想法一直纠缠着我，令我近乎发疯。生活最艰难的地方就在于它充满了这种不确定性。"哈立德曾经向人道主义组织提起过诉讼，并对特定年龄的男性群体进行了仔细的调查。在了解到自己和成千上万其他家庭一样，都背负着这种重担后，哈立德觉得身上的负荷稍微轻了一点。"这种事发生在太多人身上了，生而为喀布尔人，这便是命运的一部分。"

我认识哈立德的时候，他已经放弃寻找他父亲的下落了。几年前，哈立德听说了一个集体墓穴的消息，他父亲的遗体有可能就安葬在那里。可是有人告诉他，这座墓穴现在被盖上了一米深的混凝土，以作为一栋新军事大楼的地基。听到这句话，哈立德便打消了继续寻找的念头。"我没有勇气继续找下去了。"他简短地解释道。无论是墙上的一幅画、桌子旁的一个空位，抑或只有在褪色的家庭相册里才能看到的一张张笑脸，还是一位面容苍老、等待归人的妇女，这些就像一座又一座的"坟墓"，几乎嵌进每一个喀布尔人的家里。

走出这些房子，街道上依然游荡着阴魂，到处都是难以辨认的坟墓，地标也在不断变换着形状，昭示出形形色色的失落。因此，漫步在喀布尔，每天识别这些坟墓，从某种程度上来说也是一种教育。例如我从萨哈卜博士那里听说过一座纪念碑，名叫"西帕希·古南"，它是一座"无名烈士"的陵墓。萨哈卜博士说，这座纪念碑位于贾达梅旺德大街（Jada-e-Maiwand），这是一条建于1949年的宽阔大道，同时也是国王扎希尔·沙阿为推进城市现代化所做出的努力——先是在老城区狭窄拥挤的小巷中开辟出一条小路，然后连接到喀布尔河西岸的新安置点，贾达梅旺德大街便是这样建成的。这条街也称贾达大街，两侧的门面都是两到三层的店铺、写字楼和公寓。但这种光鲜亮丽的现代化不过是一种计谋、一层脆弱不堪的面纱。在这些建筑的虚饰下，老城密集的城市结构仍然没有改变。[xiii]

不过，我在试图找到这座纪念碑的过程中迷路了。我也曾向别人求助，可人们要么没有听说过此碑，要么就各执一词，指给我的方向完全相反。我犹豫地徘徊在这片变幻莫测的土地上，辗转于不同的描述和矛盾的记忆之间。最后，我跟萨哈卜博士提起这件难事。"现在没人那么称呼纪念碑了，"萨哈卜博士告诉我，"甚至也没人知道过去的那些名字。"

萨哈卜博士口中的"无名烈士纪念碑"就是我曾听说过的"梅

旺德纪念碑"，那是矗立在环形公路中心的一根黑蓝相间的柱子，用来纪念 1880 年阿富汗取得的一场著名战役的胜利——阿富汗起义军在坎大哈附近的梅旺德地区大败英国军队。这座纪念碑曾在内战中遭到破坏，2001 年后在外国援助下得以修复。喀布尔的这场重建仿佛在历经一次对过往的遗忘——古老的地标变换了的身形，就连它们背后的记忆也呈现出了新的面貌。

这座人们记忆中的无名烈士纪念碑让我想起了许多其他的坟墓——它们或隐形，或显形。今天，这根矗立在喀布尔市中心的石柱可以被想象成一座有先见之明的陵墓，祭奠无数死去的人——曾经的那一代阿富汗人在与苏联的战争中败北，后来又开始自相残杀。

1979 年 12 月，苏联军队出兵阿富汗。[xiv] 哈菲佐拉·阿明被暗杀，旗帜派的巴布拉克·卡尔迈勒（Babrak Karmal）继而掌权。苏联这次入侵可能本来只是一项短期的举措，一旦局势恢复稳定，他们就会撤军。然而，苏联士兵们最终打了一场长达十年的游击战。

这些圣战者士兵原本分散在不同的领导人手下，但共同的目标——驱逐苏联人——将他们团结在一起。阿富汗成为美苏冷战下的代理战场，美国和其他国家向阿富汗国内众多抵抗组织提供支持。这场冲突造成近 100 万阿富汗人死亡，400 万难民逃往巴基斯坦或伊朗，[xv] 而阿富汗的总人口才不过 1600 万。[xvi] 还有数百万留在国内的人流离失所。喀布尔的一大批精英也在苏联入侵后不久离开，还带走了这座城市的一部分社会和文化资本。

十年之后，在 1989 年冬天，苏联撤军，结束了这场军心逐渐涣散、开销巨大的战争。苏方钦定纳吉布拉总统掌管阿富汗政府，并向其政府提供粮食、燃料和援助资金。（反苏抗战依然得到了外国援助者的支持。）随着苏联人的撤离，纳吉布拉为与圣战者各路军阀和解做出了努力。然而，苏联于1991年解体，此前向阿富汗提供的资源和援助也突然中断。1992年4月，纳吉布拉同意下台，随后出现的权力真空导致喀布尔进入了新一轮内战。

随着圣战者组织之间的权力共享协议土崩瓦解，每个组织都在设法为自己夺取领土。新成立的阿富汗伊斯兰国实际上是在与其自身开战。喀布尔的不同地区由不同的指挥官掌控，它们通常按照种族划定界线。在接下来的四年里，这些指挥官彼此之间展开混战，也有的结成了联盟。

20世纪80年代，逃离战争的人们来到各个城市寻求避难之地。这场迁徙使得喀布尔的人口从20世纪70年代的仅50万激增到近200万。[xvii]然而，这些人却在接下来的几个月里遭到了炮火的袭击。

1992年4月至1994年12月间，约有2万人被杀害[xviii]（阿富汗的朋友们告诉我，这个数字其实接近5万），剩下的幸存者中，有将近四分之三的人被迫离开家园，他们要么去了城里，要么去了贾拉拉巴德的难民营，曾因反苏战争而流离失所的人口又再度上涨。[xix]战争的每一方都实施了暴行。火箭弹袭击波及众多平民，山丘被作为有利的地形，在山丘上轰炸的炮火不加区分地瞄准了居民区。伤害妇女的犯罪行径屡见不鲜，失踪、处决等也是司空见惯。[xx]

因此，人们甚至可以将这座位于喀布尔市中心的无名烈士纪念碑理解为一座记录城市转型历程的碑石——喀布尔曾历经的种种失败和损失构成了它的一场转型之旅。

贾达梅旺德周边的地区遭到严重的破坏。在炮火和火箭弹袭击停歇的间隙，原来居住在历史老城区的家庭纷纷逃离了家园。

多年后，他们其中的一些人回忆道，穿越贾达是逃亡途中最艰难的历程，他们就像在跨越国土的边境线。在一些大约拍摄于此时期的喀布尔视频中，我看到宽阔的大街上人行道被轰炸得支离破碎，周围的建筑坍塌成废墟。[xxi] 在同样的视频中，我还看到许多走出这座城市的家庭。男男女女拖着沉重的脚步走在街上，把自己的家当尽可能多地装进手推车里。一个穿着军装的十几岁男孩坐在街道中央的椅子上，手里握着一把枪，默然地注视着这场悲凄的逃亡。

2011年我曾沿贾达大街走过，这里的人行道已经被修复，还被路边的小贩们盘下来做生意以维持生计。我的脚边被一堆堆中国制造的商品包围，它们摆放得杂乱无章——有玩具、雨伞、袋装洗衣粉、肥皂，还有鞋子。有一些商品被摆放在地上，也有一些放在手推车里。街上三五成群的顾客在跟摊主讨价还价，他们仔细地检查，最后用浅蓝色的塑料袋兜起商品，扬长而去。有一个老头从这些人群旁边缓慢地走过，他佝偻的肩膀上压着一层又一层待售的外套和夹克。出租车顶着"嘟嘟"的喇叭欢快而去，上面载着同车前往老城区或卡尔特谢赫郊区的乘客。我听到"突尼斯"班车在停车后响起熟悉的歌声，接着再次出发，然后又停下来，等待着乘客上车。在其中一辆黄色卡罗拉汽车的尾部，我看到一张贴纸，上面写着"我是一具移动的棺材"。而在这日常熙攘的街道上幽然耸立着一栋栋空荡荡的建筑，每当我抬头望去，便能直直地看见窗户。这些窗户看起来就像一个个暗色的小方块，如同坟墓里空洞的眼睛一般，在无言地凝视着这个世界。

在喀布尔，坟墓的尽头在哪儿？还有没有某处寻常的地标，最后还没有变成另一种墓碑？在这个城市跳动的脉搏和忙碌的节奏之下，存在着一种静谧，虽不引人注意，但对于属于这些街道的人们来说，它永远不会被忘记。

* * *

无冢之魂，无尸之冢。

尽管之前，我从未涉足这片土地，但也多多少少读过、听说过塔利班统治时期那些令人闻风丧胆的暴行。不过，只有当我实实在在地站在喀布尔时，我才得以细致地了解到发生在塔利班掌权之前的内战。而像我这样的不知情者大有人在。由于苏联解体抓住了众人的眼球，阿富汗便逐渐淡出世界的关注。虽然这场内战被列为喀布尔历史上最黑暗的时刻之一，但这种激越动荡，却默然失声，寂静无言。

然而它无处不在，这场风浪席卷了喀布尔的每一寸土地，几乎每一个喀布尔人都有一段发生在这个时期的故事，也几乎每一户家庭都被烙上了战争的伤痕。比如我听说过一个关于少女纳希德的故事。1993年的夏天，她被一伙依附当地统治军阀势力的武装分子追杀致死。喀布尔的居民认为，这个年轻女孩纳希德的殒命映射出内战的野蛮残酷。此事也是那个时代静默掩盖激荡的一个例子，倘若掀开时代的面纱，其下翻涌的风云就会露出。这样的静默，实际上是一种刻意的抹杀，欲盖弥彰。经过一番打听，我得知了纳希德的墓茔如今已被奉为神龛。为了找到她的坟茔，我去了纳希德曾经生活过的地方——位于喀布尔东北部的米克罗扬（Microrayan）地区。

20世纪70年代，苏联协助当地建起一片住宅区，作为行政人员独立的居住区域。人们只需一望便能发现，这些建筑是按照苏联时期的风格设计的——公寓楼的布局整齐划一，社区花园零星地散落其间。住宅区涵盖医疗中心、幼儿园、商店、操场和学校。建筑是抗震的构造，公寓楼里还配备了集中供暖、现代厨房和厕所等设施。所有这些，还有那平坦的街道和宽阔的人行道，使得米克罗扬成为一处先进、安全的宜居之地。

但这一景象在内战期间发生了改变。2006年，我第一次来到喀布尔就见到了墙上星罗棋布的弹孔和毁坏的设施，这些昔年的战争之伤依旧清晰可辨。到了2011年，喀布尔接受国际援助的重建已有十数年，虽然在一些建筑上仍然能见到战争的创伤，但这里也新添了许多宏伟壮丽的地标。

对于游客来说，米克罗扬可能和其他社区没什么不同——它们同样给人一种拘束感，充斥着社会中条条框框的限制。但对喀布尔人来说，它是喀布尔最开放的区域之一。我们的厨师马苏德也深有同感，他是老城区的居民，陪我到这儿来寻找纳希德之墓。"这儿真是相当自由啊。"他说道，眼睛盯着街上往来穿梭的妇女和孩子，脸上同时流露出一种嫉妒、不满的复杂情绪。

我加入了往来的人潮，在这里的街道上能见到信步而行的各个家庭成员，女士们穿着时髦的棉质外套，踩着高跟鞋匆匆走过，手臂上还挎着购物袋。我走到社区花园，那里的树木郁郁葱葱，即将结果。在这个星期五，一个温和的夏日午后，整个社区的人似乎都倾巢而出了。

我先去了纳齐拉家——她就住在米克罗扬地区，并且她自告奋勇地加入我的探寻之旅。纳齐拉虽然也听说过纳希德，但却从未祭拜过她的坟墓，纳齐拉对此很好奇，也想去找一找。在塔利班掌权之前，纳齐拉一家都住在米克罗扬，后来战火纷飞，他们不得不逃到了巴基斯坦，现在租住的公寓离他们原来的家很近。但我们都没料到的是，纳齐拉的母亲对女儿这趟回家并不感到高兴。"她说那里原来的居民都已经离开了，"纳齐拉告诉我，"她之前也提过，原先住在那里的都是喀布尔本地人，而现在则住着来自世界各地的人。"

我们穿过熙攘的街巷，有一位老人握着水管在街上冲洗地毯，我们小心地避开水管里迸出的水流，之后还撞上一群追着风筝跑的男孩。最终，我们来到一处街区，纳齐拉认为这就是纳希德住过的地方。我们按了门铃，拜访了左邻右舍，询问他们这里是否住过一位叫纳希德的少女。我们每次问的都是一样的问题，可得到的答案却各不相同。"我们听说过她，但她不住在这儿。""纳希德是谁？""去那家看看吧，他们是老住户。""我们那时不住在这里，我们是战后才搬来的。""我们只是游客。"在一些地方，我们刚问完，人们便面色阴郁地沉默了，而在别处，我们得到的只有人们难以遮掩的愤怒。"你们这样有必要吗？"一个男人讥讽道。"你们是在自找麻烦吗？""你们为什么要四处转悠，重提那件破事？"这是另一个人问的。踏上这条寻找纳希德的道路，就像行走在历史的断层线上，我们感到既艰难又迷茫。

最终，我们在公寓的一层找到了一位主妇，当时她正在进行周五大扫除。我们的问话让她停了下来，继而给了一个令我们惊喜万分的答案。没错，她认识纳希德，而且老天保佑，这就是她曾住过的公寓楼。"要一直爬到顶层，"那位主妇说着，陪我们走到楼梯旁，"左边那户就是她的住所了。"

我们爬上六楼，并按响左边人家的门铃，但是没有回应。我们又按了右边的,一个大约十三岁、脸颊红润的女孩打开了门。她叫卡蒂嘉,她也听说过纳希德的故事。她告诉我们,在内战期间,她还没出生的时候,她的父母就与纳希德住在同一座公寓里,而且她的母亲与纳希德还有纳希德的姐姐十分亲近。纳希德的惨案发生后不久,卡蒂嘉一家就搬到了巴基斯坦。他们也是一年前才回来的。

因为卡蒂嘉一个人在家,所以她不便邀请我们进门。但站在她的门口,我们有幸又重新听了一遍纳希德的故事,而这个故事就发生在走廊的另一边。"纳希德有一个非常漂亮的姐姐,大约十六岁,"她娓娓道来,流畅得好像在讲一个她很熟悉的故事,"那些年,掌控这片地区的圣战者派系人员听说她藏身于此,便一直疯狂追杀她。但是当时纳希德的姐姐并不在家。纳希德孤身一人,拒绝开门,于是这些人破门而入。为了躲避他们,纳希德打开窗户跳了下去。"关于这个故事,我曾听过人们所讲的各种版本,但从卡蒂嘉的口中听到时却体会到了一种不同的感受,因为不论从年纪上还是地理距离上来看,她与纳希德靠得都是如此之近。这是我第一次感觉到,纳希德曾经也是一个有血有肉的普通女孩,这样的她,并不是那具包裹在一丝不皱的殉道布下的尸首。一想到年轻女孩纳希德跳窗时该是多么恐惧和无助,我便感到心痛难忍,这比听说一位圣人的结局更令人难过。

据说,1996 年当塔利班占领喀布尔时,这里还举办了庆典,以庆贺众人终于摆脱民兵们肆虐的暴行。也许在米克罗扬能够举办庆典,正是由于人们永远记得年轻女孩纳希德惨案吧。

2001 年至今,纳希德这样的遭遇所揭示的不仅仅是一项罪行,更是一种逃脱罪责的乱象。一些像阿富汗司法工程、人权观察和阿富汗独立人权委员会（Afghanistan Independent Human Rights Commission）这样的组织试图记录下这一时期乃至更早之前的暴力罪行，但即便如此，追求公平正义、抚平受害者及其家人的创伤，始终是一项任重而道远的事业。

2001年底，阿富汗似乎出现了一道和平时代的曙光，这为清算此类罪行提供了契机，但很快就被其他因素掩盖了。阿富汗司法工程发布的2005年年度报告称："美军和那些在内战期间犯下严重战争罪行的指挥官们是一丘之貉。[xxii] 他们做出这种愚蠢的举动，是因为他们相信这些指挥官能够帮助美国对付'基地'组织和塔利班……美国以及联合国和一些其他国家政府的高级官员也反对调查过去的职权滥用行为，他们认为这样做会危及'国家稳定'。"也就是说，这些早期的尝试在考虑到阿富汗动荡的国情时便再无推进的可能，保持稳定远比追求正义和责任更加重要。所以正如这份报告指出的那样，这种策略的确没能推行下去。

上述事实说明，在喀布尔内战这一黑暗时期所遗留下的问题大体上仍未得到解决，而阿富汗至今仍笼罩在它们投下的阴影里。从那时起，一些曾经滥用职权的领导人如今拥有了双重身份，他们既是阿富汗政治舞台上举足轻重的人物，也是国际部队的盟友。他们以议员、州长或高级官员等身份参与新时代的民主改革。2007年，阿富汗议会通过了一项备受争议的"大赦法"——为实现民族和解与国家统一，对1978至2001年间滥用职权者采取广泛的赦免举措，使其免于被起诉。虽然个体仍然能够对行凶者进行刑事指控，但这无疑会使他们暴露在被掌权者报复的危险境地中。

为了使这一现实看起来更加合理，一些阿富汗本国部门和国际机构还为自己附加了一句简短有力的辩词:"每个人的手上都沾染着鲜血。"[xxiii] 这句话听起来就像一个无可奈何的耸肩,一种对道德的避而远之,也许这就是人们谈起时代之罪时有口难言的缘故吧。这条追究刑责、探查纠葛的链条攀得太高,也扩散得太远,因为链条上不仅有那些身居高位的当权者,还有他们不计其数的外国盟友,以及当权者背后那习惯了用缄默遮掩一切的历史。

在当前更迭不止的战火和时有时无的和平中,纳希德已经彻底陷入这片阴影之地——她的存在不断提醒着人们那段不堪回首的历史,揭露这几乎未曾更改的世道。

我问卡蒂嘉现在是否还有人住在纳希德的旧屋子中。卡蒂嘉说道,那扇门一直是坏的,直到去年房东才请人修好。现在房东会时不时地过来瞅一眼。也许是受喀布尔房地产价格的影响,空着的屋子需要人气来驱邪,以便能顺利租出。

我听说纳希德就被埋在她住过的公寓楼后面。经过一番搜寻之后,我和纳齐拉发现了她的墓茔,就隐蔽在一座小花园里,被高高的树篱、茂盛的葡萄藤和层层叠叠晾晒的衣物遮掩住了。这座墓茔看起来平淡无奇,日常生活中很常见,环绕在它周围的是一块墓碑和一面绿色的殉道旗。在旗杆上面绑着数十块打结的手帕和许多彩色的布条,它们代表着特殊请愿和祷告——正如我在城市各处的神龛中看到的那样。许多布块已经褪色,上面布满了灰尘和蜘蛛网。

墓碑上用波斯语刻着纳希德的名字、年龄和死亡时间。我们站在墓前,几名工人从公寓楼上一扇俯瞰墓地的窗户中好奇地打量着我们。他们是一群正忙着作业的油漆工,以便让新的租客住进公寓。

纳希德的故事并没有随着她的死亡而湮灭。我在米克罗扬曾听过这样一个版本：当纳希德的送葬队伍正要出发前往墓地时，突然间火箭弹的袭击接踵而至，送葬的人被迫四处逃散，人们在混乱中丢下了纳希德的遗体。当炮火平息后人们折返回来，发现遗体已经没了踪影。或许，她是被家人们埋在一处没人知道的地方；或许，她的遗体已经永远地消失了；又或许，故事的这一环节只是一段杜撰的神话，是为了给纳希德的形象增添一抹圣洁的光辉。在这段故事中还有一些模糊不清的细节，它们或难以证实，或自相矛盾。它所传递的力量映射出了内战时代的黑暗，但不管怎样，起码我知道了，在房子后面是一座空坟。它是一种静静弥漫的空虚，是城市喧哗的节奏中落下的一个寂静节拍。

* * *

一天晚上，我把我在米克罗扬听到的故事告诉了哈立德。作为交换，他给我讲述了另一个"纳希德"的故事。这名殉道者名叫沙希德，是一名女学生。在1980年4月，她加入了一场抗议苏联入侵的妇女示威游行。据报道，当这支游行队伍朝阿尔格官行进时，故事的主角——也就是另一个纳希德——曾向一名拿枪指着她的阿富汗士兵开口呛道："女人比你们更适合保卫国家。"据说，这是她的原话。[xxiv]之后她便被士兵枪决了。她的故事后来流传成了一句战斗口号，被视为反抗政府及其苏联靠山的象征。沙希德是哈立德这一代人眼中的纳希德，也是哈立德在听到我讲的这个故事后立刻联想到的那个人。

这两位女子，从她们的名字到命运都如此相似。她们的故事跨过喀布尔数十载的战争岁月，悠长又响亮地回荡在我的心海里。

* * *

我的朋友莱玛给我讲了另一个发生在墓园的故事，这个故事事关一场奇怪的葬礼，是由莱玛的父亲讲给她听的。莱玛的父亲是一名保安，每天往返于喀布尔和邻近的瓦尔达克省（Wardak）。有一天，他正好与路边墓地的送葬队伍擦肩而过。而第二天，他走在同一条路上，发现昨天下葬的尸体就躺在空空如也的坟墓旁边。第三天也是如此。到了第四天，尸体不见了。出于好奇，他去询问附近的村民。"这是村里的一位女士，她在国外去世了，"有人告诉他，"她的尸体被空运回来，葬在她的卡克（khak），也就是故土的意思。但是每次下葬，第二天早上都会在墓外发现她的尸体。她的家人们悲痛欲绝，村民们也不知所措。最后，他们求助了一位智者。这位智者告诉他们，在国外时，这位女士一定是不小心冒犯了她的故土，所以她的尸身难以下葬。在他的建议下，她和一只死狗一起被重新埋入土中以蒙混过关，应付这片挑剔的土地。"

莱玛是一个很会讲故事的人，她能讲出许多这样的荒诞故事，她还坚称这些故事都是真实的。但即便这样的故事只是传说，它们也清晰地表达出了阿富汗人对于"故土"的理解。这个词指代的是一种身份认同感，代表着他们血脉的发源地，是先祖的沉睡之所。它定义了你的土地，最终也会是接纳你的故乡。如果你是一名不折不扣的喀布尔人，这将意味着你也会安息在这里，通常也就是村镇上最大的墓园——舒哈达萨利欣墓园（Shuhada-e-

Saliheen），即"虔诚殉道士"的陵园。

通往舒哈达的道路蜿蜒于城市的南部边陲，与熙熙攘攘的市中心隔开了一段距离。这条路穿过了一些废弃的建筑和未竣工的购物大厦，看起来阴森森的，令人不禁回想起2001年后喀布尔房地产泡沫破裂的悲剧。这条路分岔众多，还经过了一座热闹的集市，那里售卖竹子、汽车零部件和墓碑等商品。接着往前走，你会发现所有的商铺都消失不见了，眼前出现了一片沼泽湖——原来是来到了戈勒·哈什迈特坎湿地（Qol-e-Hashmat Khan）的边缘。自莫卧儿时代以来，这里便一直是狩猎的宝地，引得猎鸭人争先恐后地前往。到了春天，沼泽附近漫山遍野的紫荆树纷纷含苞怒放，使得这里成为喀布尔家庭的野餐胜地。

湖泊不远处就是舒哈达区的边界，即使你留心丈量，也很难确切地说出它的位置。一座座坟墓映入了眼帘。一片静默中，你会突然发现自己仿佛来到一座虚无的坟茔之城，就站在它的正中央，周围环绕着活人所住的社区。我和萨哈卜博士一起来参观这座墓园。他很早便说过要陪我过来，但一直未能兑现。就在我对他不再抱有期望时，他安排了此次的出行。

去墓园的路隐入一座山谷，周围尽是光秃秃的斜坡，连着两条喀布尔境内的崎岖山脉——赞布拉克山脉和狮门山脉。一直走到山顶便能看见喀布尔城墙的遗迹，它们看起来就像从整面的岩块中裂出的一条崎岖不平的石缝。山谷中坟墓遍野，无休无止的城市喧嚣侵袭着这片静寂。墓地逐渐向外蔓延，慢慢吞没了山谷从前的边界。

我们走过坟墓之间散落的房屋，绚丽的帘布在窗口随风飘扬，站在窗前可以俯瞰屋外的小花园，里面的花朵艳丽得十分诡异，种植的葡萄藤硕果累累。白天温度逐渐上升，眼前的道路却向下蜿蜒，远处宜人的景象渐渐展露。路边的小摊售卖着茶、油炸馅饼、泡菜和冰糖等食品。有几个孩子骑在驴背上，还有的孩子沿着山坡上上下下运送着水罐，从远处看就像一条自动流水线，供给山上不断扩大的居住区。树荫下，人们倚靠着坟头，周围放着等待冲洗的水壶和大量的杯子，以便盛放他们为觥筹交错的聚会新添的酒水。这里横亘着一扇水泥大门，彰显出这是一座土耳其公墓，门前聚集了一群男孩，聚精会神地打着牌，对于路过的人，他们几乎连头都不抬。在舒哈达区，喀布尔人和墓地之间愉快而随和的关系可见一斑。

你可以循着一条延绵不息、如同记忆一般的路线穿行于喀布尔，跨越群山来到这座墓园。每到周四，虔诚的信徒们就会赤着脚从老城区出发，横穿音乐家齐聚的哈拉巴特区（Kharabat）前往舒哈达区。这场朝圣之旅始于以两兄弟命名的阿什坎·阿勒凡圣陵（Asheqan-o-Arefan），终点大约在山谷的中心，也就是哈兹拉特塔米姆贾贝尔安萨尔的阿修罗圣陵（ziyarat-e-Hazrat Tamim-e-Ansar）[1]。对许多人来说，这是城市中最神圣的殿堂。

在圣陵的入口处，我抬头看到山体表面刻印的巨大文字："真主"。在圣陵的内部，大理石和枝形吊灯闪闪发光，映出一室的华彩，墙壁上雕刻着一簇簇摇曳生姿的仿生花朵，提醒人们祷告的声音即将响起。萨哈卜博士站在了男士席，而我则去了女士席，这里有两位带着婴儿的女士，闲话着下一个要去的圣陵。她们盛装打扮，放松地在地毯上歇息，为下一站积攒体力。她们看起来

---

[1] 在喀布尔北面的帕伊米纳尔山谷（Valley of Paiminar），约有40多个圣徒陵墓。

十分享受这次外出祷告的安排,但当我询问玩得是否愉快时,她们却面露不悦,反驳道,她们是借圣人之力为孩子祈福的。"难道还有比这更好的吗?"她们言语尖刻地说道。

祷告结束后,男士席的人们都散开了。其中一个男人责备了我们,因为我们在他们祈祷时说话声音太大。"你们这样做是不对的,我们在祈祷时不应该听到你们的声音。"他谴责道。"好的,感谢你让我们回到了正轨。"我旁边的年轻女子说道,她目光低垂着,说出的话却带着钩刺。她讲话声音虽不大,却刚好能让男人听见,但这声音轻飘飘的,似乎又能让男人忘记她曾开口说过话的事实。

妇女们决定深入山谷,前往圣殿喷赤沙阿(Panje Shah),那是一座古老而开阔的墓园。也许她们没有听说过它,但她们会走上一条已经延续了数个世纪之久的朝圣之路。早在伊斯兰教传入该地区之前,喀布尔的印度教教徒和佛教徒就开始尊崇谷中的山泉和悬铃木了。而舒哈达作为圣陵,已有2000多年的历史。

巴布尔在回忆录中记录了拜访谷中该隐(Cain 或者 Qabil)墓的经历。[xxv] 回忆录中还记载了圣泉赫兹尔(Khizr),它以伊斯兰教神话中及时出现予人帮助的神秘人赫兹尔命名。赫兹尔经常穿着绿色长袍现身,是旅行者的守护神。就像古希腊传说中的赫尔墨斯一样,他现身于街道和十字路口,为行人和流浪者摆平麻烦。我猜想,很可能我一到这儿行踪就在他掌控之下了。

我们在进入山谷的路上途经一座大理石纪念碑,上面标记着艾哈迈德·扎希尔的墓茔,这是"阿富汗猫王"的安息之地。我坐在阿卜杜拉的汽车后座时,他的嗓音就是我游历喀布尔的背景音乐。

1979年，扎希尔神秘去世，当时正值阿富汗的转型风浪达到顶峰之时。几十年来，这位歌手柔和的嗓音不断地唤起世界上流社会对喀布尔战前和平年代的回忆。即使他已逝世，留给后世的慷慨馈赠和超高的人气都让人称绝。1996年塔利班掌权时，他们在扎希尔的坟墓里撒满子弹以示敬意。2001年以后，他的纪念碑被重新修复，时常有游客前来参拜。这些参拜者包括多年后回到喀布尔的阿富汗人，他们与家乡之间最亲密的联系就是扎希尔哼唱的民谣。在我去拜谒的那天，有一群妇女正在清理纪念碑周遭的杂草，并将它们扎成捆，带回去作为牲畜的口粮。

在伊斯兰教的传统中，活着的人对逝者有着应尽的义务，而喀布尔人则尽心尽责地扛起了这份义务。每到周四和周五，也就是阿富汗的周末，人们会去祭奠亲人的坟墓或者祭拜圣徒之墓。人们将水洒在亲人的坟墓上，湿润的泥土代表着这场仍旧令他们痛心的失去，让人误以为他们与挚爱的永别仿佛就发生在当下。他们仿佛在展开一种无声的诉说："我就这样失去了你，我仍旧痛苦不已。此时此刻依然哀悼不停。你始终在我心里。"

我和萨哈卜博士一起走进一座小型的圣殿，这里安息着一位精神领袖，萨哈卜博士说这位领袖在喀布尔有着一众追随者，并向我称颂了他的许多成就，但我仍然对眼下之事感到困惑不已，我们究竟在做什么？我也无法理解萨哈卜博士话语中罕见的敬畏和虔敬。直到后来，当他提及自己的父亲和祖父都很敬畏这里，我才明白过来。事实上，这座圣殿是他的家族精神指引之地。我们仿佛回到了他的故土，这是一条牵系着阿富汗人的无形纽带。

置身此地的萨哈卜博士看起来平和而愉悦，与我和他共同漫步于街道时那决绝而疏离的样子简直判若两人。他说："我不认识这些人。"他指的是使喀布尔陷入天翻地覆的代代迁徙和外出移民之厄运的那些人。"这也不是属于我的城市。"他现在仿佛又做回了自己。

在一段拍摄于 1992 年冬天的视频中,我看到喀布尔的街道上飘着雪花,使得那毁于战火的断壁残垣看起来顺眼了一些。[xxvi] 在一幅画面里,我看到一座宫殿,它的墙体被覆盖上一片片白色,凝视着它,我的思维似乎停滞了。我冥思许久,试图辨认出它是哪座建筑。后来才意识到原来它是达鲁拉曼宫。我对这座宏伟的建筑非常熟悉,但当它以一个完整的姿态出现在我面前时,却令人感到陌生。我没能认出它的原因在于,我仅仅记住了它作为一片废墟时的模样。在喀布尔,记忆就是以这种意料不到的方式来迷惑你的,而地标的意义正是从它们的毁灭中得以重生。

有时候,要想完整地感受一座城市,我们须得去关注那些被遗漏的细节。我们究竟遗忘了什么?或者说,这座失忆之城,它的假面之下藏着什么呢?这些墓园的地图正面记载着路线,背面则是一张张铭记之网,它们能够唤醒一切前尘往事。

我和萨哈卜博士并肩站在这座不断被定义又不断被改写的山谷里,赤着脚感受这片先贤们安息着的土地。此时,一个从我在喀布尔的墓地中游荡时就产生的困惑被解开了。我试图在墓地里寻找什么?是什么让活着的人都无法给我解答?也许,我们被指引着来到这里,是因为我在冥冥之中意识到,这些墓茔虽然被标上了离世的记号,但正是有了它们,有了这些逝去之人,有了这些缺失,这座城市才得以完整呈现。

* * *

这是我最后一次参观喀布尔的墓园。春日已暮，即将转入夏季，大地较以往更加贫瘠。我和萨哈卜博士并排走着，去见扎法尔·派曼（Zafar Paiman）。他是一名考古学家，正在竭力保护他在舒哈达中心挖掘出的一座佛教寺院遗迹。我们去拜访当天，刚好赶上他的团队在现场工作的最后一天——至少就当时对未来的预估来讲是这样。第二天早上，遗迹就要被关闭了，而且还将移交政府。我那时便意识到这座古老建筑的意义，它裸露在外的石墙，不仅提醒着人们喀布尔常常被人遗忘的过去，也警醒着人们眼前的这座城市同样值得忧虑。从我看到它的那一刻起，这座山坡上的庙宇便已岌岌可危了。[xxvii]

人们说起阿富汗的佛教历史，话语中总会带上无声的悲悯。被人提到次数最多的佛教圣地便是巴米扬的大佛遗迹（Buddhas of Bamiyan），它在 2001 年的春天被塔利班摧毁了。但对于生活在和平年代的阿富汗人来说，这尊大佛属于他们的过往，他们不仅在故事中传诵它，还将其内化到了内心深处。我曾经遇到过一个年轻人，他的名字取自该地区最著名的佛教国王之一的迦腻色迦（Kanishka）。他告诉我，他的父亲给他起这个名字，希望能重拾这片土地从前的荣光。

迦腻色迦这个名字将这位君王与嵌入阿富汗土地的历史紧密联系在一起，这其中不仅包含亚历山大东征带来的希腊文明，还涵盖了印度阿育王（Emperor Ashoka）的福音传教活动。佛教一直是中亚地域融合网络中的重要一环。从公元 1 世纪到公元 3 世纪，喀布尔一直处在贵霜帝国的版图下，横跨古丝绸之路。这一

105

时期，佛教的艺术形式取得繁荣的发展，一些像"王中之王"迦腻色迦这样的统治者也对寺庙给予了大力扶持。5世纪，嚈哒人，也就是"白匈奴"统治了中亚地区。9世纪，印度教的沙希王朝又成为新的统治者。这一系列的王朝更迭留下大量的物质遗迹，直到今天，它们仍未能重见天日。

到了19世纪，当英国和俄国在阿富汗进行殖民扩张时，他们才对这些遗址展开了非正规的发掘和报道。这一时期的探险家通常怀揣着极为复杂的动机。他们可能是逃兵，游走在法律的边缘；也可能是离经叛道者，有着蠢蠢欲动的灵魂。关于如何判定这些早期的探险活动对后世的意义，当代的阿富汗考古学家持有一种复杂的观点——他们承认这些探险家所做出的贡献，但也正如扎法尔告诉我的，他们也在某些遗迹处发现了文物遭遇洗劫的证据。

正式地说，阿富汗考古学的历史始于20世纪30年代，当时的君主阿米尔·阿曼努拉授予法国考古代表团为期30年的在阿富汗进行勘察和挖掘工作的专有权。直到20世纪50年代，其他国家才被允许插上一手，印度、日本、苏联、意大利和其他国家都纷纷向阿富汗派遣考古团队，并入境工作。1964年，政府规定，各国探险队的所有发现都应留在阿富汗，不得被外国使团带走瓜分。很快，成千上万件艺术品涌入喀布尔的小博物馆，令其拥有羡煞他国的馆藏量。

其中就有来自哈达（Hadda）的展品，哈达是一处占地近40平方公里的建筑群，位于阿富汗东部城市贾拉拉巴德以南。从1世纪到3世纪，哈达是世界上最大的佛教寺庙和朝圣建筑群之一。在这里工作的考古学家发现了数千件由灰泥、黏土和石灰石制成的雕塑，种类繁多；也是在这里出土了"冥想中的佛和菩萨、小头鬼脸恶魔、怪物、忏悔的施主、戴头盔的勇士、贵族妇女、狮子头、大象、有翼人鱼'特莱登'以及狂欢酒宴等文物"。[xxviii]

扎法尔是在这一时期工作的考古学家,大约是在1964年阿富汗考古研究所成立后的几年,他在喀布尔大学学习历史。20世纪70年代末,他参加了为期一年的巴米扬洞穴和遗址考察。1980年,阿富汗战争打响后不久,扎法尔前往巴黎,在那里继续深造。后来,他加入了法国国家考古协会(AFAN),并在巴基斯坦、阿富汗、瑞士和乌兹别克斯坦等国的考古遗址工作。

1980年,扎法尔即将离开喀布尔时加入了一个由阿富汗和法国考古学家组成的考古团队,对阿富汗南部的部分遗址进行了考察。2002年塔利班倒台后不久,他回到阿富汗,对阿富汗不同省的遗址展开了类似的考察——在历经了数十载的漫长战争之后,这其实是一场对文物损失的仔细盘查,对物质遗产的清点收纳。2004年,他开始在我前来参观的遗址展开发掘工作。

佛寺遗址坐落于纳兰吉丘地(Tepe Naranj),意为"橙丘",常被赞布拉克山脉所遮盖。"naranj"意为橙色,可能指日出时太阳照耀在山坡上的颜色,微微染上一点泥土的赭色,也可能指几世纪前僧侣穿的橙色僧袍。我们从哈兹拉特塔米姆贾贝尔安萨尔走到此处,在不同圣殿的地标间走着自己的路线。

当我们走近山丘时,我看到扎法尔穿着橡胶拖鞋,脚步稳健地自山坡上飞奔而来——他是一个六十多岁的老头,身材瘦小,但十分结实。多年日光的洗礼使他的皮肤黝黑苍老。当他微笑时,脸上的皱纹沟壑纵横,神似他发掘的雕像。我们见面时,扎法尔和他的团队已经在此工作了9年,他们从毁坏的坟墓和被蚕食的房屋之中发掘出佛塔和其他建筑的残垣。从文物的制作工艺和质量来看，该寺院可能曾是精英阶层的居住地，而附近则是僧侣的住所。

我跟着扎法尔爬上一段狭窄的楼梯，来到一处人工建造的露台上。仅仅攀升了一小段高度，就有一座小型佛塔的遗迹映入我的眼帘。它原先有着完美的比例，但如今只剩下一个底座。佛塔的柱子和砖石上的每一处纹理细节都在阳光下闪闪发光。拥有如此有利的视野，喀布尔的历史就像地图一样在我面前慢慢铺陈开来。

左边矗立的是巴拉·希萨尔古城堡（Bala Hissar），它坐落在青山的顶部，俯瞰着整座城市。这座山名为翡翠山（Tepe Zamarrod），因为到了春日，整座山会尽染青翠，郁郁葱葱。[xxix] 翡翠山的对面是马朗查丘地遗址（Tepe Maranjan）——据传，在前伊斯兰时代有一个富有的魔术师，他为建此山而倾尽家财。[xxx] 在过去的发掘活动中，该遗址也出土了丰富的佛教文物和具有重大研究价值的古迹遗址。

马朗查丘地遗址的山顶上屹立着一座宏伟的圆顶陵墓，里面长眠着于1933年被暗杀的纳迪尔·沙阿国王。这里也是扎希尔·沙阿及其妻子乌迈拉·贝古姆（Humaira Begum）的安息之地。夫妇二人自1973年政变以来就一直旅居国外，直到2002年塔利班被驱逐后，这位前国王才得以重返故国。不幸的是，他的妻子在准备回喀布尔与他会合时去世了。最终她也回到了这里，只不过是以长眠的方式实现的。在陵墓的旁边有一面巨大的标牌，上面用普什图语写着："Zhowandai Dawey Afghanistan"（阿富汗万岁）。前方的戈勒·哈什迈特坎湖面波光粼粼，远处是通往洛加尔（Logar）的道路，这条路连着通往白沙瓦的历史贸易路线，而白沙瓦也是一座带有佛教历史色彩的城市。再往前走，便会到达印度。

我跟着扎法尔前往佛塔上方，来到另一座露台，那里有三座并排而立的小佛堂。在施工过程中，施工队砌了一堵墙，还搭建了一个低矮的顶板，以便将它们围起来，隔开外力的破坏。我们从明亮的阳光中走进第一座佛堂昏暗的内部。慢慢地，当我的眼睛适应了黑暗，精致的雕刻和巨大的佛像遗迹便出现在眼前。中央设有一个带有四个壁龛的大型底座，可能每一座壁龛都是用来供奉佛像的，根据朝向的不同，它们的颜色也各异。扎法尔说，绿色代表北方，红色代表西方，黄色代表南方，蓝色代表东方。中央基座上，可能曾经供奉着一个四面佛。

在第二座佛堂里，一尊呈冥想姿势的巨大佛像占据了整个房间。他的侍从们或跪或站，围在他的身边，他们身上的衣服仍有一部分是纯白色的。这里的雕像上半身都已消失不见，然而呈现出的武士、贵族和菩萨齐聚一堂的场景却完整无缺。他们围成一圈，向冥想中的佛像致敬。扎法尔从该佛像顶部刮去一些沾在佛袍碎片上的污垢。整件佛袍是红色的，而佛像垂落在肩膀上的头发则是蓝色的。

扎法尔是研究阿富汗佛教遗址的权威人士，他四处走动，向我展示每尊雕像的细节，就好像他们是他熟稔的老朋友一样。佛像的右边立着一位骑马的男子，他的靴子和短斗篷表明他的身份可能是一名军事贵族。他长袍上的小纽扣依旧完好无损，旁边还立着一尊较小的雕像。他的身上缠着打结的腰巾，衣服的褶皱在他足部的位置形成微小的涟漪。这尊雕像与中央佛像的距离较近，表明他可能是一位来自印度中部、与喀布尔有着商业和宗教双重联系的重要人物。

在这群佛像的左边，有一尊跪在中央佛像脚下的佛像。人们在附近发现了这尊雕像的头部，他的头上戴着一顶饰有三个月牙和珍珠的皇冠。扎法尔说，这很可能是一位信奉佛教的白匈奴国王。但当我在教堂里寻找时，却没有找到他的全身像。扎法尔告诉我，他从国外访问回来后就发现这尊佛像被损坏了。

这些佛像文物很脆弱——它们用石膏和黏土塑成的形体很容易碎成尘埃，然后和大地融为一体。但是，它们恰以这样的方式提醒这个健忘的世界和阿富汗人自己，让他们回想起历史过去的样貌。它们体现的是思想和文明的交叉融合，是阿富汗的故土文化的一部分。也许这就是像扎法尔这样的人在竭尽所能地拯救遗迹的原因。当我问他这样做的缘由时，他带着嘲讽的口吻回答了这个问题，似乎不想对此做更深入的探讨："因为我热爱佛教和考古学。"如果正如他所言，那他和佛像考古之间的关系就像一段浪漫的恋情，扎法尔已经学会了如何在一段反复无常的情侣关系中做一个耐心的爱人。他很珍惜他所拥有的感情，从不过问它会停留多久。

山谷外，有风捎来从喇叭中传出的祈祷和广播声。"葬礼，"扎法尔简洁地说道，"一天里有十五个这样的广播。"最大的声音来自附近一座新建的清真寺。它那贴着粉红色瓷砖的外墙在玻璃窗反射的光线下闪闪发光，在炎热的午后向我们眨着眼。放学回家的女学生从我们身边经过，在下山的路上，有一位居民在热情地打着招呼。这里的考古遗址是山上一块难得的空地，它也是建设热潮中的一片绿洲。几年前，扎法尔在遗址周围设置了铁丝网栅栏，也盖起了防护墙和顶板。这是为了防范那些四处捡拾建筑材料的人，他们会从古遗迹上拆下材料，以建造他们的新房。但是，即使发掘工作已经接近尾声，寺院周围纤细的铁丝栅栏充其量也只是一种弱不经折的防范工具，提供不了多少安全保障。与此同时，该遗址正在被改造成下葬用的墓地。这是一处很容易消逝在城市中的地方，而城市也正虎视眈眈地盯着它。

扎法尔面临的困难并不仅限于此。未经授权的发掘和盗窃活动为国际古董黑市输送了源源不断的利益。针对纳兰吉丘地遗址的考古工作宣告停止的原因显得平淡无奇——扎法尔手中的政府拨款已经用完了。尽管他在努力地筹款，但还是没能找到赞助者，他不能继续下去的原因仅仅是没有资金了。

鉴于国际捐助者在阿富汗一直有着巨额预算，没钱赞助考古的这种说法明显有些荒谬。但所有人的注意力都被其他的考古遗迹吸走了，再加上扎法尔有限的经验，他的工作似乎显得微不足道。2001年后提出的一系列议程和捐助者的目标不仅影响了他的国家，也让他成了一个孤立无援的人物，他为保护自己的考古成果而奋力抵抗。每当我看到巴米扬悬崖上空空如也的洞穴照片，或者看到其他地方曾经立着石柱或庙宇的地面被夷为平地的画面时，我就会想起扎法尔。我意识到，在贫瘠荒芜之中埋藏着这样一个事实：毁灭文化的，并不总是那些携带着火箭筒或炸药的狂热分子。在纳兰吉丘地遗址，我发现，人们只需要把目光简单地移开，其实就已经是在用某种方式毁灭文明和文化了。

走到山顶时，扎法尔谈到他关于这块土地的梦想，如果能拿到援助的捐款，"我会把这整片地区变成一个露天博物馆，修复好寺院，这样阿富汗人就可以来这里看看他们的历史遗迹"。他还有一个绝妙的想法，要在山顶和山脚下建餐馆。他说，这样一来我们就可以从两方面挣到钱：在游客爬山口渴的时候挣一笔钱，在他们下山口渴的时候再挣一笔。他在畅想的同时,还在为自己敏捷的商业头脑自豪。这个想法受启发于哈达地区的肖托尔丘地遗址(Tepe Shotor),那儿曾被改为一座供游客参观的博物馆,存世了一段时间。该遗址在内战期间被洗劫一空,里面的藏品只有两种命运——被摧毁或走私。2001年初,当扎法尔前往肖托尔丘地遗址评估文物损失时,最终被塔利班扔进了监狱。除了试图拍照这一罪行,他的又一罪行是他脚上穿的白袜子,这被认为是对塔利班白色旗帜的侮辱。

我们到达建筑群中最高的位置,这是一处环形的空间,内部有一圈壁台,以及一个疑似用于举行仪式的中央壁炉。扎法尔和其他考古学家就它的功能进行了一场隔空辩论——"不管他们喜欢还是不喜欢,我都会如实告诉他们。"——我坐在壁台上,呼吸着阳光下的空气,顺带欣赏墙上淡淡的树叶蚀刻图案。这处空间可能是部落长老们开会讨论有关战争、经济或祈祷活动的地方,他们还会在这里做出重要决定。扎法尔补充说,壁炉可能也起到了灯塔的作用。我想起阿富汗寒冷漆黑的冬夜,僧侣们沉浸在祈祷中,农民催促家人们准备睡觉,还有"橙丘"上明亮的火光。

在我们身旁,工人们在争分夺秒地搭建房间周围的防护墙。他们给墙上涂的是泥浆,用的提桶是废弃的橡胶轮胎做的。我们沿着山坡往回走,途中路过一处小围场时,扎法尔叫住了我。他掀开防护盖,下面露出了一双巨大的脚:这是一尊面向东方的立佛遗骸。从脚的大小和承托它们的基座可以明确地判断出,原先的这尊佛像很是庞大,即使隔着很远的距离也能看到它。与此同时,我发现这尊佛像屹立的位置似乎很奇怪,与其他的佛像截然不同。说不清为什么,它看起来疏远而超然,与寺院的其他构造格格不入。

在我走远后，扎法尔还在凝视着这尊雕像。我看着他和这尊佛像肩并肩站了一会儿——就在喀布尔的灌木丛山坡上，佛像还有他的信徒，皆陷入了沉思。

在下山的路上，我再次询问扎法尔，他这样拼死守护文物的原因究竟是什么。和我的许多阿富汗朋友一样，扎法尔既不喜欢被人逼问得走投无路，也不喜欢因为自己的直言不讳而显得粗俗无礼。也许正因为如此，他的回答才如此简短，声音里还带着一丝恼怒。"因为这些，"他用力地指着大地、天空和山坡上的佛塔说，"这一切都是属于阿富汗的。"他停顿了一下，然后愈发平静地继续说下去，"因为佛像也是我们阿富汗的财富。"

第四章

移动的影像地图
MAP OF MOVING IMAGES

来到喀布尔,吸引我目光的第一批废墟中包括一家电影院仅剩的骨架。它的墙壁摇摇欲坠,门厅也破损不堪,只有上方的招牌还是完好的,上面用恐怖的红色英文字体写着店名:电影剧院。再往上,我只能辨认出它的一部分波斯语名字,用英语拼作:Barikot。这栋废墟位于朱希尔区(Ju-e-Sheer)图书集市的西边,它门前的这条路沿着阿斯迈山蜿蜒延伸,与喀布尔河并行了一段距离。小贩在路边沿着斜坡摆满了蔬果,一眼望过去五彩斑斓,给路边也染上了季节的色彩。沿着这条路继续往前,便能看见一座"知识与无知纪念碑",这是阿米尔·阿曼努拉为纪念他在1924年战胜反改革叛乱而修建的。石柱上刻着这次战争中牺牲者的名字。它的底部雕刻着象征教育和进步的图腾:一本书、一方墨池、一支笔,上方还有两把交叉的剑。¹ 五年后,阿曼努拉将会面临又一场叛乱,之后被迫逃离故国。

在雕饰精致的石柱后面群山耸立,沿山屹立着喀布尔防御城墙的遗迹。石柱和群山之间夹着一座峡谷,峡谷中流淌的是喀布尔河。它时而干涸,时而泛起粼粼波光。离这里几分钟车程的地方,立着喀布尔动物园的大门,然后便是德马赞(Deh Mazang)交通环岛,这个环岛是以这里的一个村庄来命名的。阿斯迈山的斜坡上盖满了平房,它们的泥墙与周围的风景融为一体。环岛处的交通极其不便,会发生长时间的交通堵塞,因此需要驻扎在环岛圈上的交通管理局出动人员来监管路况。出了环岛便能看见巴里科特影院了。多年来,这里陆陆续续建起了新的公寓和商店,人们也就越来越难在林立的建筑群之间发现这栋摇摇欲坠的建筑了。你得努力地找寻,才能瞥见它。

第一次看到这座影院残破的框架时,我以为它是被塔利班摧毁的,因为他们厌恶电影和娱乐活动。可事实上,它是在内战期间遭到了重创,当时的圣战者军队忙于争夺喀布尔的控制权。尽管如此,我还是从我的朋友西迪克·巴马克那里听说,即使在那些监管严格的年代,仍然有一些电影院在营业。巴马克是一名阿富汗电影制片人,他当时就住在喀布尔。他说:"人们会去看电影,是因为他们根本没有别的事可做。电影院是唯一能放松的地方,在那里,他们可以逃离战争的喧嚣。"电影院里主要播放的是印度大片,多数是一些动作惊悚片,还有少部分喜剧片。我想象着,喀布尔人逃离到这些放映厅里,观看着银幕上模拟的爆炸和假血浆;其实,真正伴随他们的却是外面现实世界里的真枪实弹,火箭弹切切实实地坠落而下,街道上流淌着汩汩的鲜血。而这么一幅景象,便是喀布尔与电影之间的大致写照。人们很难说清现实是何时停止的,他们也很难说明白幻象是何时被接续的。

* * *

我很早就认识到,电影可以给人提供多种逃离现实的方式,这也是我在喀布尔学到的一招。而看电影也是我最初走出家门、感受世界的方式。在阿里格尔,对于我们家庭里的女孩们来说,进城的机会可谓寥寥无几。在我的进城经历里，就包括我偶尔的几次随姑姑一起去看电影的幸福时刻。姑姑是一名妇科医生，她会开着她的粉蓝色亚特汽车送我们去看午夜电影。坐在她车里的大部分都是女孩——因为男孩们可以随时和朋友一起看电影。所以，陪伴我们的男性通常都是一些年轻的堂表兄弟，或者是我们有针对性地挑选出来的伙伴，因为他不会干扰到我们享受快乐的心情。

但即使是这些次数极少的出游也要符合严格的规定。不仅我们看什么电影事关重大、要被监管，我们在哪里看、和谁一起看等问题都要受到监管。我的青春期恰逢印度电影大热的时期，这些电影里充斥着强奸、复仇和恶意侵略等情节。对我们来说，这些电影大多是没机会看的，所以我们被领着去看的少数几部印度电影就显得弥足珍贵。

和其他数百万宝莱坞电影的观众一起，我学会了努力地搁置疑问。我们在电影院里不是为了观察现实，而是为了逃避现实。这些电影充满戏剧性，情感丰沛，情节中穿插着歌曲和舞蹈。它们似乎需要从观众那里得到点适当的情绪反馈。当歌曲响起时，观众中的男人们（我指的是大多数观众）就会跟着一起跳舞、唱歌；当女人们穿着暴露的衣服出现时，他们会高兴地叫喊；在浪漫的场景中，或者在他们喜欢的任何时候，他们会发出刺耳的亲吻声。他们听到什么笑话都会捧腹大笑，当遇到停电，电影银幕黑了下来，我们身边呼啸的风扇也随之罢工时，他们便会大喊大叫起来。而妇女们则会跟着影片一起哭泣。在我观影的记忆里，有一件事久久不能忘怀，那就是我坐在最后一排的姑姑，她看到电影里的悲剧场景时，不禁激动得啜泣起来，这一半是出于她自己的真情实感，而另一半则是为了让她的电影票物有所值。

在这些外出活动中,最令我难忘的就是回家的时刻,我们的车在下半夜空荡荡的街道上疾速飞驰。我姑姑会把汽车音响的音量调到最大,我们就跟着音乐一起唱歌,歌声洪亮,无拘无束。当那熟悉的歌声渐入高潮时,我的姑姑会忘情地将双手放开方向盘,提高音调,我们也都会高兴得尖叫不已。

我犹记得经过时路人脸上露出震惊表情。我也记得,自己十分享受这种陌生的放纵感,陶醉于我那转瞬即逝的震撼。而我之所以有这些感受,仅仅是因为在那个午夜时分,我们飞驰在故乡的街道上——那里是我们没有确定理由就无权逗留之地。像这些小小的颠覆便是我们生活中的一座座里程碑,而我们遵循的原则是:寻乐就是要出格一点,不需全然表现得像个淑女。这就像一种被小心分发下来的商品,当然这不是每天都能享受到的。根据青春期外出看电影的经历,我收获了几点重要的认识:一、我们看的电影都很有趣;二、电影院是我们的逃离之所。也正是因为这些原因,所以总有人想夺走我们的快乐。

当我在喀布尔新城公园里看到第一家正常运转的电影院时,便不禁回想起了这段过往。那天的早些时候,下了一场雨,天光随之变得朦胧不清。脚下的土壤泥泞湿滑,我小心翼翼地走到电影院那里,避开布满路面的水坑。途中我绕了一条小径穿过鸡街[1],一路上的商店令我目不暇接,那些店铺里陈列着地毯、大衣、珠宝和用青金石制作的阿富汗地图等商品。我在其中一家店里买了一个包。店主在包的一个内袋里放了一把杏仁,以祈祷我平安地走过那条泥泞的街道。我还注意到一个女人穿过街道,她穿着优

---

[1] 鸡街是喀布尔的古玩和宝石专业市场。

雅的高跟靴，脖子上戴一条红围巾，她的头顶上是一片灰色的天空，而脚下便是泥褐色的街道，在这样的背景映衬下，她脖颈的那抹红色仿佛是在对周遭黯淡的色彩进行一场无声的谴责。

最后，我来到公园周边一条宽阔的道路上，沿途都是售卖美味比萨、冰激凌和果汁的摊位。空气中弥漫着潮湿的泥土的芬芳，还夹杂着来往汽车和发动机的油烟味。商店里摆放着屏幕小巧的电视机，里面正播放着节目，我听到是一部很受欢迎的印度肥皂剧，里面的对话是用达里语配音的。街上正有一支国际安全援助部队的军事车队经过，一名士兵从车上向旁边奔跑着的街头儿童扔了几袋食物——里面装的也可能是玩具。这个士兵戴着墨镜和头盔，让人看不清他的脸。在他身后隐约露出了一栋建筑，它的门厅被粉刷成浅浅的果绿色，屋顶上支着几张电影的海报。我还看到一块英文的标牌，上面写着"Cinema Park"，影院公园。于是我走了过去，想去看看正在上映的影片信息。在喀布尔春天绿意朦胧的映衬下，画报上映现的是人们十分熟悉的画面——不外乎就是一群愤怒的男人形象，他们赤裸着身体，露出虬结紧绷的肌肉。就连电影的标题也充斥着一种愤怒感：《火与火》（*Aag hi Aag*）、《仇恨风暴》（*Nafrat ki Aandhi*）、《勇敢者》（*Himmatwala*）。我看到一群阿富汗男人在排队购买下一场放映的电影票。和在阿里格尔一样，这些队伍里也没有女人的身影。

* * *

这一场回顾喀布尔影院的历史之旅，要从这座城市的发源地——老城的中心开始。

最早建起的贝赫扎德街道（Behzad）位于肖尔集市（Shor Bazaar）附近，这是一条与贾达梅旺德大街平行的繁华街道。巴马克的一个亲戚就住在这片地区，在1929年，也就是哈比布拉·卡拉卡尼的短暂统治期间，他在这个影院里看了他人生中的第一部电影。这位亲戚在周二戴着茶多里罩袍——一种全罩式面纱，这被认为是阿富汗女性的象征——试图潜入影院里的女性专场，但是他被抓住了。位于河对岸的喀布尔影院也建于20世纪20年代。它迎合了新郊区的高端观众，因此会同时放映印度和美国的电影。在无声电影的时代，这里还会有音乐家的现场表演，他们用钢琴和小提琴为电影伴奏。ii 在20世纪50年代和60年代，喀布尔涌现了好几家电影院，这说明看电影的风尚在首都盛行一时，其中甚至还有一家女性专属的影院。

这些剧院大多向热忱的观众放映流行的印度电影。从小城镇来喀布尔度假的家庭会在假期里把同一部电影看上好几遍。我一个年长一些的朋友告诉我，他是在巴基斯坦长大的，十几岁时偶尔会从拉合尔到喀布尔或贾拉拉巴德旅行，这样他就可以观看在自己国家被禁播的印度电影，因为在南亚次大陆上曾发生过举世瞩目的变革，如今印巴两个国家仍处在对立的局势下。

从另一方面来讲，"影院公园"是20世纪70年代建在新城公园沿线的一处精英场所。它所播放的好莱坞电影、意大利和法国的电影均被配上波斯语。影院附近有一处网球场和几片游乐场地，还有一间报刊亭，里面售卖的是以《人猿泰山》和《魔术师曼德雷》(Mandrake the Magician)[1]为主的进口漫画书。哈立德告诉我，

---

1 《魔术师曼德雷》是美国华纳公司根据经典漫画改编的电影。

这家"影院公园"非常排外，不允许人们穿着传统的阿富汗服装进入，你可以到大厅外面的摊位上租裤子穿。从这些故事中我明白了一点，在喀布尔，电影院是人们的逃离之所，在阿里格尔也是如此。除此之外，电影院还是一处梦想之地，它是通往遥远世界的一扇窗户，那个世界也充满了奇迹。

喀布尔的电影院一直在经历着政界的动荡风波，这场动荡大多贯穿于20世纪80年代。在纳吉布拉总统1987至1992年执政期间，阿富汗本土制作的电影每周放映一次。巴马克告诉我，在2001年11月，塔利班政府被推翻后不久，有近千人出现在巴赫塔电影院（Cinema Bakhtar），这家电影院位于如今豪华的喀布尔塞雷纳酒店（Kabul Serena Hotel）后面。他说："就连卡尔扎伊当时也不在城里。全世界都在关注波恩会议[1]。但在喀布尔，我们都涌去了电影院。"

一些影院重新开放，但许多像巴里科特这样的剧院仍是一片废墟。而即使是那些正常开放的影院，在妇女和家庭看来，依然破败凋敝，安全保障堪忧。取代影院的是人们刚买回家的卫星天线，有了它，人们便可以通过光盘或电视来播放电影了。这座饱受蹂躏的城市又重新恢复了娱乐活动，这是塔利班战败的又一例证，也证明了阿富汗人民对电影的持久热忱。

回到印度后，我读到过一些文章，它们表达了对电影艺术如雨后春笋般涌现的赞美之情，不过，随之而来的还有印刻在盗版光盘上俗气的印地语电影。尽管如此，我对宝莱坞电影在喀布尔

---

[1] 波恩会议，20世纪70年代起在德国波恩定期召开的国际性组织会议。此处是指2001年11月讨论阿富汗问题的会议。

的压倒性流行还是毫无心理准备。这座城市似乎蒙上了一层由印度编织的幻想面纱。走在喀布尔的街上，意味着你每走一步都会看到偶像派男演员的海报照片。他们的目光透过商店的橱窗向外凝视着，帅气的脸庞被奶粉和电信服务的广告夹在中间。健身房里贴着大量的演员海报，他们的肌肉贲张得令人为之一振。而在美容院和婚礼大厅里，其玻璃门面上则贴满了迷人女演员的海报，这些海报就像是拥有强大力量的图腾，可以唤起她们的追随者对时尚、欢乐等一切女人所渴望的追求。印地语电影的歌曲成为喀布尔街头的必备配乐，从杂货店的电视机、收音机，再到出租车里，时常会飘出这些音乐。它们就像狂风一样追着你，在铺着土路的街道上扬起阵阵尘埃，从山上的泥屋上空袅袅升起。中年男人津津有味地谈论着那些歌曲带给他们的回忆，以及在20世纪80年代，他们在国家电视频道观看印度流行电影的情景。路上的人们，从鸡街卖光盘的人，到卡特塞街卖油炸馅饼的小贩，再到检查站的警察，常常在讨论他们喜欢的电影、欣赏的演员和他们熟悉到不能再熟悉的电影歌曲。

关于这种对流行的印度电影全盘接纳和吸收的态度，我私下里常常持一种怀疑的观点。比如我听说，曾有一些影碟店老板在塔利班统治时期走私录像带，心中便升腾起了这种疑惑。这看起来一点也不明智，这些人冒着被监禁的风险走私影片，却为了一些像宝莱坞艺人这样微不足道的人和事。甚至，从某种程度上来说，这是背离了人们期待从战争和压抑故事里寻求鼓舞的高标准的期待——也许这些店主是为一些阅读过《洛丽塔》(*Lolita*)的秘密团体铤而走险，但若此举只是为了让普通人看上一部名为《怦然心动》(*Kuch-Kuch-Hota-Hai*)的印度浪漫片，又是何必呢？（是有什么事吗……发生了什么，难道这其中另有隐情？）

直到后来，我问自己，为什么在其他地方那么普通的东西，会在喀布尔成为新闻？也许这源于一种根深蒂固的观念，即冲突地区那些吃苦受难之人，其实都是有较高的鉴赏力的。在这里，无聊的关注者是不合时宜的，甚至是不应存在的（我也曾有过这种想法）。2006 年，我遇到了两位在米克罗扬地区长大的年轻女性，她们的童年就正处于塔利班执政时期。她们邀请我共进晚餐，因为她们想认识一个真正住在孟买的人，而孟买便是她们从小到大所看电影的发源地。吃饭的时候，她们频频地问我关于电影情节主线、明星的配对撮合、各种女演员的爱情故事以及印度文化传统等问题。我惊讶于她们看过的电影数量之多，我不禁问道："可你们是怎么知道这一切的？"她们回答，当塔利班掌权时，她们不被允许上学或工作。所以，她们每天都待在一个窗户被遮住的漆黑小房间里，偷偷地看电影。等到 2001 年塔利班政府被推翻，她们看过的电影已经不计其数，而且还能说一口流利的印地语，而这都是从电影对话中学来的。她们还得非常小心，既不能让别人听到电影的声音，还要确保这些影片的来源是安全可靠的，不过好在她们从未被抓到过。尽管这个故事听起来令人难以置信，但并非个例。我问得越多，就有越多这样的故事浮出水面。在暗无天日的房间里，喀布尔人硬是靠宝莱坞提供给他们的美好幻想，打破了外在世界强加给他们的缄默无声。

对于被锁在房间里的女孩们来说，电视屏幕上闪烁的画面便具有了娱乐之外的意义。她们从这种消遣中获得了许多乐趣，因此这些电影成为她们费力隐藏、愿意为之冒险的东西。这些电影就像她们的家一样，能让她们无限地接近过去的生活。

她们是在以这种方式安慰自己——她们与生活在战争之外的人们一样，看电影不过是一种追求寻常快乐的方式。

* * *

在这座城市中，现实往往是未知而脆弱的，而幻想可以为人们提供一个更为可靠的精神世界。在喀布尔，有这么一小部分人，他们不仅居住在这个虚幻的世界里，还亲自参与了这个世界的构建，萨利姆·沙欣（Saleem Shaheen）便是这些人的代表。沙欣自称是阿富汗最受欢迎的演员、导演兼制片人。他扑在电影事业上已近30年——这个职业一直与阿富汗的冲突、人民流离失所的循环怪圈共存着。他声称自己已经拍了一百多部电影，不过也用了"其中一些是纪录片"这一不冷不热的免责声明来缓和这个数字。然而，事实上，他拍的电影绝大多数是动作、爱情和剧情片，故事情节皆来源于20世纪80年代和90年代的宝莱坞电影。沙欣的作品就像按这些大影业公司仿造出来的等比例模型，从它们经历的低谷到繁盛，都原样照抄，从表演到风格乃至歌曲都如法炮制了一通。"人们说我只是抄袭宝莱坞的电影，"有一次，他带着一丝恼怒对我这么说道，"可是，如果西尔维斯特·史泰龙（Sylvester Stallone）能用一颗子弹杀死五个人，那我为什么不能呢？"这就是沙欣对自己的天资深信不疑的秘诀。对他来说，宝莱坞（或好莱坞）电影和他的作品没有任何区别，除了一点——他的电影是用少得可怜的投资拼凑而成的。

或者，就像他经常说的那样："瞧瞧，我们在阿富汗是怎么拍电影的。"他很喜欢重复这句话，一半是想证明他所选择的工作领域有技术难度，一半是为了显摆自己的"高超"技艺。

2011年我见到沙欣时，他已经五十多岁了，身材魁梧，喜欢夸夸其谈。他说话时语速也很快，不停地向一直在附近徘徊的随行人员发号施令。据我了解，近些年来，他已经习惯了把自己日渐推移的发际线隐藏在各式各样的帽子下面。而且，尽管他十分不情愿，但还是把浪漫爱情片的主角让给那些年轻男演员，转而扮演起女主人公的父亲或叔叔等角色，但他依旧是电影的关键人物，这点倒是毋庸置疑——他还是那个万众瞩目的明星。

一个夏日的夜晚，我和巴马克一起去了沙欣在穆萨堡（Qala-e-Musa）的办公室，去一睹他的新电影——《心灵的挫败》（*The Defeat of Hearts*）的首映。我们走进一条细长狭窄的通道，一侧的墙壁做成了一面覆盖着玻璃的展示柜，里面陈列着数百张沙欣与孟买演员以及一些阿富汗名人合影的照片。空旷的露天庭院里摆放着一排排塑料椅，其中的大多数都被男人占据了。巴马克向我指出其中一些客人的身份——他们中有一位政府官员、一位部长的顾问，以及不同重量级别的政治大腕，还有一些人是在荷枪实弹的保镖陪同下前来的。

院子的一角立着一尊鹰（*shaheen*[1]）的雕像，它盘旋在院中的瀑布上空。喷涌的流水漫过彩灯，而彩灯也照亮了院落周围展示的沙欣电影公司的各种海报。我们随即就座，所有人都面对着一堵白墙。接着，灯光熄灭，放映开始了。

虽然电影的对话完全是达里语，但我不用看字幕就能理解电影的情节。里面的主人公是一对命途多舛的恋人，而他们之间的

---

[1] 与沙欣（Shaheen）的名字相同。

爱情故事依旧是按照印度电影的老一套流程来展现的——无非就是歌曲和舞蹈、戏剧性的冲突、惊心动魄的打斗场面等。电影在播放的过程中，出现了一个引人入胜的时刻——投影仪的光线掠过了观众的脸庞。我看到几名武装警卫耷拉着下巴，随意地靠在枪上，看着电影画面。

电影播放结束后，沙欣站在讲台上接受着观众的祝贺。后来，我们被领进一个房间吃晚餐，在达斯塔克万（dastarkhwan，像一块桌布，但它是铺在地板上的）上享用了一顿丰盛的晚餐。席上有两个年轻人和我打招呼，我反应过来，他们也出现在了电影中，扮演的是反派角色。

后来，巴马克把我介绍给沙欣，尽管簇拥在他周围的人群已经散去大半了，但沙欣仍然坚守在台上主持现场。当沙欣听说我是从孟买来的，他叫来一位在旁边转悠的摄影师，和我照了相。我再一次去他的办公室时，便看到了我们的合影被挂在了墙上，和沙欣与其他名人的合影照挨在一起。

那天下午，我第二次去拜访沙欣。之前在电影首映期间装点庭院的彩灯已经被关闭，院中的喷泉也寂静无声。我被领进一间陈列着更多沙欣照片的房间里。在一些照片中，他肆无忌惮地大笑，与美女共舞；在另一些照片里，他一边扮着鬼脸，一边挥舞着手中的枪支。而屋子里余下的空间则摆满了沙欣的奖杯和装裱好的证书。这些闪闪发光的物品与房间奢华的装饰相得益彰——墙上贴着深红色的壁纸、铺设着闪亮衬垫的沙发、镀着金边的陈列柜，房间的书架上还立着一尊巨大的金色沙欣雕塑。

沙欣讲乌尔都语，他语速极快，话语中引用大量流行的电影对白和表达，这就给我们的对话赋予了一种宝莱坞情景剧式的感情色彩。就在这样略显夸张然而又点到即止的谈话氛围中,我了解到了一个热爱电影之人的故事,同时也是一段在战争年代努力逐梦的奋斗历程。

沙欣成长于一个富裕的家族,可他却是家族中的异类,他说:"我的父亲是喀布尔一位集财富和名气于一身的大人物,还曾担任过一个有威望的公职。"他的家族在新城和穆萨卡拉附近拥有大片的土地(足足二十栋建筑)——沙欣现在的办公室就位于穆萨卡拉地区。他的叔叔们也都是富有的企业家。"我兄弟中的一个,"他说到这儿,戏剧性地停顿了一下,似乎接下来要揭露一个大秘密,"他是一位毛拉。他总是试图让我改'邪'归正,而我也总想改造改造他。"沙欣不仅逃学去看电影,还在十几岁时就去了一家录像带租借店工作。

1984 年,沙欣十五岁,他决心要自编自导一部属于自己的电影。他用四天的时间拍摄了一部动作惊悚片,并用两台录像机对影片进行了剪辑。当然,他给自己安排了一个拥有双重身份的英雄角色。"我们为电影设计了一幅黑白海报:海报上我手持一把枪,头上缠着血迹斑斑的绷带。这部电影叫作'*Shikast-e-Napazeer*'[1],翻译过来就是《堕落者的惨败》(*Defeat of the Impure*)。几乎就在电影发布的当下,很多人立刻拥到录像带租借店,开口道:'我要租这个片子。'"那时距开斋节还有两天。嗅到商机的沙欣,又复制了十卷家用录像系统的 VHS 录像带,并且收取每 3 小时 500 阿富汗尼(约合 5 美元)的租金——这在当时是一个极高的金额。"节日过后,我算了算账。仅仅四天里,我们差不多赚了 20 万卢

---

[1] 这是乌尔都语的英语音译。

比（20万阿富汗尼），大约合2000美元。于是我说：'这买卖真赚，咱们就拍电影吧！'"

沙欣的下一部电影依旧大获成功，他能够全然拿捏住观众的心思，知道他的观众想看什么，同时也收获了名气，这让他感到由衷的欢喜。"我的家人说，'沙欣已经疯了'。但我很享受这种疯狂。"一个为了电影甘冒一切风险的电影狂人——这样的人生角色，数他当之无愧。

苏联支持下的共产主义政府与圣战者之间的战争一直在持续，贯穿着整个20世纪80年代。这些年间，沙欣一直在拍电影。即使战火烧到了喀布尔，他也没有停下工作。他回想起1993年，有一枚火箭弹落在了他的办公室，炸死了8名站在院子里等待的剧组人员。而当时沙欣正在楼上为他们准备早餐。"那些年，我们在拍电影时所要面对的问题，艰难到无法解释。"他一反常态，用轻描淡写的语气说道。不过，他还是继续拍完了那部电影。

在经历战争的同时拍电影，或者再确切点说，沙欣拍摄、制作的这种电影，看似是一项承载巨大风险又毫无意义的事业，甚至还会因此而遭到谴责。例如，"'天上都下子弹雨了，你怎么还在这儿拍些唱歌跳舞的片子？'人们会这样问我。"沙欣如是说。但是，于他而言，拍电影就是他想做的事情，也是他唯一愿意去做的事情。据巴马克回忆，他听过一次关于沙欣的电台采访，那名电台主播问沙欣："你为什么要拍电影呢？"沙欣回答说："因为我热爱拍电影，它让你忙个不停，你就没时间想着吸毒或者酗酒那档子事了。要是你想体验沉醉的感觉，那就来吧，和我们一起去拍电影！"

巴马克曾在圣战者政府时期领导过国营阿富汗电影组织

（Afghan Film Organisation）。有一次，沙欣邀请巴马克和一个电影制作人代表团一同前往他的办公室，去观看一场电影。然而，这趟行程所跨越的地区形势比较复杂，一路上需要通过不同组织设置的检查点。就在代表团一行人即将到达目的地时，他们被拦下了。巡逻的士兵们对他们要去看电影这个解释并不买账。就在他们即将遭到逮捕之际，外出寻找他们的沙欣及时出现，及时解救了他们。我听来觉得有些不可思议，他们得救后依然去了沙欣的办公室，并看完了那场放映，还花了一整个下午的时间探讨电影。"在那时，只有拍电影的人不是敌人。"沙欣告诉我。在大多数人眼中，喀布尔并不是一个滋养创造力、艺术或文化的地方。于我而言，沙欣的故事就是一个窗口，揭示了这座城市的另一副截然不同的面貌：在那儿，仍然有人热爱着电影；纵然外面伴随着火箭弹的坠落，枪弹如雨，火光四射，也依然有这样的人存在——他们甘愿冒险，只为能花上几小时去探讨一番电影。

  沙欣的电影工作室一直保持着运作，直至塔利班控制了喀布尔。在那之后，沙欣加入了数百万阿富汗难民的行列，跟随他们跨过国境线，逃到拉瓦尔品第（Rawalpindi）[1]。在那里，他开始为这次大流亡拍摄电影。他最热门的作品之一——"Shikast-e-Ishq"，意为《爱的败落》（*The Defeat of Love*）——就是拍摄于这个时期。他也因这部电影而得到一个大银幕上的名字——卡伊斯，甚至到了今天，这个名字还一直跟随着他。在民间传说中，卡伊斯是莱拉那位命途多舛的情人，他们俩相当于西方故事中的罗密欧与朱

---

1 拉瓦尔品第，巴基斯坦东北部一座城市。

丽叶。卡伊斯爱莱拉爱到了丧失理智的程度,变成了Majnun[1],这是一类被精灵附身的人。若要说到沙欣的挚爱,且占据了他全部身心的事物——只有电影。

2001[iii]年后,沙欣在喀布尔的办公室恢复运作,于是,在这座城市中他们再次拍起了电影。一切都遵循着从前屡试不爽的套路,但有一点不同的是,现在的沙欣还面临着一系列新挑战。据他所说,除了受到来自宗教激进主义者的威胁之外,他还要面对一系列日益激烈的竞争——这些压力来自阿富汗的各个电视频道、被译成达里语的外国节目,以及互联网等。与我交谈过的许多喀布尔人都对沙欣的电影表现出轻蔑的态度。而年轻的电影制作人则谴责沙欣给阿富汗电影蒙上了坏名声,因为他的作品夸张有余、创意不足。至于沙欣自己呢,他还是贯彻着自己独特的行事风格,一边无视着这些人的嘲讽,一边与之展开斗争。据沙欣所说,他真正的观众散落在村庄和阿富汗的其他省份。"在那些地方,随便找个人问问都知道我是谁。他们不会认识你们这些来自喀布尔的大电影制作人,但是每个人都认识我。"沙欣的这一说法,我从另一位电影制作人的口中得到了证实。他告诉我,他曾经与沙欣出过一趟远门,前往一个阿富汗的北部省份。那天晚上,当地举办了一个活动,是为了庆祝一位著名的诗人从喀布尔远道而来。当晚,有一大群人来到了他们所住的宾馆。那位诗人看到自己人气竟然如此之高,感到既讶异又欣喜。可事实上,人们是为了他们心目中《爱的败落》之男主角卡伊斯——其扮演者沙欣——而来

---

1 乌尔都语的英文发音,意思是"痴狂的"。卡伊斯·阿梅利从小便与莱拉相识相恋。但当他们长大后,莱拉的父亲不允许他们在一起。卡伊斯醉心于莱拉,以至于后来邻友们用"痴"(Majnun)来描述他。

的，这可是他们的本土影星啊！尤其不易的是，他还诞生于一片可谓电影土壤贫瘠的国度。他就像一个魔法师，向人们展现出一个熠熠生辉的幻想世界，给人们带来了希望和向往。或许，沙欣那些金灿灿的梦想并没有那么耀眼，甚至还略显斑驳，但它们依然还在那儿，毕竟，它们依然代表着一个个努力发光的梦想。

一个周五的早上，我加入了沙欣的团队，前往喀布尔北部的硕马里（Shomali）平原进行取景，车程需要一小时。我来到他的办公室外，看到十几位演员和其他几名剧组人员正站在街上等候。其中几个人的手里攥着塑料袋，里面装着拍摄用的服装、道具，还有食物。要出发时，剧组人员纷纷爬到一辆摇摇晃晃的巴士顶部。我乘沙欣的车随他一起前往拍摄地。

在高速公路上，沙欣一路都在高声歌唱，歌声豪迈而动听。他还同每一个在检查点驻守的警察握手。在道路的一侧，我看到了这一地区著名的葡萄园，原本这些葡萄园近乎毁在塔利班与北方联盟开战的烽火之下。我现在看到的是 2001 年之后经过修复的葡萄园。我们经过了一座又一座乡村市集，和那隐藏在泥墙后面、被波光粼粼的清澈溪流滋养着的片片果园。路边的小吃摊上，摊主把"dogh"（一种酸奶饮料）、各类软饮以及果汁的塑料瓶穿成串，挂在摊位上当作样品展示。不论发生的一切剧变将这个国家拉扯撕裂过多少次，眼前的景色似乎从未更改过：树木依然青翠欲滴，山峰上的积雪微光闪烁，房屋和墙壁上的泥土正在经受太阳的炙烤，这一切，仿佛都是旧日的模样。

沙欣要去的拍摄地远离主干道，于是我们在各种狭窄的小路间来回穿梭，艰难地寻找着正确的道路。我们每走过一处，身后就会扬起一阵微型的沙尘暴。在一处死胡同里，沙欣跳下车去，用他当天戴的那顶牛仔帽为剧组的巴士指挥方向。

又转错几个弯再折回之后,我们终于找到了拍摄地点——那是一片田野,四周环绕着桑树园,一条小溪从中穿流而过。剧组成员们在树下的地毯上舒展开身体,手里捧着刚刚成熟的浆果,用茶水洗净后便津津有味地吃了起来。吃完之后,他们开始从包里取出真枪和从荷兰进口的假血包。没一会儿工夫,就有一伙儿人聚在一起,对每一位演员评头论足。随着他们与我越凑越近,我突然意识到,原来我是众人视野中唯一的女性。"她就是女主角吗?"从我身后传来一个声音,"她看着不怎么年轻嘛。"

我转头去寻找声音的来源,发现正在和沙欣交谈的是我们的摄影师,他平常是个很安静的人,从头到脚都穿着蓝色。其中一位演员为我讲解了电影的剧情。这部电影名叫《勇士之地》(Land of the Brave),讲述的是几位战士越狱保卫阿富汗、抵抗苏联入侵的故事,其背景设定在共产主义政府与起义军冲突不断的那段时期。电影的主角由沙欣扮演,该角色是一位苍老的"忠诚战士",他因一腔爱国之情而牺牲了自己原本安逸的生活。

电影的男二号由一位居住在伦敦的阿富汗企业家扮演,他还为这部电影提供了一部分资金。而其他的演员则包括一位知名的电视明星、一位阿富汗阿里亚纳航空公司(Ariana Airlines)的工程师、一名会计,以及各种大使馆的安保人员。同时,所有演员还要兼顾剧组工作——小到下厨削土豆皮这种琐事,大到搬运道具的力气活,事无巨细。我询问那位工程师他拍戏有没有报酬,他笑了笑,回答我:"一切只为快乐。因为我们热爱这一切,所以甘愿付出。"他口中所说的"一切",我想,大概是指所有蕴含在这项事业中的极致魅力:对电影的热忱、潜在获得的名望、登上银幕的兴奋感,以及一种热切的渴望——对于阿富汗人民来说,在此燃起的战火绵延了数十年之久,他们也渴望着能打上几发子弹,为祖国浴血奋战,如若不能实现这一点,那么在虚拟的场景中过一把瘾也是好的。又或者,此举仅仅是为了向世人证明,阿富汗人也可以拍电影,并且他们还很享受这种赤手空拳、从无到有地打拼事业的感觉。

凭着娴熟的运作,电影的拍摄进展十分顺利。所有道具都已各就各位,只留下空空如也的塑料袋。现场没有配备灯光设施,只有人们手中举起的几块反光板、两台支在三脚架上的摄像机,还有一支被吊起的长杆话筒,另一端被稳稳地固定住。现场的人群拥挤不堪,紧接着又被叫离现场。沙欣站在一条浅溪中,脚踝陷在淤泥里,他正不断地催促着两名紧紧扭打在一起的演员。"使劲儿揍,伙计们,使劲儿揍啊!"他喊叫道,声音甚至盖过了扩音器。随着沙欣的嗓门越来越高,打斗也变得越发激烈,只见演员的拳头如雨点般落下。"算我求你了,看在电影的分上,给我狠狠地揍他!再狠点!伙计,给我像个阿富汗人一样揍他,别像个外国佬那样没用!"只见那位演员朝对方下巴上猛击一拳,将对方打翻在水中。溅起的巨大水花几乎溅湿了全体摄制组,还差点把摄像机弄湿了。剧组的其他成员和围观的人群爆发出一阵阵掌声。沙欣蹚入水中,去检查受伤演员的情况。"behenji[1],姐妹们,你瞧瞧,这是多么美妙的伤口啊,真的肿起来了!"他站在溪流的对面,冲着我大声叫喊道,"这可不像孟买的假把式,那儿的演

---

[1] "behenji"字面上的意思是姐姐,在印度多用于形容衣着朴素、不追赶时尚的女性。——编者注

员打架只是装装样子。看到了吧！瞧瞧我们阿富汗人是怎么拍电影的！"

不论镜头画面中出现的是谁，沙欣总是每场戏的核心人物。他不仅指导演员表演，还精心设计了武打动作和舞蹈（为了编排舞蹈动作，他在镜头外的一块石头上放了一台录音机，播放着印地语电影中的歌曲）。有一次，他冲着远方田野上嘶鸣的驴子们大声喊叫，然后又突然停下来，望着自己刚才写下的台词，不禁发出了一声感慨："这些对白写得真是太精妙了！"

我们不断转战拍摄地点，在低成本的拍摄条件下，得运用一些灵活巧妙的构思来应对各种难题和挑战。比如，在一组镜头中，沙欣曾利用鞭炮来模拟枪声。只见他点燃炮捻，紧接着跳到一块巨石后面，双手捂住耳朵，同时大喊道"ackshun"[1]。还有一次，他花了很长时间，精心设计出一组复杂的运镜，用追逐的镜头拍摄穿越田野的场景，结果却在开拍时被头顶直升机的噪声给打断了。在场所有人都抬起头，怒视着那架直升机。隔着一片田野，沙欣给了我一个意味深长的表情，他朝着天空摊开了双手，用自己的肢体语言表现出他郁闷恼火的心情。

为拍摄当日的最后一组镜头，我们又换了阵地，来到一座山丘的顶部，这里有几座废弃的泥屋，我们准备在里面拍摄村庄被恶棍烧毁的场景。剧组人员在这些泥屋内燃起了一场大火。一位演员迅速套上一件蓝色的茶多里[2]——然后跌跌撞撞地跑出屋子等待"救援"。在这位蒙面角色的身边，还围着许多惊声尖叫的孩子，

---

1 指电影场景开拍之前导演喊的英文口令 action（开拍），被沙欣误读成了 ackshun。
2 茶多里（英文：chadori），是一些伊斯兰传统中的女性在公共场合穿着的一种罩袍，其面纱部分通常是一块长方形的半透明布，边缘连接到头巾上。

他们是沙欣从围观人群中招募来的。拍摄的时间很紧张，随着太阳逐渐坠向地平线，光线正在迅速地黯淡下去。

沙欣拿着摄影机窜来窜去，还冲着演员们大声吼叫着。他的脸因蒙着一层煤灰而显得愈发黝黑，双眼也因烟熏火燎而布满血丝。他时而苦苦哀求着演员，时而厉声威喝着他们。在拍摄过程中，他不断地吸入熊熊烈火产生的烟雾。但他一刻未停，还在不断地移动摄影机，不停地敦促着演员，直到拍摄工作最终结束。剧组人员开始打包整理，要赶在彻底天黑之前将所有道具装车。而沙欣坐在一块岩石上，依旧顶着一脸的煤灰。他终于赶在日落前完成了所有任务。

他说："你刚才看到没有？要多看看！在阿富汗，我们就是这样拍电影的。"

有一次，我开玩笑似的问沙欣，他是否觉得自己就是"喀莱坞之王"（Kabuliwood）。"不是'喀莱坞'，是'白来坞'（Besywood）。"他认真地回答我，这是波斯语单词英文拼写 besood 的双关语，意思是没有利润的企业，或是没有用处只能勉强维持的东西。"这一切只是幻想罢了，我们所做的，不过是仅凭赤手空拳，却还幻想能建立一番事业。"

* * *

在接下来的几周里，我发现了沙欣的另一个癖好。对于自己在阿富汗电影制作人同行中激起的反感，他心知肚明，并且还颇为享受。但令他既困惑又恼火的是，他竟然还遭到了一些国际团队的无视——这支队伍里包括赞助方、评论家和记者等人——他们在2001年后来到了喀布尔。更过分的是，他们对其他导演称赞有加，这其中的缘由令沙欣百思不得其解。他嘲讽那些获奖同侪们对资助方的依赖，质疑他们低下的作品产出率。（他还拍过其他作品吗？难道真的没有别的吗?！就那一部作品？）不过，沙欣很羡慕他们所拥有的待遇——他们可以受邀出国参加电影节，吸引国际媒体的目光并接受采访。但对沙欣而言，比起那些似乎全世界都在推崇的艺术片，他的电影所展现的才是阿富汗更加真切的形象，他的电影才是阿富汗人真正想要看到的，而世界也需要看到这些电影，这样人们才能去了解真实的阿富汗，对此他深信不疑。他的影片不仅同那些"电影节"作品一样有价值，甚至还要更胜一筹。

因此，2013年我在他的办公室初次见他时，他整个人都洋溢着喜悦的心情。"戛纳电影节的一位女导演正在拍摄一部关于我的电影。"他兴高采烈地告诉我。那是一部讲述在阿富汗拍电影的故事片，沙欣将作为一位英雄登场，届时他不仅会成为电影节那伙人羡慕的对象，还能登上艺术电影界的"麦加圣地"，全世界的观众都会注视着他。在这之前，像电影节这样的荣誉对他来说无关紧要，至少当时他是这样觉得的，因为这项殊荣绝不会落在自己拍的电影头上，但是当一部关于他的影片能够跻身电影节、面向世界时，情况就完全不一样了，简直非比寻常。更何况，这部片子还是出自一位法国"电影节"导演之手。

初遇沙欣后不久，我便去参观了美丽的阿富汗阿里亚纳电影院（Ariana Cinema），它就坐落在喀布尔的市中心，被包围在一群市政建筑和宾馆之间，紧挨着普什图斯坦广场（Pashtunistan Square）的喷泉。穿过广场就是阿尔格宫的入口，现在它是一座隐藏在重重护墙内的总统府。

2002年初，一群法国电影制作人对这家影院做了一番整修，但将其重建为一处文化空间并向喀布尔家庭开放的计划却搁浅了。我走进这家影院，映入眼帘的是各式各样的电影海报，有巴基斯坦的普什图语电影，也有30年前的印度大片，还有好莱坞的动作惊悚片、恐怖片和一些可怕的《生物怪兽》系列电影。影院中还有一条悠长的走廊，阳光透过窗户洒进来，被窗格分割成了一道道光束。影院的底层是家庭包厢，每间包厢都是以一位著名国际导演的名字来命名的。

我向影厅内张望，观众清一色全是男性。我听说，他们中的大部分人，要么是一群失业者，要么是一些收入颇低的体力劳动者。这其中也不乏许多男孩——他们是学龄儿童，却没在学校里接受教育。

影厅的空气中凝滞着香烟的烟雾和印度大麻的味道。银幕上，一名女子在纵情起舞。一个大胡子英雄正在无动于衷地看着她。然而，台下观众席的男人们却炸开了锅，又是拍手，又是起哄。在影院密闭的空间里，冒着微弱火光的烟头、电影放映的声响，还有影厅昏暗的光线，这些事物叠加在一起，便营造出了一种地下城的氛围。这里仿佛就是一座隐匿在喀布尔的秘密之城，在此持续上演的奇妙幻想便是一支火把，点燃了所有隐秘的激情。

* * *

在一片名为安萨里瓦特（Ansari Watt）的地区，有一条驻扎着各类政府机关以及各国大使馆的道路。这些机构在道路两旁林立，依旧维持着喀布尔旧时的模样。自1968年起，阿富汗电影公司（Afghan Film）就在这里开设了办公室，并开始运营。历经数十年的政权更迭，该公司制作了众多的新闻汇辑和专题片。我眼前这栋不起眼的两层楼建筑，便是这家公司的所在地，如今它的产出已不复当年的辉煌，但它依然是阿富汗最大的影视资料馆。而那些储藏的资料便是一种看得见的记忆，它们记录着从20世纪50年代到20世纪90年代的喀布尔：从君主时期，到苏联傀儡政府统治时代，再到内战的激荡时期，人们的生活被绘进了一部又一部影片当中。而储存这些电影胶卷的房间也给人一种隐秘幽暗的感觉，就像阿富汗阿里亚纳电影院那样。这些胶卷被遗忘在暗无天日的屋子里，埋藏在历史的烟尘之下；它们作为记录旧城风貌的珍贵影像，也隐匿在眼前这座新兴城市的外表之下，再也无人问津。

我第一次参观阿富汗电影公司是在2006年，在瑙罗兹节过后的几天里。我从瓦兹尔阿克巴汗区（Wazir Akbar Khan）出发，这是一处精英聚集地，位于比马鲁山（Bimaru Hill）[1]脚下。该地标得名于一位16世纪的著名人物，比比·马鲁（Bibi Mahru）。相传，这名女子在听闻未婚夫在一场战役中阵亡的消息后便心碎而亡。[iv]然而，故事并没有就此结束，她的爱人并没有在战争中牺牲，而是活了下来。故事的最终，她的爱人老去，也被葬在了她的身旁。这里还有一处年代更近一些的地标，那便是山顶那建于苏联时代的露天泳池了，它具备奥运会的规格，却一直闲置。1842年冬天，

---

[1] 比马鲁山，也叫Teppe Bemaru，全名Bibi Mahru Hill，位于喀布尔，俯瞰阿克巴汗区。

第一次英阿战争中的一场关键战役就发生在此山附近。山脚不远处，就是边界规整的英国公墓。

在山脚下那片广阔的平地上，阿米尔·阿曼努拉建造了喀布尔的第一条飞机跑道。20 世纪 70 年代，这片平地上盖起了众多豪华别墅以及围墙花园，这片瓦兹尔阿克巴汗社区ⅴ也因此成为喀布尔精英们的家园——无论这些精英是来自阿富汗本土还是国外——他们聚集的精英区便形成于那一时期。2001 年之后，这里成为各国大使馆、各类国际机构的办公室以及宾馆所在地。在 2003 年后的房地产泡沫中，这片社区更是大放异彩、傲视群雄。当时这里一栋房子的售价高达一百万美元左右，而其平均月租金在三四万美元之间。对这里的居民来说，他们可以漫步在社区内那延向四面八方的平坦街道上，走进一家新开的西班牙餐厅，并伴着其开业典礼上的弗拉明戈音乐翩翩起舞，以此来消磨某个周四的夜晚，这样的事情完全有可能发生。在这里，你还可以四处搜寻最美味的牛排，也可以走进一家名叫"酸奶共和国"的精品商店。

阿富汗电影公司距离这个社区很近，但却与这里的繁华热闹相去甚远。它坐落在一条绿树成荫的道路上，紧挨着交通与民事航空部（Ministry of Transport and Civil Aviation），它还拥有一众"高调"而引人注目的邻居，这其中就包括美国大使馆、国际安全援助部队的各个指挥部。2006 年，我去探访该电影公司的当天下午，那条通向各大政要机构的道路是开放的，于是我怀着愉悦的心情漫步其中。当走进公司楼宇的内部时，我再一次回想起了自己走进德里政府机关大楼的情景。只要走进那样的建筑里，时间便会随之慢下来。这栋两层的小楼同喀布尔的公共图书馆一样，室内到处放置着沸腾的烧水壶。偶尔会有人过来，将装着绿茶和红茶茶叶的瓶子灌满热水。接着，他们会将茶水"吨吨吨"地倒进托盘上的玻璃茶杯中，通常这些茶杯就放置在一盘扁桃仁和葡萄干以及一些硬糖的旁边。杯子里的茶水看起来清澈而温暾，喝下去回味无穷。

我经常会回到这栋电影楼，去观看一楼大会堂里放映的那些质量参差不齐的短片和专题片。有时，我也会在这里的片场围观一些正在拍摄中的电影，与演员们交谈几句，解答他们有关孟买的诸多疑问。在他们口中，这座城市被亲切地称呼为"邦买"。我注意到花园里的园丁正在精心侍弄着玫瑰花，偶尔我也会列席导演们召开的冗长会议，这些会议有时会使用俄语，这门语言是导演们在莫斯科学习电影时学会的。电影楼的后方有一个飞机棚，巴马克曾在那里停放过一架苏联时代的直升机，放置了数月之久。后来，在他的电影中，这架飞机被塑造为美国的黑鹰直升机。

在喀布尔，电影业的核心圈子里，阿富汗电影公司占据举足轻重的地位，但其能力却相当有限。1968年，在美国政府的援助下，阿富汗电影公司建成了自己的办公室和摄影棚，解决了之前要将电影素材送往国外处理的问题。而我所欣赏的那些具有复古魅力的家具，大多也都是因这项援助计划而添置的。一些胶片盒上还保留着原始的胶贴，上面画着一面红蓝相间的旗帜，而旗帜下的两只手坚定地交握在一起。阿富汗电影公司制作的专题片和新闻汇辑——一类专门报道国内外时事热点信息的剪辑片段——对于阿富汗这样一个平均文化水平较低的国家来说，有着不可或缺的重要性。

苏联支持的傀儡政府执政时期，这类影片被视为深化国家建设和社会变革的重要工具。一些年轻的电影制作人与技术人员被派往印度、保加利亚以及苏联等国进行培训。等他们学成归国后，有相当一部分的人与阿富汗电影公司展开了合作。在1987—1992年的纳吉布拉政府统治期间，阿富汗影片的产量达到了最高峰。那时，该公司雇用的员工人数达到140人。甚至在内战期间，该公司也仍保持着运作，而巴马克便是当时的公司负责人，他们在圣战者政府统治期间制作了一些短片和一部专题片。然而，随着塔利班的到来和掌权，这些影片的制作便戛然而止了。在2001年之后，阿富汗电影公司没有再制作新的电影，转而开始审核那些即将在影院上映的电影。

不过，阿富汗电影公司最重要的资产还要数其影视档案库，那里存放着数千小时的电影资料。2001年后的喀布尔有着成千上万的事物亟待人们挖掘与发现，而这些影视资料也不例外，在它们的背后，也存在着一个等待被拯救的故事。然而，也同那些被尘封的故事一样，这些影视资料也因其太过直白翔实的描述而被封存起来，因而也就无法揭示那些湮没已久的喀布尔往事了。

在多次重返喀布尔期间，我再三尝试去寻找这些影片。等我终于得偿所愿时，时间已来到了2013年，而此时，世事的变迁早已重塑了喀布尔的一切事物，这其中也包括阿富汗电影公司所在的那条大街。这座不起眼的电影小楼被众多显赫的建筑物包围，它们都可能是敌方的攻击目标，处于如此紧张且重要的地理位置，这也就意味着这条街道已经禁止骑行、散步等一切交通活动了。

我同阿卜杜拉开车前往那里，他先前折回去过一次，开来了一辆卡罗拉出租车。纳齐拉和我一道坐在他的车后座上，耳边是熟悉的艾哈迈德·扎希尔的歌声。当我们穿梭于交通拥堵的街道时，是他柔和的嗓音抚慰着我们焦躁的心灵。喀布尔的地平线上，涌现出了越来越密集的建筑物，当我们穿行在城市里，周围的群山在这些鳞次栉比的建筑物后若隐若现。高空中还盘旋着一只监视喀布尔的间谍气球。这只巨大的白色气球是美国派出的监视器之一，它服务于美国的安保与监视活动，像这样的监视器还包括无人机和闭路电视监控的摄像头，美国靠这些装置来监视路面上可能出现的自杀式炸弹袭击或叛乱分子。在喀布尔的大多数地方，只要人们抬起头，就能看见这抹飘浮的存在，或是被它所"目击"。[vi]

在即将到达通往阿富汗电影公司的检查点时，我们的出租车被拦下了。阿卜杜拉早就将准备好的道路通行证贴在了挡风玻璃上。但即便如此，我们还是被检查的士兵拦下了。阿卜杜拉向他指指玻璃上贴着的通行证，但那名士兵看上去还是一脸困惑的样子。阿卜杜拉说："我们要去阿富汗电影公司。""那是什么地方？"那人追问道。我们的目的地距他所站的位置不过几步之遥，可他却从未听说过这个地方。

向士兵解释了几分钟后，我们的车终于获准离开。我们沿着道路继续行驶，穿过了几扇大门。等进入小楼后，发现楼内的一切似乎都没什么改变。在棚屋的旁边摆着几张木质的躺椅，几名员工懒洋洋地躺在上面，我在他们中认出了几张熟悉的面孔。从花园的水龙头上伸出一根像输液管一样的橡胶管，其另一端连接着一长溜等待着接水的高压烹饪锅——这是在为马上开始的午餐做准备。我是在正式的午餐准备工作前不久抵达的。演员们走过来，我们互相问好。"这么说你回来了，"其中的一位说，"在'邦买'的大家都还好吗？"

在这里，我见到了易卜拉欣·阿里夫（Ibrahim Arify），他在几个月前作为董事接管了阿富汗电影公司。他带领我们步行前往楼内的档案馆，中途我们经过了一扇开着的门，他提了一嘴说，那扇门内的房间就是之前储藏电影胶卷的地方——为了避开塔利班的搜查。这个故事吊起了我的胃口，于是我向他询问了更多的细节。"每个人都曾救过阿富汗电影公司，"他冷冷地说道，"待会儿我会告诉你的。"

我们进入的是档案馆内最大的储藏室。这里面堆满了圆形的胶片盒，它们要么被垒成一座座摇摇欲坠的塔，要么成堆地散落在各个地方。有的被搁置在锈迹斑斑的金属货架和杯架上，架上的很多盒子都落满了灰尘。在盒子上贴着用胶水或胶带固定的纸条，有的纸条上写着波斯语，少数的几条上写着西里尔字母。房间的深处还摆放着一张桌子，桌面上散落着几台订书机和一些纸带。

这些影片，历经数年的战争和塔利班的疯狂行径，依然留存了下来，它们不仅是阿富汗的视觉记忆，更是这个国家所特有的文化传承。阿富汗从塔利班的魔掌下被"解放"出来已有12年之久，然而，这些影片却依然躺在厚厚的灰尘下，丝毫没有引起人们的注意。似乎它们一直维持着这样的状态：无人观看，无人整理，无人问津。而其无可争议的重要性还有走向湮没无闻的古怪命运，都让我想起了在纳兰吉丘地遗址的佛塔和雕像，它们也是这般在众目睽睽之下销声匿迹的。

拿着选好的新闻片和短篇纪录片，我们来到了一楼的一间放映礼堂，里面有一块小型的银幕和几排塑料座椅。礼堂的后墙上镶嵌着四块方形的窗户，透过窗户可以看见放映员正在将胶卷穿过电影放映机的卷轴。他举起边缘打满孔洞的胶卷，在光线下查看了几帧胶卷上的画面，这样能解读出胶卷放置的方向。阿里夫就坐在我的正后方。在我们观看影片时，有一些员工闲晃进来，他们会时不时地发表几句评论，或者谈谈他们对过去的回忆——有些是关于银幕上演员的谈论，也有的会说到电影幕后的拍摄人员，而他们絮絮低语的声音则充当了电影的旁白。其中一个人看到纳齐拉在为我翻译电影，于是他问后者道："她还没学会波斯语吗？"然后又转向我，就像老师在训诫一个懒惰的小学生一样，严厉地开口了："你都来这儿这么多次了，早就应该学会了吧？"

银幕上正闪烁着栩栩如生的画面，而我看到了一个看似熟悉实则截然不同的喀布尔。我看着那些似乎彻底已经改头换面的地标，还有那些与我坐落在同一城市里的街道，它们仿佛被一道记忆的断崖所截断，而这道断崖就像胶片中间的一条接缝，当卷轴转动过这条接缝时，电影就会随之变换场景。这些建筑仿佛都矗立在另一个时空中，独立于我每天穿行的这座城市。它们不仅对自己经历过的历史更迭毫无察觉，甚至对过去与当下之间隔着的鸿沟也一无所知。看着胶卷在银幕上展开的一帧帧图像，我在内心默默赞同着那句对我的评价和质疑，是啊，我早就应该学会的。如若想了解这座城市，仅仅只是置身于此，是远远不够的。

* * *

放映员已将影片按照年代顺序排列好。我们从20世纪60年代末期的新闻片开始看起，那时的摄影机刚刚被搬上街头取景。在一系列短片中，我看到了一些寻常百姓行走的身影，男人们在扎内加尔公园（Zarnegar Park）附近散步，有的头戴巾帽，身着传统服饰，有的人则穿着西服。有一部影片取景于德玛藏定居点[1]（Deh Mazang）和巴布尔花园[2]（Bagh-e-Babur）之间的一座山顶，电影的镜头捕捉到了正午在山顶发射号炮的壮观场面。据说，山顶那座小型加农炮是阿米尔·阿卜杜·拉赫曼·汗设立的，作为一种计时方式，用于一座规模尚小的城市中，城中的百姓大多没有手表，在山顶鸣炮便可以为他们划定时间。我曾从巴布尔陵墓望见过那顶加农炮曾经矗立的地方。而此时在银幕上，当一个大胡子男人点响它的那一刻，我终于听到了它的声音。我脑中留存的画面和现在听到的声音对号入座了。炮弹发出震耳欲聋的声响，融入了多年前我所看到的一幅喀布尔的全景，使之变得完整而无缺。

  阿富汗电影公司制作的纪录片与我儿时在印度观看的国产电影十分相似。这两国所拍摄的电影，都是为一些更大的社会议题服务——以达到教育和激励民众的目的。因此，我想，这些新闻片如同小说一样，都经过了精心的设计。例如，20世纪60年代到70年代的阿富汗影片旨在传播一些鼓励现代化和妇女权利这样的理念。因此，在一些影片中，穿着裤装和半身裙的女性占据了画面的中心位置。有时，她们会将书本抱在怀中；有时，她们会迈着女性坚定的步伐，行走在上班的路上。在其中一部影片里，几位女性在一个公园中惬意地散着步，她们一边吃着冰激凌，一边轻松地说说笑笑，阳光洒在她们松散的头发上。只是，在这一

---

1 阿富汗喀布尔西部的一个山坡上的定居点，位于阿萨美伊（Asamayi）山的南侧。
2 巴布尔花园，位于喀布尔古城的西南面，依山而建，印度莫卧儿王朝开国皇帝巴布尔下令修建，因此得名。

幕画面的背景中，我注意到了两位穿着茶多里的女性。她们在发现摄像机之后便转过身子，而镜头也慢慢地朝她们的反方向移去。

银幕上正在播放着另一部拍摄于20世纪60年代末的影片——这是一段关于正在建设的新型住宅的报道，这些住宅是为现代的喀布尔家庭所设计的。摄影机穿梭在建筑群中，一群群上了年纪的妇女在公寓楼间的小道上聊天闲逛。孩子们在泳池里快乐地扑腾起水花。我突然觉得，这片建筑群与米克罗扬地区的楼宇十分相似，但又无法确切地说出它所处的位置。于是我转而去询问我的同伴们。纳齐拉和阿里夫都眯起眼睛，仔细地盯着银幕，但他们都没理出什么头绪。这两个人，一个很早就离开了喀布尔，而另一个最近才回到喀布尔，他们都无法辨认出那一时期的喀布尔。我意识到，此情此景，又何尝不是一场让人流离失所的"战争"呢？喀布尔被人们称为家园，可这座城市、这个家园却从他们的记忆中不知不觉地溜走了。

正在播放的新闻片跳转到了20世纪70年代，那是一段充斥着激烈变革的动荡年代。阿里夫告诉我，在阿富汗电影公司成立的头几年里，拍摄好的底片都要被送往美国处理。这意味着那些新闻片拍完后，需要耽搁相当长一段时间才能在影院播出。这种间隔期必定造成了许多不便，尤其是在20世纪70年代那段政治事件频频爆发的时期。

在这些简短的片段中，喀布尔陷入了一场又一场革命，可有关这一切的所有记录，竟都是用一些惊人相似的视觉材料来展现的。而那些被记录下的事件本身，大体上也都是一样的。上述两个发现说明了一点——我所能看到的影像，是这座城市中允许被镜头捕捉的画面，是政府认为适合让大众知道的真相。而真正的新闻事实却被屏蔽于银幕之外：那些政变与阴谋，社会暴动与其他国家的干预，还有不计其数的痛苦与暴力事件——上述一切都将颠覆未来两代阿富汗人的生活——而这一切真实发生过的事情，却没有影像。往事如烟，消失得无影无踪。

我们观看了1974年拍摄的一部影片，该影片记录了为新成立的阿富汗共和国所举行的庆祝盛典，由达乌德·汗担任总统。影片展示了当时喀布尔街上举办的游行活动，人群浩浩荡荡地穿过普什图斯坦广场。他们喊着热烈激昂的口号，但在我听来却默然无声，因为他们的声音被淹没在影片的旁白里，而此时的旁白正表达着人民对于新政府成立的喜悦之情。一辆载着总统达乌德·汗的汽车沿着宽阔的林荫大道疾驰而过。在画面里，我们看到他站在指挥台上，正在向人群挥手示意。紧接着，他被一大群人簇拥着握手、拍背示意。

接下来是一幅引人注目的蒙太奇画面。画面中的男人们正在街上看报纸，而电影镜头随之切换到了他们手中的报纸，然后不断放大，报纸上印着一行加粗描黑的新闻标题——"民主共和国"——这几个字被放大到占据了整张银幕。那一行醒目的字迹似乎就在喀布尔的大街小巷里蜿蜒。

下面播放的一部新闻短片拍摄于1979年。仅仅过了五年，阿富汗就来到了另一个时代。这一段影片标记着萨乌尔革命的一周年纪念日，该革命使得共产主义政府取代了达乌德·汗所领导的共和国，而达乌德·汗本人也在那次政变中丧生。此次庆典的中心人物是新一任的政府首脑努尔·穆罕默德·塔拉基。到同年10月，塔拉基的前同事哈菲祖拉·阿明下达了一道暗杀他的命令，塔拉基因此而去世。仅仅三个多月后，阿明也被杀害；而此时，苏联军队则开始大举入侵阿富汗。

画面中的塔拉基正站在高高的指挥台上欢呼挥手,游行队伍从他身边经过,而此时我脑海中却浮现出了上述那段血腥的历史。在这一段彩色的电影中,红色占据整面银幕——指挥台上垂着红色的幕布,在缓缓驶过的军用花车上盖着的也是红色的布巾,此外还有红袖章、红制服、红头巾和红旗帜,等等[vii]。我看着坦克轰隆而过,士兵们向指挥台上微笑的男人敬礼。列队的女兵迈步而过,她们身穿制服,手持枪支。人们纷纷越过镜头,举起手臂一齐敬礼,口中高喊着昂扬的口号。所有人皆是以身姿挺拔、目光坚毅的姿态锁定在镜头里——透过镜头,他们也正锁定着我。影片里的他们继续迈步前进,直到被历史残酷的洪流所压倒,然而,我已不忍再看下去。这就像在目睹一场火车的失事,一场我无能为力去阻止的悲剧。这种对历史的沉痛认知,和这些影像一同压向我的心中,令我不堪重负。

电影记录下了那些接踵而来、以迅雷之势爆发的政权更迭事件,那么这些电影是为谁而制作的呢?是为了让公众相信阿富汗人民革命的美德?还是为了记录历史,以便展示给后来的观众,让他们像我这样坐在黑暗的影院里,当这些历史事件已经隐入尘烟许久后,还在仔细咂摸着他们高昂的口号和喜悦的心情?现在再来观看这些电影究竟意味着什么?是为了在这些人走出时代多年后了解他们的讯息,还是说,只是为了给另一个时代提供不同的真相?这一切就像我在赖斯书店看到的小册子上用于涂改的墨迹一样,它们本是为了抹除一段历史,可却描绘出一张刻骨铭心的地图。也正是这些特殊的遗忘方式,定义着历史记忆中的喀布尔。

在拍摄完纪念影片后不久，苏联就将坦克开过了阿富汗的边境。从许多方面来看，始于那时的苏阿战争，如今也仍在继续。

银幕上，载着导弹的彩车和飞机继续从摄像机前驶过，看起来就像一场幽灵般的排练演习。观众席上坐着来自不同国家的军官，而塔拉基站在主席台上，正挥舞着一面红旗。一只瘦弱的鸽子坐在他身边，脖子上系着一条闪耀的红丝带。

* * *

在普什图斯坦广场庆祝达乌德·汗共和国成立的一部新闻片中，我注意到了一位站在发言人身后的男士。他面带微笑，盯着镜头看了一瞬。他的面孔让我感觉无比熟悉，但我一时又认不出他是谁。直到阿里夫俯身向前，告诉我："那就是哈立德的父亲。"他在 1978 年萨乌尔革命后失踪了。从那以后，哈立德就一直在通过各种不同的渠道寻找他。

银幕上的那个人，就是哈立德挂在墙上的照片里的人，这几个月来我每天都能见到的面孔，然而，他就在影片拍摄完的几年后消失了。在那一瞬间，我突然萌生了一种惊惧的认知，眼前的这座城市刹那间变得陌生了起来。我经常光顾的街道，便是哈立德的父亲真真切切生活过的地方，即便他消失了，可他的存在却弥散到这里的每一寸空气中，无时无刻不在提醒着我这一无可争辩的事实。

当放映员停下来换胶卷时，我给哈立德发了一条短信："我看到你父亲了。"几分钟后，他就给阿里夫打了电话，让阿里夫把录下他父亲的胶卷标记好，他很快就会过来看看。但是直到几个星期后，我要离开喀布尔时，他依然没有过来。又或许，他只是做不到罢了。

新闻短片继续播放着达乌德·汗总统为一条新街道揭幕的画面。这条街道被命名为萨拉坦路（Saratan Road）26号，以纪念1973年7月17日这一革命日期，这便是阿富汗共和国辉煌时代的开端。我曾在喀布尔尝试寻访过这条街道，也在互联网上搜索过它，但毫无收获，甚至找不到关于它名字的任何痕迹。于是，我再一次迷失在过去和现在的街道迷宫中。最后，我问哈立德是否还记得这条街道。他说他记得，那条街道的两旁种着梧桐树，沿着大街走下去，风景十分漂亮。他还提到这条街穿过的几处地标，但我还是难以确定它的位置。最后我问他："人们现在叫它什么？"他盯着我看了一会儿，然后放声大笑道："谁在乎人们叫它什么呢？反正他们再也不能走上那条街道了。"那条街道如今被阻隔在了层层的防护墙和检查站后面，连带着封锁了一片附近的区域。那条街和它的名字一起从城市中消失了，只能在档案中寻觅到它的踪影。

* * *

到了午餐时间，我们的观影活动停了下来。纳齐拉和我跟着阿里夫走出放映室，来到一间新装修好的会议室里。那是一个与阿富汗电影中复古装潢截然不同的世界。里面放置着光滑平整的中国制家具，整个房间因此而一时间亮堂了起来，我也发现，喀布尔的办公室都会配备同样的家具。房间里还摆放着一张浅色贴面、支棱着金属腿的桌子，旁边是转椅和金属文件柜。阳光透过楼宇周边的一排绿树，倾洒在房间里。摇曳掩映的绿树后面，是一条空荡荡的街道，随着微风的吹拂忽隐忽现。

阿里夫从附近一家阿富汗人经营的高档面包店给我们订了比萨，没给我们吃他同事可能会吃的米饭和豆子——也就是用我先前看到的一排高压锅所做出的热气腾腾的食物。在吃饭的时候，我询问阿里夫，阿富汗电影公司的影视档案是如何保存下来的。

当塔利班占领首都时，他们强令关闭了国家电视频道的演播室，而喀布尔广播电台则更名为"伊斯兰教法之声广播电台"，主要播放有关宗教的内容——包括塔拉纳颂歌（*taranas*）、纳特颂歌[1]（*naat*）、布道和宗教演讲等。[viii] 政府官员还命令这些广播机构的雇员们收集公司所贮存的电影档案，统一销毁。

作为一个国营组织，阿富汗电影公司也受到了塔利班的挟制。关于那段拯救影视资料的故事有一个通俗的版本，也是我读到、听到最多的一个版本。一些员工制订了一项计划来拯救阿富汗的影视遗产，他们秘密地进入档案馆，在一众电影胶片间做出急切而迅速的判断，决定了哪些是可以牺牲的胶片，而哪些又是必须留存下的，前者主要是一些来自印度、美国、俄罗斯、法国等的外国电影，它们的底片都安全地存放在国外，而剩下的胶片盒则是阿富汗人多年来的心血——它们都被藏在了一处房间里。员工们锁上房间的门，并将它重新粉刷，伪装成墙的一部分，而这扇门就是阿里夫那天早上带我们参观时指给我看的那扇门。

我曾了解到，为了从塔利班手中保存下这些电影，员工们冒

---

1 赞美先知穆罕默德的诗歌被称为纳特颂歌（*naat*）。塔拉纳颂歌的"*taranas*"一词，在波斯语中是"歌"的意思。

了很大的风险,甚至拿自己的生命做赌注。在当时,新闻部部长亲自来现场监督销毁胶片的工作。据报道,他曾对一名员工说:"如果让我发现大楼里藏着任何一卷胶片,我一定会杀了你。"[ix]虽然没人清楚具体的事情经过,但员工们的计划最终奏效了。塔利班用那些搜罗来的电影——共计数千卷胶片——生起了一堆篝火,而那一场大火燃烧了将近两周。可他们不知道的是,那些真正宝贵的资料正安然无恙地藏在他们的眼皮底下。

阿里夫的版本与这一叙述大体上是一致的。但他说,虽然那是一个真实的故事,但它并不是全部的真相。

他告诉我,在1996年塔利班掌权后,档案馆并没有立即成为被针对的目标,它是在2001年初,在巴米扬大佛被炸毁后不久才遭殃的。大多数电影胶片在喀布尔郊外的普尔恰奇区(Pul-e-charkhi)被焚毁殆尽。

最重要的一点,如果不是塔利班任命的那位官员——他同时负责国家电视频道和阿富汗电影公司的缴毁任务——如果没有他本人的默许,这项拯救影像资料的计划便不可能成功。"如若不是他站在现场,那些档案是无法保存下来的。我说这句话时,人们都很愤怒,觉得我是在替塔利班说话,但我们必须得说实话啊。没有他在,我们和国家电视台的电影档案都不会幸存下来。"在阿里夫的讲述中,那位官员的确威胁了员工们,但对他们的计划却是视而不见的。在这个故事中,那一场篝火成了一个精心设计的伪装,不过是睁一只眼闭一只眼的例行公事罢了,这也给目睹焚毁运动的步兵以及公众营造了一场视觉的幻象。[x]

这段故事让我回想起我从不同的故事中听到或感受到的,那是一种喀布尔人的特质:人们维持着表面的态度,却在不同的立场间挪移切换,与此同时,他们也承认事情很可能会在未来发生转变。如此看来,这场电影档案的"拯救"运动原来是阿富汗人在艰难条件下齐心合作的又一个范例。这就像是一份协议,签约的各方都深知政治的短暂,以及变革的必然。而当各色人潮都离去后,剩下的只是阿富汗自己人彼此面面相觑。这就像哈立德花园里坐着的那两个男人,昔日的敌人如今一起啜饮着伏特加,共同凝视着傍晚天空中翱翔的直升机。

在后塔利班时代,恶棍和救世主的传奇在喀布尔十分常见,而通过阿里夫讲述电影档案馆的故事,我发现了一段更为复杂的叙事艺术。也许这一启示就是上述故事的力量所在——它向我们展示了"拯救"喀布尔的故事对听众起到的重要作用。像这样的故事往往比它们的表象更为复杂,而其复杂程度取决于我们的选择。对于喀布尔那段扑朔迷离的过去,我们是选择铭记,还是选择遗忘呢?

我们准备离开了,阿里夫陪我们走到门厅。接着他又在大理石窗台上坐下,和我谈了他的打算。他计划与不同的国际政府和机构展开合作,还要努力筹集资金来保存胶片,而那些成千上万的胶片就存放在我们周围的房间中,他希望能对其实现数字化存储。

随着时间慢慢推移,我听说他在尝试为他的提案和主张向各路捐助者争取资金。我还听说,取得的结果喜忧参半。

多年后,我收到一则消息,档案馆又一次从喀布尔的街道上消失了。[xi]它离开自己栖息已久的家园,也远离了比马鲁山附近那条绿树成荫的街道,现在它被安置在喀布尔防御最森严的地区之一——阿尔格宫。据人们推测,那栋阿富汗电影公司的小楼也会被出售。也许，这栋楼会像它的邻居一样，消失在混凝土墙和沙袋后面；又或者，那一整条的街道都会消失，就像先前的那些街道一样，被悄无声息地抹去了存在。

而最后留存下的都是一些故事，讲述着一栋保管影像资料的小楼，那些影像则记录着一个曾经存在过的喀布尔，或者根本没有这样一个喀布尔。留给人们的，是那些曾在电影银幕上播放过的胶片回忆；那是一张张由移动的影像拼成的地图，通向一座曾经存在又似乎从未存在过的城市。

第五章

与精灵同行
WALKING WITH THE DJINNS

道路消失之处，便有数条小径通幽。

每次重返喀布尔，我都发现，这座城市每况愈下。时间来到2009年，经过八年战争，塔利班已经收复失地，尤其是一些阿富汗南部的土地。美国宣布增兵作为回应，派出更多的士兵去镇压叛乱。在同一年，哈米德·卡尔扎伊开始连任，但诸如暴力、低投票率、指控选举舞弊等重重污点令那一场选举备受诟病。随着政府腐败和任人唯亲的报道不断涌现，加之城市基础设施持续匮乏，失望的阴影笼罩了喀布尔的街道，漫步街头也变得愈发艰难。

面对首都数量不断攀升的暴力与犯罪事件，国际机构和阿富汗政府也纷纷做出回应，他们设下了层层森严的安全屏障，退避其后。喀布尔的市中心周围设立了25个阿富汗国家警察检查站，被称为"钢铁之环"。可是，这些安全措施却使得年久失修的道路愈发拥堵，尤其是当贵宾路过时，沿途的街道往往都会被迫封闭。

道路有时会被严密地封锁起来；有时，只是简单地消失了。我曾走过一条位于印度领事馆附近的街道，却发现那条熟悉的街道只剩下原来的一半长度。原来的道路不见了，取而代之的是一排混凝土墙，那是在一次自杀式爆炸袭击之后竖起来的。这类墙体呈现出倒T的形状，所以又称T形墙。它们不仅占据了喀布尔的主干街道，其延伸出的底部也让周围的小径无处逃遁。灰色的墙面上经常会有一些涂鸦，可是在我眼中，它们就像一道道冷酷无情的边界。它们代表着残酷的等级系统，按照不同阶层的脆弱性重新划分喀布尔的地理格局。如果附近发生了爆炸，这些T形墙只会护住墙内的人，同时还会将冲击力转移到墙外人的身上。

伴随每一次的重返，我的探索之路也愈加幽深，向内延伸。我学会透过碎片来观察喀布尔，以静止的姿态，在想象的地域中穿梭徘徊。我徜徉在神话传说和记忆里，它们就像一扇扇通往不同房间的大门，依次向我敞开，展露出充满故事的内院。而在阿里格尔也是如此，我坐在老家的庭院里，聆听着充满秘密的故事与窃窃私语的细节。住在那儿的许多个夜晚，我便是以这种方式来"神游"探险的。而那些故事本身也正如庭院一般——远离尘世，扑朔迷离，繁复深邃，只为那些生活在院墙之内的人们赋予意义。

我的外祖母告诉我，她年轻时曾偷听过她父亲与诗人们的谈话。那些诗人来家中做客，然而她保守的家庭严格遵循性别隔离制度，所以她不能参与这种与男性的会面交谈。于是，她只好将耳朵贴在墙上的裂缝处，偷偷地聆听他们朗读诗句的声音。我在喀布尔也有过同样的经历，倾听着那些透过墙壁裂缝传出的各种嗓音。那些声音直抵心灵，让我听到那些幽深小径中的故事——唯有漫步其中者，方可探幽览胜。

* * *

在喀布尔，精神疾病被视为一种精灵附身的表现，在很多其他地方也是如此。伊斯兰教传统中，这些生灵由无烟之火形成，我们通常看不见它们，但它们却能影响我们的生活。不同的精灵性情各异，所以精灵也有好坏之分。在一些记载中，人类控制精灵，并利用它谋财取利、争权夺势。但更常见的情节是，精灵控制人类，接管他们的思想和身体，使他们的举止离奇古怪。一般来说，精灵附身是不定时的，对一个人的生活造成严重的破坏后，又悄悄离去。被附过身的人对此前一切事情毫无记忆，但却必须为之承担后果。

我在家乡阿里格尔听过许多这样的故事。停电期间，我们坐在院子里，借着灯笼忽明忽暗的火光聊天，话题自然而然转到了精灵上。我的堂兄妹和姑婶们告诉我，它们是极具力量的生灵，暴躁易怒，很难安抚；它们呼吸的是烈火，吃的是岩石；它们无处不在，但最常出没于废墟之中——因为喜欢寂静无声的废弃之地。总之，当你谈到精灵时，它们就会过来听你说话。

它们现在很可能就在听我们说话呢。

在喀布尔，数十年的战争摧毁了大部分设施，而最深重的伤害，端倪往往见诸人类自身。精灵们由此乘虚而入，纷纷钻进人类破碎的身体和灵魂，接管了这些"废墟"。所以喀布尔的精灵独树一帜，数量繁多，力量强大。精灵被用来喻指战争和暴力，它们像幽灵一般，困扰了整整一代阿富汗人，给他们造成了精神上的创伤与损害。近年来，另一种不同的精灵也已逐渐入住到喀布尔人的血管里——一些人染上了毒瘾。

精灵有着超凡的力量，它们展开双臂便可触及星空宇宙，眨眼之间就能跨越时空之遥，它们随心所欲，塑造过去和未来。在喀布尔漫步，我们一定会发现，精灵们如影随形，跟着生者的脚步，它们是亘古不灭的存在，是明亮的无烟之火，总是熊熊燃烧，表里通透，澄澈得可怕。

* * *

2002年，塔利班战败后，阿富汗展开了一项全民性的调查，这是阿富汗国内最早的心理健康研究之一。[i] 调查发现，大约百分之六十八的受访者有抑郁症状，近百分之七十二的人有焦虑症状。在人群中，创伤后应激障碍症症状的出现率约为百分之四十二。该项调查报告称，阿富汗女性的心理健康状况明显低于男性。

随后几年里，新一代的阿富汗人在流离失所和纷扬的战火中逐渐成长起来。在此期间，针对该国遭受精神伤害的人数做出的估测数据与之前存在很大的差异。2010年，媒体援引阿富汗公共卫生部的估计，称有近百分之六十的人口患有创伤后应激障碍和心理健康问题。[ii] 2017年，据世界卫生组织估计，超过100万阿富汗人患有抑郁症，超过120万人患有焦虑症，报告还指出，实际数字可能比预估的要高得多。[iii]

所有不同的统计数据以及它们之间的众多信息差表明，准确衡量阿富汗人遭受的创伤程度是多么困难。而且，这种痛苦还远未结束。它持续扩散着，以各种各样的方式影响着人们的生活。

对于那些寻求帮助的人来说，初步的治疗通常是去拜谒圣陵。许多人花费数月甚至数年时间接受信仰疗愈师的护身符与祈祷治疗。即使他们想去看医生，阿富汗的医疗设施也十分有限，尤其在农村地区。阿富汗于1987年开始执行国家精神卫生政策，其中就包括开展基于社区的措施。2001年后，根据一项心理健康计划政策，全国各地着手准备建立相应的心理治疗机构。[iv] 这意味着，从那时起，社会心理咨询要比以前更容易获得政府的扶持和国际捐助者的资助。但是，大多数治疗精神疾病与创伤的机构都集中在大城市和首都地区。在喀布尔西北部的一座小山上坐落着一家马拉斯通（marastoon）中心，该中心罕见地开着一家免费的诊所，为精神疾病患者提供治疗和护理。

马拉斯通，又名"援助之地"，是为贫困和有需要的人设立的援助中心。20 世纪 30 年代，在政府以及大型银行和企业支持下，它们在阿富汗的各个城市陆续成立。1964 年推行新宪法时，马拉斯通难民之家被移交给阿富汗红新月会（Afghan Red Crescent Society），此后便一直由该协会进行管理。在喀布尔，马拉斯通的建筑群为那些无家可归的精神病患者提供了避难之处。

我和阿卜杜拉一起开车前往马拉斯通中心，纳齐拉和我坐在后座，收音机里正放着艾哈迈德·扎希尔的歌曲。我们从卡尔特·帕尔万（Karte Parwan）出发，沿着喀布尔理工大学的方向行驶。这所大学是 20 世纪 60 年代在苏联的帮助下建立的，当时扎希尔·沙阿国王正利用苏联和美国之间的冷战对抗为阿富汗谋求利益。这条宽阔的道路一直通向喀布尔的周末度假胜地——卡尔加湖景区。马拉斯通位于阿夫沙尔山的低矮山坡上。它南面的另一座山上，矗立着昔日的皇室夏宫巴格巴拉宫殿（Bagh-e-Bala）。该建筑由阿米尔·阿卜杜·拉赫曼·汗建造，但自莫卧儿时代以来，宫殿里修建了新的花园。早在 19 世纪，那座宫殿曾是喀布尔贵族的野餐胜地。

巴格巴拉宫是"铁腕阿米尔"最喜欢的宫殿，他对此倾注了大量的心血。宫殿的内部有喷泉和倒影池，室内装饰着枝形玻璃吊灯。南希·杜普里曾写道，阿米尔曾在这座宫殿里举行接见会，最后于 1901 年在此去世。山下有一条狭窄的小路，通向著名圣人皮尔巴兰德（Pir-i-Baland）的圣陵。原本计划将巴格巴拉宫建在离这座圣陵更近的地方，但有一天国王突然停止了这项工程。当被问及停工的原因时，"阿米尔爽快地承认，在他的梦中曾出现过皮尔巴兰德的幻影，那抹幻影狠狠地扇了他一巴掌。当阿米尔醒来时，那种惩罚的刺痛感仍然清晰可辨，这个梦促使他另选地点建造宫殿"[v]。当我去拜访那处圣殿时，我看到几位穿着茶多里罩袍的女人沿着小路走来，向这位在山上坚守阵地的圣人表示敬意。

第一次踏访喀布尔时，几乎我遇到的每一个人都告诉我，阿夫沙尔山的山坡上长满了树木。它们曾经枝繁叶茂、高耸入云，浓密的树冠雄霸天际。关于它们的消失，民间也流传着各种各样的说法。有些人说，那些树木被锯倒，用作燃料，以帮助喀布尔的居民度过寒冷的冬天；还有人说，这只是喀布尔数不胜数的神话中又一个故事罢了，是专门讲给容易上当的外来人听的。因为自 19 世纪 90 年代末以来，那片山坡一直是光秃秃的。但我更喜欢从阿卜杜拉那里听到的版本：塔利班领导人穆拉·奥马尔在树干上刻下自己的名字后，那些巍峨的树木便枯萎死亡了。

马拉斯通的几扇大门位于穿过阿夫沙尔山的主干道上，彰显出属于阿富汗红新月会的建筑群特色。纳齐拉和我通过一道安全检查站，随后进入一片罕见的寂静地带。一条土路沿着山坡的弧度缓缓蜿蜒而上，两旁栽种着果树，上面缀满小巧玲珑的苹果和桃子，它们由穿着红新月会夹克的人负责照料。在那儿，每一寸裸露的土地上都栽满了红色的罂粟，在阳光的普照下闪闪发光。开阔的地域和精心打理的花园让那片风景看起来既熟悉又奢华，好似我偶然间闯入了某个人对喀布尔旧时的记忆，于是，一张古老的照片或明信片便重新浮现在我的眼前。沿路更远的地方是一片新的建筑，坐落在楼房两侧的是足球场和游乐场。一群十几岁的男孩正在场地上踢着球。这儿开着一家只收容男孩的孤儿院，那些男孩的父母要么已经去世，要么下落不明。此外，这里还开着一家医院。随着地势逐渐走高，视野里出现了一小片坟墓。靠近山顶的地方坐落着那间免费的诊所。

这片森林所处的地域中，埋藏着内战岁月的记忆。在1992—1993年的冬天，当圣战者的不同派系为了控制首都而互相争斗时，马拉斯通所处的战略位置——位于林木环绕的山上——使得它成为军阀眼中一份宝贵的战利品。我在一篇新闻报道中看到，随着内战愈演愈烈，马拉斯通机构的工作人员已经逃走，留下大约160名居民坐以待毙。[vi] 一些精神病人在战争前线的街道上四处游荡，其他人则留在营地里寻觅食物。

我在报道中读到，成群的士兵闯入收容所大楼，掠夺走了病人和穷人的食物、衣服和毯子。这些士兵中的许多人已经参战多年。我还读到，那些士兵甚至对精神病妇女实施强奸，还对其藏身之处的那些受害者进行围捕。士兵们闯入盲人的房间袭击他们，那些盲人只能被迫站在天寒地冻的冬天室外。

我想起那些收容所敞开的房门，还有四处游荡的"疯子"们。他们蹒跚地行走在街上，全然不顾周围的枪林弹雨。比起在城里游荡的"疯子"们来说，那些被关起来的人反而更加安全。

内战结束时，与喀布尔的大部分地区一样，马拉斯通已经沦为一具空壳。在外国捐助者的援助下，它于2005年左右完成了重建工作。而我现在看到的这些建筑，都是在前一代的基础上建造的，这不禁让人想起内战的景象，当时的阿富汗人就像被精灵附了身一样，自相残杀，而他们的首都也在那个时代被撕扯得四分五裂。

* * *

我来到马拉斯通的心理健康诊所会见哈龙·哈比卜扎达（Haroon Habibzada）博士，他是该机构唯一的精神病医生。哈比卜扎达医生三十多岁，着装整洁，在邻国巴基斯坦的大型阿富汗难民社区长大。他的家人在2001年后返回喀布尔，2005年他从喀布尔医学院毕业，在德国接受一段时间的培训后，于2009年开始在阿富汗红新月会工作。

我见到他的那天，他刚刚结束了门诊工作。他说每天要在这家诊所接见60—120名患者。其中，来访的许多患者都住在喀布尔本地，也有一些人会从邻近省份过来找他看病。"他们告诉我：'在我们村，没有治疗这种精神疾病的医生。'"哈比卜扎达医生解释道。有时，那些患者会在接受信仰疗愈师几个月的治疗后来寻访他。"当那些疗愈师放弃治疗他们时，他们才会来找我。"他挖苦似的说道。

哈比卜扎达医生接诊的患者大多是女性，多数在三十多岁或更年轻一些，因此医院里他治疗的患者中女性占了大多数。该机构的80张床位中，只有24张属于男性。在某种程度上，这种"女多男少"的现象是治疗心理问题所带来的耻辱感导致的。同时，也因为男性面临着更大的社会压力，他们不愿承认自己生病了；或者他们不愿承认自己需要帮助，这会被他人看低。"在我们的文化中，男人必须表现得勇敢，"哈比卜扎达医生说，"可是这种勇敢，却是最糟糕的疯狂。"

有时，哈比卜扎达医生会建议来他诊所的病人住进医院治疗。住进来的病人中部分是从私人诊所转来的，因为那里的医生无法提供病人所需要的治疗，或者因为病人无力支付高昂的费用。也有一部分病人是由了解精神病症状并支持治疗的家人或亲戚带来住院的。

来到这里的每一个患者都有一份属于自己的手写档案和一项由哈比卜扎达医生制订的治疗计划，该计划用到的药物组合都能在喀布尔买到，并且定价合理。这些药品大多是从印度和巴基斯坦进口的仿制药。我曾在医生房间的玻璃柜子里看到过一些药品。平淡的颜色和简陋的包装使得它们看起来就像脆弱的护身符，与那些挤满医院病房的精灵们形成了鲜明的对比。这里还有一支心理学家团队，为患者提供咨询和不同的疗法：从运动疗法到赞颂真主安拉的诵读疗法或泽克仪式[1]，一应俱全。

尽管哈比卜扎达医生每天都要接诊大量的病人，但他知道，那些来到山上诊所的病人只是一座庞大复杂的冰山一角。他所看到的每一个病人背后，都还有很多急需帮助的人。他告诉我，他在喀布尔遇到过的人中，没有受到肉体或精神伤害的人寥寥无几。

在很大程度上，这种情况是由数十年战争带来的严重破坏所导致的，然而，也正如哈比卜扎达医生告诉我的那样，精神疾病不仅仅是战争所致，他所治疗的妇女经常出现营养不良的情况，身体也常因频繁怀孕而严重受损。她们身陷食不果腹、医疗匮乏、

---

[1] 泽克仪式（Zikr），同迪克尔仪式（dhikr），伊斯兰教苏菲派赞颂安拉的宗教祷词和功修仪式。

家庭暴力和穷困潦倒的困境中。这些困境及与之密切相关的毒瘾问题，都不是阿富汗所独有的难题。在某种程度上，它们也让我想起了印度女性的生活。也许不同之处就在于，在喀布尔，接连不断的创伤和此起彼伏的暴力事件交织形成这些困境上演的背景。在我看来，这让哈比卜扎达医生的工作看起来像是一场永无止境的苦役，好比一个人在清理喀布尔街上的尘土，同时又十分清楚，这些尘埃第二天还会卷土重来。

从诊所出来，哈比卜扎达医生和我还有纳齐拉一起来到两栋收容所大楼：一栋给男性居住，我们进入的那一栋则住着女性。我们从踢足球的男孩们身边走过，沿着一条土路走近那座建筑。我们按响了门铃，但没有人应答。哈比卜扎达医生反复叩击金属门，直到一名女警卫打开门，她穿着束腰外衣和长裤制服，头发用头巾遮住了。她解释说，她一直忙于照料她的菜地，而门铃又恰巧坏了。我们穿过入口，看到了一片由房间和空地组成的建筑群，整片建筑群被高高的砖墙包围着，看起来墙体最近又加高了几十厘米。带刺的铁丝网在墙的顶部颤颤巍巍矗立着。一台晶体管收音机放置在警卫工作的地方，只播放静电的噪声。

我得知，有近 40 名妇女住在这些宿舍里，日日夜夜被关在那四面围墙之中。我跟随哈比卜扎达医生从病人起居、睡觉的房间开始参观那栋建筑。我们后面还跟着一小群病人，她们中的一些人在向医生问药，而另一些人则试图抓住他的手。哈比卜扎达医生一面熟练地应答她们，一面带着几分自豪地向我展示了房间的设施。这里的房间宽敞又干净，每个房间都配备有暖气，里面铺着宿舍风格的双层床，每张床上都堆着几条毯子。哈比卜扎达医生补充，大楼尽头的浴室装有热水锅炉，这里的病人每周能洗上两次澡。从他描述这些设施的方式来看，它们听起来仿佛是一件件寻常人难以企及的奢侈品——因为有一处供应热水和普通食物的温暖房间，已经超出喀布尔大多数穷人的期望。

宿舍区后面坐落着一间内院，四周布满花坛。在空地的一角，一个留着短发的女人伸展开四肢，直挺挺地躺着晒太阳，对周遭发生的一切都无动于衷。我们走过时，她一直凝视着我们，面无表情。阳光充足的地方晾晒着一张张床垫，垫子后面有一对漆成白色的秋千，但漆面已经成片脱落，颜色斑驳。院子的另一头是一座平房。房子的窗户很大，覆盖着塑料薄膜，这样可以让柔和的阳光洒进来，温暖整个房间。窗台上摆放着几株盆栽植物，叶子嫩绿。进门的第一个房间里摆放着几张桌子，上面堆满布料和装饰用的小亮片。这里是住院病人们消磨时间的地方，每个人都有不同的分工。我看见两名俯身在桌前的妇女，其中一个正在把布花粘在亮粉色的面纱上。另一位年长一些的老妇人站在门后，脸对着墙壁。

坐在桌边的两个女人——她们分别叫作萨达夫和福齐亚——是一对亲姐妹。母亲去世后，父亲把她们带到马拉斯通的难民之家。她们的父亲已经决定再婚，他不希望将来与新婚妻子的孩子经受同样"疯魔"压力的"玷污"，因为那种令人疯魔的压力正使他现在的两个孩子备受煎熬。姐妹俩还有过一个小妹妹，但她在几年前去世了，就埋葬在我们去收容所时途经的路边墓地里。紧挨着姐妹俩坐着的是一位中年妇女，她叫布雷什纳。哈比卜扎达医生告诉我，她在很小的时候就来到了收容所，当时她的家人居住在喀布尔北部舒马里平原的小村庄里，在反对共产主义政府战争期间，他们全部被杀害了。我听说，自从她走进收容所，就再也没有勇气走出去了。

我向一名警卫打听那位站在门后、头一直抵着墙壁的老妇人。据说,她的丈夫抛弃了她后,便带着新婚妻子去了伊朗。每次我询问病人的情况,总会听到她们的病状和人生境遇混杂交织的故事。例如,布雷什纳有些"抑郁",而那对姐妹"遗传了她们的母亲,学习能力很差"。那位站在门后的老妇人"因自己孤身一人在此而感到悲伤。换作是你,你不也会感到难过吗?"。马拉斯通里的许多妇女都是被家人遗弃来到这里的。其中一些人是在喀布尔的街道上流浪时被警察发现,然后从各省送到这家收容所。这些故事引出失落伤感、令人心痛的忧郁基调,使这些妇女的幽禁闭居更加令人心酸悲痛。于我而言,她们的这种与世隔绝,看起来是一种不安的象征,而这种不安在时刻困扰着喀布尔满目疮痍的社会。这样一个千疮百孔的世道,几乎已经没有多余的空间来容纳饱受摧残的妇女了。我想到了在我们脚下这座城市中各种各样屡见不鲜的创伤和暴力事件,而衡量"正常"和"疯魔"之间的界限,在这座收容所的围墙内看起来,竟是如此随心所欲,令人不寒而栗。

有两名社工坐在妇女们中间,她们也是收容所的工作人员。其中一位妇女带我穿过了大楼的各个房间,向我展示挂在墙上的插画和手工艺品,它们皆出自这里的妇女之手。然后,她在铺着地毯的地板上坐了下来,和一直尾随着我们的福齐亚玩起了游戏。游戏包含两套带图案的卡片:其中一堆卡片上印着扫帚或牙刷的图案,表示各种各样的任务;另一堆卡片则代表奖励,比如一杯茶。如果参与者完成了任务,就会得到相应的奖励。只是福齐亚想要马上得到喝茶的奖励,毫不理会那张印着扫帚图案的任务卡片。引领我参观的那名妇女假装犹豫了一会儿，心生怜悯，便从长颈瓶里给福齐亚倒了一杯茶。她说，这就是她每天的工作——给具备学习能力的妇女传授一些基本技能，尽量让她们有事可做，保持忙碌的状态。

禁锢在收容所围墙内的精灵们一向我行我素，它们附身在妇女身上，大肆引发暴力活动。警卫们为了阻止妇女们互相攻击，也不时会受到伤害。然而，我向其中一名女警卫询问是否担心自己的人身安全时，她只是回答：“如果你把四十个女人关在一起，即使她们头脑清醒、神志正常，难道你也没想过她们会打架吗？”我走出房间，经过福齐亚时，她示意我坐到她身边来。"再待一会儿，"她微笑着邀请我，"喝点茶吧。"

我在屋子间来回走动时，会不时听到断断续续的枪炮声。第一次遇到这种情况时，哈比卜扎达医生注意到我脸上惊恐的表情，他解释说，那些枪炮声来自山对面的警察训练场地。与我曾打过照面的男孩们正在大门外踢足球，我努力想要捕捉到他们的声音，但高高的围墙将外面的一切声响彻底隔绝——什么都听不到。

我们穿过院子往回走。躺在地上晒太阳的女人已经睡着了，也可能是在装睡。在柔和温暖的阳光下，她的手脚肆意地舒展开。当我们再次经过她身边时，她依然连眼皮都没眨一下，甚至对女舍内出现了一名男医生都视而不见。在收容所的四堵高墙内，她践行着一种不同寻常的自由：一个没有社会关系、毫无"价值"、不受控制的女人——只受她身上特殊精灵的掌控。

即使是一向温文尔雅、沉着冷静的纳齐拉，一看到她都明显变得紧张不安起来。那天早上，在我们听到那么多故事，感受到那么多令人心碎、脆弱不堪和失落伤感的情绪后，正是这个女人的冷漠空洞使纳齐拉急切地紧握住我的手，对我说："到此为止，我们走吧。"

近年来，在马拉斯通难民之家，只有一个女人被成功"治愈"了，她已和家人一起离开了这里。自那件成功的案例后，已过了两年之久。在药物治疗和其他帮助下，几名妇女似乎也有可能重新回归正常社会，继续生活。但是，在我向哈比卜扎达医生询问这一情况时，他只是耸耸肩，什么话也没说。隐藏在他沉默背后的答案，也适用于许多处于相同境遇下的妇女：即使她们的情况有所好转，抑或找到了治愈痛苦的良方，仍然可能无处可去。马拉斯通当局似乎已经接受了这一现实。收容所的居民们很可能会像福齐亚的小妹妹那样，被埋葬在高墙对面那片小小的墓地里，而那儿，便是她们唯一的"外出之旅"或"远行"了。

也许马拉斯通的居民们所能期望的最好结果，就是变得双目空洞、冷漠无神——一如那个手脚摊开、躺在地上晒太阳的女人。对我来说，更为痛苦的生活状态似乎来自那些并未完全与世隔绝的妇女们。例如，我们在离开时遇到一名中年妇女，她一路尾随我们。当我们走到门口，来到那面高高的围墙之下，孩子们玩耍的声音被隔绝得严严实实，而她轻拍着我们的胳膊，口中发出痛苦的低语声。她的声音不时被阵阵枪声打断，伴随而来的还有居民的闲聊声。在周围夹杂着菜地旁警卫吱吱啦啦的无线电波声里，她的话语听起来十分微弱，回荡在医生许诺给病人们开药的安抚声中，若有若无……

"求求你们，"她不断地重复说道，"求求你们，让我的家人来接我吧。"

* * *

并非所有喀布尔的精灵都是通过控制思想进入人类身体的。有些精灵在乡野生长茂盛的罂粟地里找到了办法——它们通过静脉注射进入流离失所者的体内。在喀布尔日常的面貌背后,是一座早已满目疮痍的城市,而每一条纵横的沟壑里都栖息着数量繁多、日益壮大的精灵,也由此产生了同等数量的瘾君子。对于喀布尔政府、驻扎在喀布尔的非政府组织以及信仰疗愈师们来说,心理健康障碍与药物滥用之间显然有着千丝万缕的联系。所以,即使在圣陵,用于瘾君子和精神病患者的治疗方法也如出一辙。

在喀布尔的暗影之城里栖息着数量众多的瘾君子。男孩们聚集在荒郊野外死去国王的陵墓周围,挤成一团用针管注射毒品。在达鲁拉曼路附近,躺在苏联文化中心纪念碑废墟上的男人们不是放声号叫,就是呼呼大睡,有时甚至会大打出手,全然不顾喀布尔路上来来往往的车辆在他们周围呼啸而过。市中心的公园、黑暗鬼魅的电影院、逼仄狭窄的窗台和废弃房舍里摇摇欲坠的小屋,便是精灵们栖息的废墟。它们困扰着这一代除了战争一无所知的阿富汗人。

这些精灵的形成一部分源于动荡的时局,它们从大批流亡者那里汲取养分。或许正因为如此,精灵们才促使受害者去寻求一种沉静,这种沉静超脱了变幻无常的政治、边界线和难民营,甚至也超越了那些关于自由和解放的虚伪誓言。也许,它们承诺能为喀布尔带来比2001年更为持久的和平;又或者,它们可以令那些处于希望和毒瘾夹缝间的人们得到解脱。而这两者毁灭性的较量,正是从吸毒者的身体和喀布尔城市本身映射出来的——在和平的希望与暴力的嗜瘾之间,两者不断撕扯、拉锯。

吸毒者总是出没于喀布尔山丘和城市的角落,赋予这些地方一种永恒,仿佛他们已永恒化身为风景的一部分。但情况并非如此。非政府组织的工作人员告诉我,2001年塔利班被推翻后,喀布尔的街上旋即很难找到吸毒的人了。然而,这一景象在接下来的几年里发生了剧变。2005年,据联合国毒品和犯罪问题办公室(United Nations Office on Drugs and Crime)的一项调查估计,在阿富汗全国约2300万的总人口中,有百分之三点八的人口在吸毒。[vii]在首都喀布尔,从2003年到2005年,吸毒的人数翻了一番。与此同时,数百万阿富汗难民纷纷从巴基斯坦和伊朗返回自己的国家,还有一小部分难民是从其他国家返回的。上述调查还指出,归国难民吸毒的比例远高于阿富汗其他人员。

联合国毒品和犯罪问题办公室的另一项调查发现,截至2009年,在阿富汗全国范围内,经常吸食鸦片的人数在四年内增加了百分之五十三,而经常吸食海洛因的人数增加了百分之一百四十以上。这些吸毒人口接近一百万,约占该国十五岁至六十四岁人口数的百分之八。而该数字是全球平均吸毒人数的整整两倍。该项调查报告称:"许多阿富汗人似乎把吸毒当作逃避艰辛生活的自我疗法。"[viii]

鸦片是其中最受欢迎的毒品,因为其价格相对低廉,又容易获得,是阿富汗人逃避贫穷困苦、流离失所和创伤阴影的最佳方式。自20世纪90年代以来,阿富汗种植了世界上大部分的鸦片。[ix]2001年,由于塔利班的生产禁令,罂粟的种植数量曾有过短暂的下降,但在以美军为首的反恐军队入侵后,尽管政府也花费了大量精力遏制毒品的蔓延,但罂粟种植仍在急剧发展。[x]到

2007 年，喀布尔的鸦片产出占了全球总量的百分之九十三。[xi] 这种非法作物数量的增加，还伴随着阿富汗的危机和叛乱，因此也引起了国内外的广泛关注。到 2015 年，阿富汗的成年吸毒者人数将会增至一百九十万至二百四十万，相当于该国成年总人口数的百分之十二点六。[xii]

在喀布尔同样如此，大多数吸毒者都对鸦片和海洛因上瘾。2012 年，根据阿富汗全国城市吸毒调查（Afghanistan National Urban Drug Use Survey，ANUDUS）的数据，在首都约三百二十万的人口中，吸毒人口占百分之五点一，其中女性占了百分之三点七。[xiii] 这些不断增加的吸毒人口就聚集在城市的各处角落与缝隙里。

尽管毒品危机日益加剧，但能够提供相应治疗或救助的机构却少之又少。此外，吸毒者还背负着强烈的社会污名。因为毒品在伊斯兰教中是禁物，所以很少有人同情那些屈服于毒品的人。因此，吸毒者往往会对自己的毒瘾讳莫如深，更不会对外寻求帮助。

其中为数不多能够提供支持帮助的组织，是内扎特（Nejat）——这个词有庇护或宽慰的意思。2013 年的一天下午，我找到了这一组织位于卡拉巴特的诊疗中心，位于巴拉希萨尔城堡附近的老城区。内战期间，此地受到了交战各派的猛烈炮击，尤其是掌管狮门山高地的指挥官古勒卜丁·希克马蒂亚尔（Gulbuddin Hekmatyar）所率领的部队。那天下午，我走在路上，看到的大部分建筑都是 2001 年后重建或修复的，它们从古老的废墟中拔地而起。对某些喀布尔人来说，这些重建标志着国际干预，也说明新政府带来了相对的繁荣和安全。

两年前，也就是 2011 年，我在库车－卡拉巴特（Kuchae-

Kharabat）度过了一个下午，那里是喀布尔的传统音乐中心。其中四分之一的歌手和表演者——他们中有的来自印度家庭——在国王谢尔·阿里·汗统治时期就来此定居了。[xiv]（这位国王以他的名字来命名谢尔普尔地区，那里的罂粟宫殿如今十分繁荣。）卡拉巴特距城堡仅一小段距离，它不仅为王宫贵族提供丰富多彩的夜生活，还孕育了多位才华横溢的音乐家。在喀布尔，卡拉巴特声名在外，是一个人们可以放浪形骸的地方。有一个短语印证了这一点："来一场卡拉巴特"。意思就是尽情狂欢，肆意挥霍，根本无须顾忌。然而，一位音乐家告诉我，这个说法在苏菲派诗歌中另有其神秘内涵，指的是自我寂灭，这是与神灵合二为一的关键。当时，我正和电影制作人西迪克·巴马克一道前往卡拉巴特。我们在街上闲逛时，竟然偶遇了阿富汗歌唱家乌斯塔德·哈马罕（Ustad Hamahang），他是巴马克少年时非常崇拜的歌手，如今已经七十多岁了。哈马罕这个名字是"和谐悦耳"的意思，而他本人也是一位真正的卡拉巴特男孩（bacha-e-Kharabat）。他在街头学过古典音乐——包括一些印度音乐——而他的家人世世代代都居住在印度。20世纪70年代，他的名气达到巅峰。曾经，他在女士花园（Bagh-e-Zenana）举办完一场音乐会后，所有热情的女粉丝都蜂拥而上，激动地将他的座驾——一辆产自俄罗斯的伏尔加牌汽车——抬离了地面。

乌斯塔德·哈马罕告诉我，内战时期，他和家人们一起被困在家中。为躲避火箭弹的攻击，他们在地下室里躲藏了一周，只能靠土豆为生。最后，由于食物短缺，哈马罕不得不爬出地下室，外出寻求帮助。结果却发现，整个邻里社区已经空无一人——大家都已四散逃离了。

他在附近印度教和锡克教学生的帮助下逃了出来。这些学生掩护哈马罕的家人在自己的社区内活动，穿过内部的秘密通道，直到他们穿越贾达梅旺德危险重重的前线，一家人从那里前往巴基斯坦。2005年，他们回到变了样的卡拉巴特，哈马罕的许多同行已经永远离开了这个国家，而其他音乐家则在别处安家和办公，比如在绍尔巴扎（Shor Bazaar）的狭窄小巷里，或者更为偏远的泰马尼（Taimani）地区。

我们脚下小山的另一边，坐落着舒哈达萨利欣墓园。我和扎法尔·派曼以及萨哈卜博士一起踏访纳兰吉遗址时曾路过那片墓地。乌斯塔德·哈马罕指给我们看众人前往圣陵的路线。那天下午，我们和哈马罕一起在街上闲逛，之后还去了他家喝茶。

不过到了2013年，当我再次回来寻找内扎特组织时，则坚持走别人告诉我的路线。我来到巴格卡齐（Bagh-e-Qazi）地标处，那是老城区中少有的一片开放空地。2001年后的几年间，那里被打造成一个大型的汽车零部件市场。2010年，喀布尔市政府展开了一项雄心勃勃的修复工作，作为城市大型绿化项目的一部分。小商贩们搬到公园旁边的小块空地上，花园里又再次种上青草和树苗。我在清晨看到了那片花园，地表依然裸露、毫无生机，小树苗在新清理出的土地中央显得羸弱不堪。

我脚下这条笔直的道路一直向上延展，通往阿什坎·阿勒凡圣陵（意为"情人和奥秘派的圣祠"）。这里是两兄弟安息的地方，时至今日，他们仍然被尊为这座城市的守护神。

我的目的地就矗立在圣祠前。我走进一栋狭窄的建筑，登上楼梯，来到了内扎特组织的办公室。自1991年以来，该组织一直在帮助阿富汗的吸毒者。起初，组织的工作地在白沙瓦地区，之后于 2003 年转移到喀布尔。我所在的中心只针对女性开放，作为一处给她们提供信息和指导的场所。这里不仅可以免去吸毒的污名，而且，如果那些女性愿意的话，这家中心还可以帮助她们走上艰难而漫长的戒毒之路。许多来到这家中心的妇女都是 2001 年后从伊朗或巴基斯坦返回喀布尔的。大多数人的双亲都是这些生活在异国他乡的阿富汗人。对她们来说，回到喀布尔就像回到一处她们并不熟悉的家园。还有一些像法蒂玛这样的老妇人，她们曾住在老城区的小房子里，经历过更迭不止的硝烟战火，而在海洛因升腾起的烟雾中，她们能够凭借此法抹去内心的矛盾冲突。

法蒂玛说："我丈夫死于内战初期，他是在邻近地区的战斗中被杀害的。"丈夫死后，只留下法蒂玛独自一人抚养五个孩子，她发现自己根本无法应付生活。她全身上下疼痛难忍，找不到医治的办法。

"我曾在一个女邻居家里干活，给她打扫卫生，洗衣服。她也是一名寡妇，正是她给了我毒品，说有了它生活会好过很多，她自己因此受益良多。"连续十二天，法蒂玛都和这个女人一同分享，注射海洛因。到了第十三天，邻居让她自己去找毒品。法蒂玛毒瘾越来越大，她只是偶尔工作，然后躲在仅有一间屋子的家里，只会在毒瘾发作时冒出来，向身边经过的人讨要毒品。通常，她是跟自己的孩子们索要毒品。他们不仅要工作赚钱养活自己和母亲，还要给她提供海洛因。她说："他们在街上售卖油炸馅饼，给路人焚烟驱魔。"就像我在喀布尔公共图书馆附近看到的那些孩子一样，他们在行人四周扇动烟雾，使他们免受邪恶之眼的伤害。"另一个男邻居在餐馆工作，他有时会给孩子们送些食物。"她补充说。那一场内战以塔利班入驻喀布尔宣告结束，这一事件在法蒂玛的生活中几乎没有留下痕迹。那些年,她是如何躲避塔利班的非难的?而她的孩子们,又是如何为她找到毒品并自谋生路的?对此,她一直三缄其口。但有一件事,她一直在反复地讲,就是那个给她毒品的女邻居已经戒除了毒瘾,并且搬走了。"她离开了,但我不能那么做。"她说道。我先前就被提醒过,不要询问这些妇女是如何购买毒品的,也不要提及她们或她们的家人为换取毒品而做的交易。

我和坐在房间角落里的一位女士开始交谈。她叫罗亚,穿着一件亮闪闪的红色连衣裙,包裹着她的孕肚,裙子被撑得紧绷绷的,这是她怀的第四个孩子。她说,由于她在孕期吸食鸦片,前三个孩子一出生就对鸦片上瘾。其中一个儿子坐在她的大腿上,用一双大而深邃的目光望着我们。他只有四岁,但实际看上去更小。他手里紧紧地握着一个蛋卷冰激凌,但一口没吃。

内战中,罗亚父母双亡,由叔叔抚养,在喀布尔郊外的一个村庄长大。她说,叔叔是当地著名的赌徒。"有钱的时候,钱那是真的很多。"她的声音里透露出平静的自豪。塔利班占领喀布尔后,他们一家搬到伊朗。在那里,她嫁给了一名建筑工人。不久之后,她的丈夫开始给她吸食鸦片,让她安静下来,"我们总是因为他吸毒而争吵"。而她丈夫手中的毒品则是其老板,一个伊朗人提供的。那些毒品就是海洛因粉末,老板的目的是让他保持安静,以便可以长时间干活儿而不感到疲劳。当她的孩子出生时,她会"在他们哭闹的时候向他们吹一些鸦片烟",从而让他们安静下来。2003年,他们一家人回到喀布尔,在老城区找到了一所房子进行重建。他们和其他几名家庭成员共同居住,包括她的公公,此人也是个瘾君子。家里的贫穷和不间断的争吵,使她更加依赖别人。

她说:"我们挣的所有钱都花在毒品上了。"她的丈夫为了得到一小包鸦片,会付出350阿富汗尼(约合7美元),供他们吸食两天。在毒品快用完的日子里,他们就会产生争吵,甚至打架,连邻居也会被卷进去,难以幸免。当她的孩子在学校里开始尖叫或焦躁不安时,连老师们都已经明白该怎么做了:打电话给罗亚,让她带他们回家,给他们需要的东西,从而让他们安静下来。"我们周围的人都在吸食毒品,"罗亚说,"毒品,在这儿很常见。"

一年前,她丈夫的身体已经达到崩溃的极限,无法再继续工作了。于是,一家人都挣扎在忍饥挨饿的边缘。年龄较大的孩子们靠打工赚钱,以购买一天所需的面包和鸦片。几个月前,在内扎特顾问们的敦促下,罗亚和她的丈夫参加了该组织开展的一个入院戒毒项目。从那时起,他们就不再碰毒品了,但他们的孩子仍然对毒品有依赖。尽管罗亚的丈夫一直在与自己的毒瘾抗争,但罗亚更担心穷困的家境以及周围随处可见的毒品,会把他重新推向毒瘾的深渊。罗亚自己也下定决心,要让她未出世的孩子在不受鸦片毒害的子宫里健康成长。截至目前,这一决心带给了她无比强大的力量,使她能够远离毒品。她说:"我希望我的孩子中,至少有一个在出生时没有受到这种诅咒。"就在她说话时,她儿子手里的冰激凌慢慢融化成一摊,掉在她的黑色罩袍上,又滴落在地板上。只是他们俩似乎都无动于衷,毫不在意。

在喀布尔的毒品故事中,孩子们所占比例极大,因为他们是精灵通向未来的必由之路。染上毒瘾的母亲很可能会生出先天具有毒瘾的孩子。即使他们不碰毒品,家门口进行的非法毒品交易也很可能会使他们以某种方式染上毒瘾。孩子们通常会为不能走出家门或不堪背负社会污名的母亲购买毒品。2012年ANUDUS

调查发现，喀布尔百分之二点六的儿童在某种程度上受到吸毒的影响，要么是大人给予他们毒品，要么是他们在家庭环境中接触到毒品。[xv] 在他们当中，比如罗亚的儿子，甚至在出生之前就陷入这样的恶性循环中。

  法蒂玛的孩子们在塔利班当政期间离开了喀布尔。她说，孩子们诅咒她毁了他们的生活。但她却觉得他们是幸运的，她一直小心翼翼，从不在他们身边吸食鸦片，以确保他们不会染上毒瘾。她说："我只会注射毒品，所以他们不会从我这里沾染上。"她知道她的女儿已经嫁人，就住在附近帕格曼省的某个地方，但似乎她们已不会再见面了。从法蒂玛虚弱的身体很难判断她的年龄。她瘦骨嶙峋，穿着宽大的白衬衫和裙子。也许她的年岁比阿富汗近年来最早爆发的战争时间略长一些。她这个年纪，只要留意，就会记得曾经拥有过和平。但她的世界已经缩小到每天只能容下注射毒品这点事了，经由那一点点孔隙，她打起精神来到邻居家中，帮忙洗衣做饭、洒水扫地，挣钱购买海洛因。她也开始来内扎特中心，援助中心帮助她减少了毒品吸食量。我又询问她周围的妇女，她们吸毒时究竟是一种什么样的感觉。"疼痛烟消云散，就好像没有任何问题来困扰你一样。"其中一位说。"我能平静下来。""我不再焦躁不安。"……

  这让我回想起，我也曾在不同时间、不同地点听闻别的妇女谈论吸毒的反应。而上述妇女们的话语正与那些模糊而又熟悉的症状遥相呼应起来。或许，对她们而言，表达灵魂备受煎熬的唯一方式，就是称其为病痛。这尤其让我想到我的祖母。她生了十个孩子，我犹记得她身体虚弱、颤颤巍巍的样子——当时，她正说起自己失去的长子：在他还是个婴儿时，就因腹泻脱水夭折了。

后来，祖母患上了抑郁症，继而又变得痴呆，但她总是会想起那个孩子。在医生——通常是男性医生——的治疗下，通过开药、做手术以及注射大剂量镇静剂，她的病情有所缓解，可是医生一直不去理会她的抱怨，而是尝试"掌管"她的悲伤。我的祖母还谈到了各种各样的疼痛，那些她无法言说的悲伤痛苦。她还会提及自己的疲倦无力。

那天下午大约三点钟，我离开了内扎特中心。受到刚才那些妇女的鼓舞，我突发奇想，决定步行去阿什坎·阿勒凡圣陵。我爬上山坡，路过一片拥挤低矮的房屋，透过建筑物间的缝隙，看到了远方一排排平行的街道若隐若现，让这条路看上去仿佛一条随风飘动的窗帘。

正走着，突然听到附近传来一声震天巨响，我的心脏都因此漏跳了一拍——这迫使我停下脚步。我环顾四周，发现这是从附近一座正在拆除的泥屋传出的声响，就位于我所在的山脚下。也许是正在建造新的住宅，我听到了工人们的说话声、铁锹凿子的刮擦声，紧接着又是一声巨响，几面围墙轰然倒塌。漫天的尘土从那些残破的房间里逸出来，在天空的映衬下描绘出一片巨大的轮廓，然后灰飞烟灭、随风飘散了。

* * *

在喀布尔追寻精灵的故事就好比在绘制一幅战争跨越这座城市和人民的地图。但精灵们所占据的废墟并不仅仅源自战争。财富、贫穷、丧失责任感、缺乏归属感，近年来这些冲突伴随着问题重重的暴力和平，构成了一个周而复始的恶性循环，滋养着那些伺机而动的精灵们。

2015年3月,在位于河畔的双剑圣徒(Shah-e-doShamshera)圣祠附近,一位名叫法尔昆达(Farkhunda)的年轻女子被一群暴徒殴打致死,而这是为了向一名被枭首后依然战斗不息的殉道者献祭。ˣᵛⁱ 圣祠对面是一座土耳其风格的小清真寺,它是由国王阿曼努拉的母亲建造的。经年累月的风雨洗礼使它呈现出深浅不一的黄色。沿着河边继续向前走,我看到了几座造型优雅的古老建筑,如今它们摇身一变,作为诊所、住宅和商店,并且装上了五颜六色的百叶窗。这些建筑物的外观斑驳迷人,旁边的河床蜿蜒曲折,使这里成为喀布尔一处愉悦宜人的漫步之地。走在这条风景优美的漫步大道上,可以一窥城市往日的荣光。

可暴徒就是在这样风景如画的地方聚集作恶的。原来,法尔昆达生前一直在和圣祠里工作的信仰治疗师争论。讽刺的是,她一直为之抗议的事情是:那些信仰治疗师靠售卖符咒和护身符来维持生计——这不仅违背道德,而且也不符合伊斯兰教的传统——它违反了《古兰经》的教义。

据那日记载,法尔昆达当时正在焚烧《古兰经》,圣祠附近似乎响起了圣歌。她遭到野蛮残忍的殴打,暴徒把她的尸体扔进圣祠旁干涸的河道里,然后点燃了一场大火,又开着一辆汽车从她身上碾过。当时围观的有数百名男子,这一切暴行就在众目睽睽之下发生,其中一些人还用手机记录下了整个谋杀过程。那些相机仿若数以百计的精灵——在冷漠无情地注视着一切,对周遭发生的混乱骚动表现得事不关己、异常冷漠。

有几名男子因谋杀法尔昆达的罪名受到审判,但随后却被免除了死刑。在法尔昆达的葬礼上,喀布尔妇女一改先前的传统,将她的棺材扛在她们的肩上送到墓地。法尔昆达被杀害的那条街道现在以她的名字命名。关于这起发生在众目睽睽之下的谋杀案,这是仅有的一座纪念碑。

对我来说,法尔昆达之死似乎发生在喀布尔精灵栖息的半影地带——一处介于首都表面上的现代化样貌和传统暴力之间的地方。在那儿,有明亮的商场和闪耀的婚礼殿堂,也有破败的宫殿废墟和森严的防爆墙。看到上述的暴力事件时,我想起从希莱那里听到的一个故事,她是我住在卡拉法塔胡拉时的女佣。

2010年冬天,我听到故事的一个片段。当时是年末,圣诞节的那一周,所以喀布尔的外国顾问和援助人员都走光了。街道上奇迹般地没有出现交通堵塞,我每天开车去上班时都感觉这个城市焕然一新——有一种优雅的裸露感,恰似一排排叶子掉落的树木。初雪降临那天,我穿过塔伊马尼(Taimani)社区,去一个朋友的家里,一路上享受着凛冽的空气、脚踩地的嘎吱声,还有街道上满眼的雪白和潮湿。我的朋友给我讲了一个关于barfi(源于barf,意为雪)的习俗:如果你把下初雪的消息传递给朋友或亲戚,那么他们就得请你吃顿饭。我犹记得那时街道的静谧,以及放假时学校里的寂静,只剩下直升机仍然时不时从头顶上空飞过。在这个因遗忘而一切皆空的季节里,希莱开始向我讲述她哥哥的妻子萨米拉被一个精灵缠身的故事。

她所描述的这场危机也处于阴影地带,介于信仰疗愈师和医生的地盘之间。希莱是一名三十多岁的寡妇,抚养着三个年幼的孩子。她和她的父亲住在喀布尔西南部一个叫作德达那(Deh Dana)的地方,就在通往破败的达鲁拉曼宫宽阔的大道旁。从另一个角度来说,这个地方也处于城市的边缘地带,它归属于喀布

尔内部一座繁荣发展的平行之城。截至 2013 年，约有百分之七十的喀布尔人口生活在城市规划之外的非法建筑中。xvii

我知道希莱正在努力攒钱，以便在她父亲的房子上再建属于自己的一间小屋。但随着家庭危机逐渐暴露，这些希望被现实所打破，她需要为她哥哥和萨米拉的家庭承担一些事务。附身于萨米拉的精灵也波及希莱，原本她在为改善孩子们的未来而努力负重前行，可如今这一切都被打破了。这些年来，我听到的只是关于她嫂子病情的零星消息。希莱经常休假，被迫要去照顾家里，不是带萨米拉去看医生，就是照顾萨米拉的六个孩子——其中一个尚在襁褓之中——而萨米拉则辗转进出各种医院。就在 2013 年夏天，希莱终于向我讲述了全部的故事。

希莱说，这一切都始于萨米拉第一次出现昏厥的时候，也就是萨米拉的丈夫被警察带走的那个晚上。希莱怀疑这背后的始作俑者是一个不怀好意的邻居，但她没有向我透露其中的细节。她的家人一直在围着各个办公室和警察局奔波。一周后希莱的哥哥被释放，他的身体毫发无损，但精神状态却岌岌可危。此后不久，萨米拉的小儿子便生病了。在医院里，他被注射了一针。看到这一幕的萨米拉随之晕倒了。而当她苏醒时便变得判若两人。这之后，她的昏厥发生得更加频繁，而且每次被救醒时，她常常对发生在自己身上的事情毫无印象。

希莱向我描述萨米拉的病情时，我想起了其他妇女的故事，她们不仅对反复无常的精灵束手无策，而且还受制于代表权威的男人们。这些男人以不容置疑（但这一点其实值得怀疑）的智慧掌控着她们的身体和生活。在希莱的叙述中，还包括一点——关于她哥哥被逮捕的这件事，是喀布尔边缘之地里一个虽然艰难但并不意外的生活片段，因为这里实在是僧多粥少、资源贫瘠。根据希莱的讲述，在萨米拉饱经摧残的身体上施加的暴力，似乎也是塑造着喀布尔的痉挛和野蛮变化的一部分。

几个月以来，萨米拉的病情不断恶化。希莱说："她只是坐在那里，就会忽然尖叫和颤抖。"当这种狂暴状态过去后，她便什么都不记得了。有一次发生这种情况时，她的丈夫急忙把她送到家附近的一家医院。医生告诉他，萨米拉有被舌头噎住而窒息的危险，但她的嘴痉挛不止，死死地闭着，令人无法打开她的口腔。为此，医生敲碎了她的牙齿，足足六颗，这样才有足够的空间让医生撬开萨米拉的下巴。"我们以为她已经死了，以为一切都结束了。"萨米拉被转移到一家由政府经营的医院，她在那里住了10天，然后便出院了。医生告诉她的家人，她没有任何精神问题，是高血压和压力让她发疯的。"带她回家吧。"

在接下来的几个星期里，萨米拉的丈夫和家人对她接下来可能会做的事情时刻保持着警惕。他们轮流去睡觉，因为有时萨米拉会在半夜醒来，然后在房间里游荡。最后，经过一次家庭会议，家里人决定由她的丈夫带她去巴基斯坦接受治疗。为了支付出行和就医的费用，他们去办理了贷款。但萨米拉回来后，病情变得比以前更糟了。医生给她开的药让她昏昏欲睡。希莱说："而她正在母乳喂养的婴儿也会整天睡觉，所以她停服了这些药物。"这时，整个家庭都变得紧张不安起来，包括萨米拉年幼的子女在内，他们目睹了母亲在过去的一年中变成一个可怕、善变的女人。那次外出就医失败后，希莱揽下了这件事。她带着萨米拉一起去了她十分崇敬的一处圣地，那里专门供奉着阿加·萨希布·阿拉迪尼（Agha Sahib Alauddini）。

一天下午，希莱结束在卡拉法塔胡拉的工作后，我和她一起去了她家附近的那处圣地。纳齐拉本打算和我们一起去，但就在我们出发时，希莱提议，让纳齐拉把她的现代喀布尔女装换成更适合参观圣地的衣服。因为我们此行可能会遇到圣人，也就是那里的毛拉先生，希莱非常钦佩他，希望他能为我们祷告。但纳齐拉拒绝更换衣服，而且她对毛拉的祷告并不感兴趣。最终，我把愤怒的希莱领出了门，把纳齐拉和她那套新城式的衣服留在了家里。

那处圣地位于通往达鲁拉曼宫的主干道旁。我们拐到一条小道上，这条小道越走越幽深，似乎通向一座村庄，在它周围是一片日益扩张的喀布尔。

徒步走到圣地，一部分是为了表示我们的尊重，而另一部分则是因为通往圣陵的小径都很狭窄，这些路就像保存完好的秘密通道，曲折蜿蜒，然后又渐渐消失。由于周围的房屋被田地和果林点缀着，土路也随之变得狭窄。我们一路上遇到了放学回家的孩子们，以及一辆卡在街角泥泞水坑里的冰激凌车，那辆车还在循环播放着《生日快乐歌》。当我们走进圣地的大门时，希莱示意我用罩袍遮住自己的脸。我的罩袍是一件宽大的白布，它已经盖住了我的头，并且遮住我大部分的身体。笼罩在这种虔诚的隐匿状态下，我们悄悄地从门口一个寻求施舍的女人身边溜过，途中经过一帮站在露天院子里的男人们，还路过了一座老式的手泵水箱。我们径直走进圣祠的内室，在那里，终于可以掀去面纱，然后对彼此发出了一声如释重负的叹息。

阿加·萨希布·阿拉迪尼圣地比我在喀布尔参观过的其他圣地要小一些，有一种类似乡野的质朴气息，也没有寻常人山人海的景象。(尽管希莱坚持认为,星期四就是参观这类圣祠的绝佳日子,"人多到你都没办法穿过马路。")"你去了之后心里会感觉轻松很多。"她在我们去的路上反复跟我说。在短暂的休息后,我们再次仔细整理了罩袍,然后走进圣人所在的房间。那位圣人正坐在地板上,他看上去很年轻,估计只有三十多岁。他的长胡子赋予了他一种庄重感,他有着许多阿富汗人的经典美貌,因此,尽管留着胡子,看起来还是十分孩子气。希莱亲吻了他的手,请求他为自己和萨米拉祈祷。他示意我们坐下,之后做了一个祷告,并向我们吹来充满祝福的气息。然后,他从放在身边的一小堆纸条中选了一张,交给我,纸条上绘着的是阿拉伯语书法。希莱告诉我,这是一篇祈祷文,是用混合了藏红花粉的黑墨水手写的。圣人点拨道,我应该把纸条放进水杯里,然后喝下去,这会给我带来一种宁静之感。

按照希莱的指示,我在他坐着的床垫下塞了一些钱——直接把纸币递给他是不合适的——然后我们去向隔壁房间的石棺致敬。我为死者做了祈祷,就像我小时候被教导的那样,我本能地回想起了那些话语和手势。房间里很安静,充斥着焚香的味道。希莱坐在角落里,摆出祈求的姿势。一群妇女兴高采烈地走进来,打破了房间里的寂静,她们身边还带着一群小孩子。当孩子们攀爬着悬挂在圣人墓棺周围的栏杆上、张大嘴巴敬畏地看着盛大的假花和水晶摆设时,这些妇女开始交谈起来。我发现这些妇女来自20公里外的里什科尔村(Rishkhor)。尽管来此要走上很长的路,但她们还是身着她们最好的衣服,穿着她们最好的鞋子——高跟鞋。

在某些以治疗精神疾病而闻名的圣地里,饱受折磨的人被戴上镣铐，独自关在精灵无法进入的漆黑房间里，他们饥肠辘辘，十分痛苦。萨米拉在她治疗期间还算是比较幸运的。当她来到圣地，走到年轻的毛拉面前时，他摸了摸她的脉搏并告诉希莱，这病不是护身符能治好的，得去看医生。希莱的其他雇主随后为萨米拉推荐了一家私人诊所。经过八个月的治疗，她终于好转了。我问希莱："到底是什么在折磨着她，你搞清楚了吗？"对这终于翻篇了的麻烦，希莱感到十分满意，但她并没有搞清楚到底是什么在折磨着萨米拉。

日落前，希莱和我离开了圣祠，我们一起走到大道上。阿卜杜拉正在他的出租车里等着送我回家，车里依然播放着艾哈迈德·扎希尔的歌声，为黄昏的空气注入几分忧郁的气息。迎着交通高峰，我们花了近一小时的时间在城市里穿梭。经过一个十字路口时，我们险些与一辆突然停在路边的皮卡车相撞。我看到一群攥着大型枪械的人从车上跳了下来，并跑到路边。我有些惊慌地看着他们聚集在路边的一个摊位周围。他们的重型背心和大炮挡住了我的视线，所以我在紧张了好一会儿之后才意识到，原来他们只是在购买水果。他们用没有拿武器的那只手对着樱桃和桃子挑来拣去。

那天晚上，当屋子里安静下来时，我掏出了那张纸条——给我开具的那份祈祷词——并把它放进水杯里。黑色的墨水游进水中，在表面打着旋儿，舞动书写着。浮现在水面上的文字犹带着星星点点的藏红花粉。这是一种与病痛一样无形的治疗方法。那些字迹悬浮了一小会儿，然后消失在清澈的水杯深处。

* * *

在我和希莱前去拜谒的圣地对面,是内扎特经营的另一家中心,坐落在达鲁拉曼宫那条宽阔大道的另一边,与圣地遥相呼应。为了去那儿,我不得不将车开到一条小道上,那里有座大房子耸立在地平线上,许多住在附近的人都是从国外回来的。他们建造的房屋在外墙和入口处的柱子上都贴着反光玻璃和华丽的瓷砖。我被告知不能穿过那条街道,得正好在建筑物门口下车,因为这个地方曾发生过多起绑架事件。

与在卡拉巴特的那家中心一样,开在这里的内扎特中心也扩展了它的治疗方案,旨在让人们在漫长的康复道路上迈出他们的第一步。这里既有为男女两性共同开展的活动,也有专门针对男性的戒毒计划,病人要在这里住院15天。中心主任塔雷克·索利曼医生(Dr Tariq Suleman)带我四处参观。索利曼医生穿着精致的西装,留着整洁的胡须,让我想起了我在印度听到的童年故事里那些热心公益的托钵僧[1],他们会安静地冥想,捕捉那些四处游荡、肆意妄为并留下一片狼藉的暴戾精灵们。在过去的16年里,索利曼医生目睹了阿富汗毒品情况的恶化。其实,对于病人来说,他们康复的最大障碍是与吸毒有关的恶名,以及家庭或社会支持的缺失。

"这是一种新的景观,"他说,"早些时候,每个村庄都有吸食鸦片的人,但是他们身上不会背负任何恶名。他们仍然可以继续

---

[1] 托钵僧(mendicant),亦称为"托钵修士""小兄弟会士",最初指罗马天主教中舍弃一切财产的修道士。

工作，所以人们也能接受他们。"但随着战争的爆发，人们流离失所，来自巴基斯坦、伊朗和更远地方的各类药品、毒品也随之而来。此外，不可避免地，这个国家本身也生产大量鸦片，并将其输送到世界各地。"现在我们的年轻一代也在吸食这种毒品，"他说，"瘾君子们不分有钱没钱，毒品无处不在，甚至连毛拉和政治家们也在吸毒。"

索利曼医生的台式电脑上存着数百张拍摄于喀布尔街头的照片，每个季节的照片都有。他点开这些照片，仔细观察我的反应。"情况就是这样。"他边说边向我展示吸毒者的照片，他们住在摇摇欲坠的房屋里，身下垫着毛毯，蜷缩在火堆旁。最后，他关掉了这些图片，深思熟虑后，开口道："毒品是我们生活的一部分。"这是他经常重复的一句话，他的口音使这句英语听起来有些冗长，充满了一种提上议程的正式感。仿佛只要经常重复这句话，就能扫除覆盖在这一赤裸裸事实上的重重恶名和否认，以及它所暗示的其他一切。"在阿富汗，毒品就是我们生活的一部分。"

我询问他，为什么毒品问题在喀布尔越来越严重？作为回答，他给了我几本他的团队公共宣传用的小册子。我在这些小册子里看到了一系列的插画——那些简笔画中包括目睹炸弹爆炸的人们、被截肢者、在孩子墓前哭泣的妇女，以及因经历过近距离爆炸而惶恐不安的消瘦男子。他说，不同的人有不同的吸毒原因。内战期间，他时常会碰到一名鸦片成瘾的圣战者指挥官。"我问他，为什么他参加了圣战却还要吸毒。"索利曼医生说，"他告诉我：'吸毒后参战让我一点也感觉不到害怕。那些飞机看起来就像翩翩起舞的蝴蝶。'"

在索利曼医生办公室外的院子里，大约有30名男子坐在长椅上——他们是当天来该中心接受治疗的瘾君子。他们在这里吃饭、刮脸,也洗了澡,如果他们愿意的话,也可以留在中心过夜。当我走过时,看到一名内扎特工作人员站在人群前面的一座小平台上,带领那些男子做着游戏和练习,人群中不时爆出阵阵掌声。这群瘾君子中,有一些人坐在轮椅上,还有一些人则把自己的假肢靠在长椅边。

我们穿过院子,走进一座小楼。一楼就是戒毒中心。我们又走到一条长长的走廊上,那里有三个病房,供处于不同戒毒阶段的病人使用。其中只有一个房间有门禁——那是为最近刚入院的病人准备的;第二个房间是开放的,里面的病人正躺在床上或打着瞌睡,大多数人的手臂上都插着静脉输液的针头;而第三个房间里传来了嘈杂的说话声,一些人的声音沙哑刺耳,吐字不清,另一些人在争论不休,他们习惯于发号施令,按照自己的方式行事。这个房间是为那些即将完成治疗、马上就要出院的病人准备的。其中一张床上躺着的是六十岁的拉希德·阿里,他在附近一所学校教了十七年化学课,与此同时,也在暗地里养成了吸毒的习惯。当他看到索利曼医生时,便开始了冗长的请愿。"十五天对于要从三十年毒瘾中恢复过来的身体来说太短暂了,"他争辩说,"你应该让我们在这里至少待上一个月。"很快,这场争辩就变成一个非常喀布尔式的交流,双方大方地交换着祝福和赞美。索利曼医生说:"这是你们的房子,而我只是你们的仆人。""这位医生是一位天使,"拉希德·阿里对我说,"我岁数大得胡子都白了,但我从未见过像他这样的天使。"索利曼医生出于礼貌抗议道:"你为什么说自己老?你还年轻着呢!"

然而,在这些华丽辞藻和礼貌话语的背后,医生和病人都能察觉病床上的人们所面临的严峻形势。索利曼医生告诉我,在阿富汗,戒毒者的复吸率高达百分之八十五,尤其是在缺乏社区支持的情况下。就像拉希德·阿里所说的那样,即使清除了吸毒的痕迹,身体上却仍然被打上了烙印。恶名仍在,那种吸毒后宁静的记忆仍在。一个吸毒者为戒掉毒瘾做出了改变,却发现其他一切其实未曾发生变化,甚至连一丝改变的可能性都没有。此时,看看戒毒之后一个人的际遇,本身是否也是一种背叛?那么,一个人是否会恢复到从前一忘皆空的状态,重新捡起吸毒的习惯,以感受那种内心的安宁?对诊所里的许多人来说,与自由和幸福等念头的短暂相会,被证明只是一种幻觉。"他们最终回到了大街上,"索利曼医生说,"回到了那些在街上游荡的精灵身边。"

索利曼医生还向我介绍了瓦利,一名曾来到中心戒毒的病人。他已经成功戒掉了海洛因和强效可卡因的毒瘾,现在在内扎特当厨师。然而,即使在戒除毒瘾两年后,瓦利除了买杂货和蔬菜,仍然会避免离开中心。他所讲述的故事中,也展现了他在伊朗的童年和2001年后重返阿富汗时遇到的路标,它们感觉如此熟悉。希望和毒瘾就在他的身体里打架,而他的国家,又何尝不是面临这样的矛盾呢?

沉溺于吸毒之后,瓦利的家人与他断绝了关系。瓦利离开他在代孔迪省(Daikundi)的村庄,来到了喀布尔,那时的他一贫如洗、别无所依。他在喀布尔的街上闲逛了几个星期,发现一座只有瘾君子们才知晓的秘密之城。在他现在工作的繁忙小厨房里,他怀着一种依赖与着迷交织的心情为我描绘那个地方,那是一处渐行渐远但依然算不上遥远的地方。

他说:"早上我会去萨尔乔克(Sar-e-Chowk)。"他指的是梅旺德中心的环岛，我曾在那儿见过黑蓝色的梅旺德纪念碑。数十名工人会带着他们所有的工具在那里等待，希望能受到雇用，干上一天的活计。瓦利没有工具，但他有时也会接到建筑工人的工作，一天能赚到 300 阿富汗尼（约 6 美元）。傍晚时分，他会前往普勒索赫塔桥，那座桥已经成为毒贩和瘾君子的聚集地。他说："我买完毒品就在那里睡着了，就睡在桥下。"我问道："为什么要睡在那里，而不是其他地方呢？"他回答，因为他只想简单地果腹，再满足一下自己的毒瘾，之后随便睡哪儿都行。可是，他怎么知道在哪儿能买到毒品呢？"我就是知道，就像其他人知道在哪儿可以买到面包一样。"瓦利说。

后来，瓦利听取了桥下同伴的建议，他学会在城市中四处穿梭。他找到了谋生的手段和睡觉的地方，也发现了能吃到便宜饭菜的地方，这样就可以为再买毒品留出更多的钱。直到有一天，他工作完回来，发现桥下的整个聚集点都不见了。他被告知，警察已经围捕了桥下的同伴们，并把他们带到一家戒毒中心。"有一天，我迷迷糊糊地在街上徘徊，不知道该去哪里，也买不到我平时吸食的毒品。"最后，他去了警察局，要求警察把自己领到其他同伴被带去的地方。他想甩掉附在他身上的精灵。

在内扎特中心，瓦利找到了一些来自普勒索赫塔桥的同伴。但是当他们中的大多数人离去时，他却留了下来，坚持完成了自己的治疗项目，然后又在同一处地方找到了工作。瓦利说，他的几个同伴仍然会过来看他，但他会避免和他们一起出去，因为外面那条路上铺陈着他的过去。"如果非要跨过那座桥，我的心就会疯狂地跳个不停。"他这样说。如果他回忆起从前那段迷离虚幻的时光，精灵就会死灰复燃，再次向他索取。于是，他用一系列现存的事物来屏蔽那段记忆——在厨房里被洋葱熏灼,以及40名戒毒者希望按时吃到午饭的需求,还有作为一个榜样的满足感,以及成为病房里那些戒毒者的一个成功护身符,等等,这一切都可以让自己暂时忘却和放下。

他也给在代孔迪省的家人们打了电话,请求他们再次接受他。多年来,他第一次拥有了希望。他说:"我正在努力,攒够钱后准备结婚。"他的手臂上戴着一个塔维兹(taveez)——一件吉祥的小饰物。那是一卷用布包着的羊皮纸,上面写着祝愿的祈祷词,保护他远离那个一直偷偷跟踪着他的嗜瘾——那是一只精灵,潜伏在他的血管里休眠,就像他舌头上鲜血的滋味对一头嗜血野兽的诱惑一样,经久不散,永远诱惑着他。

* * *

在我与索利曼医生共度的一天中,有一刻他向我提及与瘾君子打交道的感觉,以及他如何处理与"坏人"交往而给他和同事带来的恶名。他说:"我们生活在一个不正常的时代。"每天早上,他来到办公室后都会打上几个电话,看看他的孩子是否已经到校,他的妻子有没有安全地抵达工作地点。"人们还没有准备好去相信别人,或者去关心别人。"这座城市充斥着一种对生存的持续焦虑,这种焦虑让人们拒绝去帮助那些在路上跌倒的人。"就好像是,他们害怕自己帮助了那些跌倒的人之后,就会变得跟那些跌倒者一样无助。"

或者,换一种说法,他们不敢太过仔细地关注那些跌倒的人,因为很可能会在那些人脸上认出自己。就像那些被遗弃在马拉斯通难民之家的妇女们,她们因为不完美而被一个千疮百孔的社会所抛弃。

走过穆拉德汉的狭窄小巷时,我正回想着索利曼医生的话。我经过的这处地方与老城隔河相望,其中心地带坐落着一处圣地。但与以往不同的是,我既无心在这热闹的节奏中停留,也无暇欣赏街道旁五金店铺里商人的技艺。我走过圣地的小门,继续前行。走过几面拱卫着大使馆和办公室的高墙,途经一栋百叶窗紧闭的优雅房子,路过潦草的涂鸦和隐约可见的手机与机票广告牌。我还经过了一堵矗立着瞭望塔的巡视墙,上面悬挂着禁止拍照的标志。高耸入云的墙顶上装着带刺的铁丝网,持枪的士兵站在他们的岗位上扫视着街道。这面墙上,还挂着几幅孩子们画的图画,上面都是吸毒成瘾后的恐怖内容。其中一幅画上写道:"毒品会把你所爱之人的生活变成地狱。"一路上,一些提供焚烟服务的孩子从我身边蹦跳着走过,将散发出香味的锡罐摇摇晃晃地举过头顶。这些孩子表示愿意为我念咒语,以保护我免受邪恶之眼和邪恶精灵的侵害,只需我支付一美元。我答应了。我请求他们让我成为 nazarband[1],从而免受一切伤害。

我想到了那个在圣地附近从我身边走过的男人,他在周围拥挤的街道上走过时,面带着亲切而茫然的微笑。他是喀布尔唯一一个不会感到害怕的人,因为一架架战机在他眼中变成了一只只翩翩起舞的美丽蝴蝶。

---

[1] 乌尔都语,意为囚禁、被保护的状态。——编者注

第六章

面纱下的城市
VEILED CITY

在喀布尔，爱是一种秘而不宣的语言，流传于大街小巷。

2011年夏天，我经常会在下午漫步于喀布尔大学绿树成荫的宽阔道路上……不过，这些漫步其实发生在我的想象之中，借助一个坠入爱河的年轻人每天讲述的故事，我得以"神游畅想"。

这个坠入爱河的年轻人便是萨利姆，他和我在同一家电视台工作。上午，还是本科生的他在校园里上课；下午，他会来台里帮忙制作节目。每天午饭后，他都会出现在我们面前，端着一杯佐餐消化的绿茶。我们同事一行人时常会挤在一间办公室里，萨利姆也融入其中，为我们更新那天早上他爱情故事的最新进展。听他说话，就像在听以前德里或勒克瑙集市上的说书人讲故事一样——他们日复一日地将传奇故事抽丝剥茧，讲述给台下忠实的听众。而萨利姆所讲述的就是属于我们的传奇故事——午后的爱情肥皂剧。

萨利姆喜欢的女孩也是他那所大学的学生。他第一次注意到她，是在他们的教学楼前，但是他们没有一起上课。萨利姆无法和她打招呼，甚至连介绍自己的机会都没有。而向她倾诉实情——他其实喜欢她——又是根本不可能的。因为他担心这会让她觉得他是个讨厌鬼。他并不清楚爱情的代码是什么，也不知道什么能让他们的关系走近一步。他也从未见过她落单的时候，因为在她周围总是有女性朋友的陪伴。而他所能做的以及他确定自己已经做到的，就是让彼此在校园的路上相遇。他在她面前频频露面，希望能被她注意到，也希望自己的出现能让两人的关系有所发展。

发生这些日常邂逅的大学离我们此刻坐的地方只有几分钟的路程。我曾无数次走过附近这些相对安静、隐蔽的道路。多年来，喀布尔的其他地方都变换了模样，这些道路却一如既往地保持着从前的热情，就像一位亲人——让人熟知而亲切。战争再次改变了喀布尔，比以前愈加频繁、更为深刻地影响着它。这座城市的规模不断扩大，快马加鞭地扩张着领土，如今它的人口预计在 400 万到 500 万之间。[i] 2011 年，这里发生了多起血腥的袭击事件，其中一件甚至发生在瓦兹尔阿克巴汗区的一家超市里，旁边就挨着守卫森严的西方大使馆。同一年中还发生了许多重大的变故——奥萨马·本·拉登（Osama bin Laden）在巴基斯坦被美军击毙，阿富汗前总统沙拉胡丁·拉巴尼（Burhanuddin Rabbani）在喀布尔的家中被暗杀，美国开始撤走两年前抵达阿富汗的"增援"部队。[ii] 塔利班被打败时，萨利姆大约十岁。这是他唯一一次关于和平的体验，也是他的初恋。

当萨利姆讲述这一切时，他所描述的那些小径历历在目——泥泞的小路从宽阔的道路上延伸出来，道路两旁是参差的树木和整齐的树篱。阳光透过这些树木的叶子，在石子路上洒下斑驳的树影。校园里坐落着苏联式的建筑，有些建筑前还设着石椅，长椅的边上生长着玫瑰花丛，灰尘和光线在空地上交织起舞。远处矗立着一圈围墙，当你走近大门时，耳边就会响起来自外面的车辆与城市嗡嗡的嘈杂声。在萨利姆的话语中，这片熟悉的地域与他的追爱之旅渐渐重叠在一起。

在这段旅程中，迈出的每一步都充满了未知的可能，做出的每一个动作都伴随着不确定的拒绝或心碎，也许是心花怒放的结果。据萨利姆所说，有一天，那个女孩看向他的时间长了一点儿，超出了正常的注意时间；又有一天，她在一个拐弯处徘徊了一会儿；还有一天，当他出现时，她的朋友们都笑了。这是不是意味着发生了点什么呢？

在许多人眼里，这种浪漫也许会有些奇怪，但对我们在场的所有人来说，这是很正常的。关于这两人之间从未说过一句话，只是对彼此相遇的细枝末节颠来倒去、反复揣摩的情况——我们已经习以为常了。这就是一种爱的表现方式，在喀布尔和阿里格尔都是如此。它就像一场精心设计的仪式，这种日常的眼神交流本身就是一种表达爱的目的。

一天下午，萨利姆来上班时表现得异常兴奋。他的心仪之人通过一个共同好友表达了一条关于他的讯息。她跟这个好友说，萨利姆应该经常把他的头发梳得翘起来。她觉得"这样的发型很适合他"。萨利姆认为，这句话说明她也注意到他了。与喀布尔街道上的其他男人不同，他们受到了那个女孩刻意的忽视，她被训练过，不要去过分关注男人，要表现得好像他们不在那儿一样。在见过萨利姆后，她便把他从那些男人中圈了出来。从那天起，萨利姆的头发便以一个无可挑剔的姿态翘了起来。而他的恋情也进入了下一个篇章。

我把这个发生在喀布尔的痴情故事讲给了姥爷，作为交换，他给我讲述了另一个故事。这一次，爱情的赌注被拔得更高了。故事中的夫妻甚至彼此没有见面就坠入了爱河。在阿里格尔时，我时常在姥爷的书房里聊天，当我们谈论这个故事时，姥爷的视力已经开始衰退了。他说这个世界在他看来是很模糊的，就好像我们都生活在一层面纱背后。而视力衰退带给他最大的恐惧就在于，他好像不能再阅读了。终有一日，他会彻底失明，而他也一直在为那一天做准备。他在房内设置了一系列可供触摸的线索，来记录他的行动轨迹。慢慢地，他可以从卧室摸索着来到餐桌，再从餐桌摸索着回书桌，最后从书桌摸索到外祖母身旁。外祖母的身体比姥爷更虚弱些，大部分时间她都得躺在床上。所以每天早晚，姥爷都会摸到她床边，他们会大着嗓门简单地聊上几句。一番交谈下来，两人都十分疲惫。他们听听广播，或者在录音机里找他们最喜欢的古典乐曲来听，有时还交握着手，久久都不分开。

我们谈起喀布尔的那个傍晚，姥爷的视力已经衰弱到不能再翻看他的《列王纪》了。所以他是根据自己的记忆讲述了那个故事。那是一个季风之夜，他的声音总是被嘈杂的声响所打断——外面的瓢泼大雨、从附近几座清真寺传来的祈祷声，以及发电机刺耳的轰隆声。突如其来的大暴雨让姥爷所在的居民区不可避免地停了电，但他讲述的故事却照亮了整个房间。

姥爷讲述的是喀布尔的一位公主鲁达巴（Rudaba）的故事。和所有的公主一样，她既美丽又富有，同时又很好强，个性十足，愿意为自己的幸福而冒险。扎尔（Zal）是一位英俊的王子，他来到鲁达巴所在的城市。鲁达巴甚至从未见过他，仅凭他英勇的传说就爱上了他。但他们两人并不相配，因为鲁达巴有着"仙女般的容貌"，并深受人们爱戴，而扎尔却生来白头，并因此被他的父亲抛弃。神鸟西摩格（Simurgh）将他捡回了山里，在巢穴中抚育他成长。长大以后,扎尔才同家人重归于好。这就是鲁达巴倾心的男人,她的爱突如其来又肆意放纵。鲁达巴的女官们都反对他们在一起,她们认为扎尔这个外来者并不适合鲁达巴。但鲁达巴却对她们的话充耳不闻。

> 她对着女官们大喊大叫,
> 皱着眉头闭着眼睛尖叫道:"呸!
> 你们别白费劲儿了,我根本不可能听你们的话。
> 如果我已经心有所属,我,
> 还能到月球寻找意中人吗?……
> 扎尔是山姆之子,他对我来说足够高大英俊……
> 他给了我智慧和心灵的安宁。
> 莫要再提他人,我的心只属于他,
> 哪怕我爱的,
> 是一个从未见过之人!"[iii]

姥爷在阿里格尔的房间里,凭记忆背诵了这首波斯语诗歌的一部分原文给我听。之后,我在喀布尔的卧室内读完了这个故事剩余部分的英文译本:

受到斥责的女官们连忙赶到河对岸扎尔的营地,并把鲁达巴的想法告诉了他。扎尔也听说过鲁达巴的故事,并且也被她深深迷住了。那天晚上,他站在鲁达巴的凉亭下,请求一睹她月亮般的容颜。鲁达巴立刻把她美丽的长发编成辫子,扔下来给他当绳子用。他们在喀布尔的天空下共度了一夜。天边渐亮之时,他们和全世界所有的恋人一样,含泪责备那逐渐升起的太阳。

啊，大地的光环啊！再给我们一刻钟吧！

你不必升起得如此之快。[iv]

但幸福的开始也意味着结束。这个故事很快就进入悲剧的转折。他们的结合遇到一个似乎不可逾越的障碍。鲁达巴是龙族哈克（Zohak）的后裔，哈克不仅是扎尔家族的死敌，也是伟大的米努切尔（Minoucher）国王的死敌。米努切尔国王命令扎尔的父亲摧毁喀布尔。面对如此激烈的反对，这对热恋中的情侣又会何去何从呢？

* * *

我从小就是听着这样的故事与冲突长大的。在我读过的书、看过的电影中，浪漫与激情占据着主导地位。爱情和与其伴随的许多情感——心碎、背叛、骄傲与悔恨——无处不在。但与此同时，爱又是禁忌而隐形的，是一种被禁止谈论的丑闻。这种矛盾在我们的生活中是完全合理的，我们也无法向他人解释。

所以，在阿里格尔，爱情环绕在我们周围，却又无处可寻。只要最后能以一场合法的婚礼收场，浪漫的想法基本上是可以容忍的。但是，即使是和"合适的"男孩恋爱，只要陷入一段孽缘中，都会令人跌入规则复杂、面临制裁的泥潭中。自然，这些规则也经常被打破，甚至遭到了颠覆。

我第一次遇到这样的纠缠，是我十几岁的表姐收到了一封仰慕者的匿名情书。他在信中写道，他每天都会跟着表姐去大学上课，她是他见过最漂亮的女孩。如果她也爱他，她只需握住我家房屋外杧果树的叶子，那样他就会知道她也有同样的感觉了。这封信最终落入表姐那处于青春期的弟弟之手,他愤怒地威胁要殴打那(未知的)写信人。与此同时,我的表姐为自己的所作所为而羞愧地啜泣起来,她甚至不清楚自己是如何做出这些事的。我当时还是个孩子,面对这出戏剧性的纠缠感到又惊又怕。那时唯一让我感到不适的,是我父亲的反应,他一边忍着笑,一边试图让他们两个平静下来。除此之外,其他一切如常。没有家人认可的爱情不过是悲剧一场,是一种令人羞愧的畸形情感。

数年后,我在喀布尔也感受到了这些观念,而那时的我也了解了爱情的其他特性。爱,虚假而又滑稽,狡猾而又坚韧。爱,也是一场冒险。爱,通常还会以各种其他的形式表现出来——它可能是一头短硬竖直的头发,也可能是杧果树上的叶子。它出现在喀布尔和阿里格尔的街道上,向那些能读懂这些标志的人们发出浪漫的信号。

这样看来,爱是隐藏在日常城市背后的一种秘密语言。它在汽车和卡车背后潦草的字迹中闪烁,书写着有关幸福、心碎与背叛的诗句;而驶向雪山的车辆上写着这样一句标语——"爱非罪";骑自行车的人踩着脚踏路过,嘴里哼着一首情歌的副歌部分;海报上的情侣相拥在一起;人们的目光掠过街道,有人向别人露出微笑,对方也报以了微笑。就像世界上的其他城市一样,在喀布尔,恋人们也能找到地方约会,拥有自己的交谈方式和向往的结局。这座城市模糊的外表仍旧在那些居民身上敲下了生活的代码,而有关恋人们的结局和情感却浑然不觉。一切有关爱情的古老承诺,都是对那些能够读懂并真正渴求它们的人所讲述的。

在喀布尔,寻找爱情就像隔着一层面纱照镜子——它似乎是在揭示,但却又隐藏着心爱之人的神秘面孔。

***

爱会改变许多东西。它改变了我们生活里里外外的格局。心爱之人居住的街道，你们相遇之路，抑或你一睹其容颜的巷陌，都和别的道路迥然相异。爱情的路径改变了地形。在乌尔都语和波斯语诗歌中，相爱被称为中毒（nasha）。它将平庸点化为非凡，一切都与过去截然不同了。对于恋人们来说，这座城市因爱焕然一新。

提起爱，也会改变卡拉法塔胡拉街区的气氛。它让哈立德周围的人们露出了羞怯的笑容。他们变得怀旧，沉浸在过去的几十年回忆里，互相倾诉秘密，毫不留情地互相取笑。20世纪70年代，喀布尔还是一个小城市，大部分时间都很和平，大街上存留着青少年们令人尴尬的求爱回忆。我曾听过一段印地语的电影配乐，哈立德的表兄弟每次求爱失败都会播放这首曲子的片段。哈立德的朋友们回忆起那些夜晚，他们坐在屋顶上，等待喜欢的女孩路过。哈立德也谈到了自己十岁左右时瞥见的一个女人，这一幕深深地印在他的记忆里。那是个漫长的寒假，他上完补习班，回家的路上有一家叫"99俱乐部"的时髦夜总会。透过敞开的大门，他见到了她。那个女人坐在空无一人的酒吧里，头发蓬松，抽着香烟。根据哈立德的描述，她一直是他见过的最美丽的女人。那是苏联入侵后的第一个冬天，哈立德路过那家俱乐部时，喀布尔正处于转变的边缘。白天，俱乐部的大门一直敞开着。这些记忆翻腾而出，清晰而生动，令人心绪恍惚，仿佛是昨天才发生的事，仿佛我还能走到新城，找到那个在酒吧里坐着的女人。

这些对话让我想起了在喀布尔老城区一个出名的爱情故事，这个故事叫作"真正的男人信守诺言"。简短的标题揭示了在喀布尔如闪电般绽放的爱情——它就绽放在房屋的墙后，街道上，还有天空中。这个故事是由阿克拉姆·奥斯曼（Akram Osman）撰写的，20世纪60年代他因在广播中朗读故事而出名。他的作品集《真正的男人信守诺言》（*Mardara Qawl As / Real Men Keep Their Word*）于1988年出版，2005年出版了英译本。^v奥斯曼笔下的故事发生在20世纪50年代，描述了喀布尔旧城中人们的生活。对于像我这样的英语读者来说，这本书的英译本让我们得以窥见过去喀布尔的街巷和当地被遗忘的习俗，亲戚之间的日常礼节，发生在摔跤手、歌手、街头货郎、风筝小贩以及朝臣生活中的小插曲，等等。书里记录了喀布尔的狂欢与宁静，这座城市沉浸在它独有的节奏和氛围中。

奥斯曼的文本有几种解读方式——它可以是关于喀布尔旧城中恋人的故事，也可以是一封写给已逝喀布尔的情书。在他的书出版后不久，喀布尔就因战争而近乎毁灭，而奥斯曼本人所熟悉的那座旧城也被摧毁了。1992年，作为阿富汗首都的喀布尔爆发内战后不久，奥斯曼就逃离了这座城市，并在瑞典度过余生，于2016年去世。

和许多这样的故事一样，这是一个关于爱与分离的故事。

其情节始于一个冬日的下午，十几岁的谢尔（Sher）和他的表妹塔希拉（Tahira）待在同一个房间里。谢尔待在窗边，而塔希拉靠在炉旁。就在那天，他们之间发生了一丝变化，一切悄然改变了。但还没等谢尔向塔希拉坦白自己的心意，一个不怀好意的邻居就把谢尔对她的感情悄悄告诉了她的父亲。这位愤怒的族长不允许自己的女儿再去见她的表哥。数周过去后，在开斋节的前夜，谢尔想出了一个办法联系塔希拉。谢尔是个制作风筝的好手，他做了个风筝，在上面写着"开斋节快乐"。第二天早上，他爬上自己的屋顶，将风筝放飞到塔希拉房子四周，让风筝在她的院子上空盘旋。那只由竹子和纸制成的脆弱风筝在空中鼓翼飘扬，塔希拉读懂了风筝上的字。随后，她爬上屋顶，看到拽着风筝线的谢尔——他正心烦意乱地将风筝往她的院子里送。这就是喀布尔恋人罗曼史的开端。

1984年，阿富汗电影公司基于这个故事制作了一部电影。其中一部分片段就取景于老城区，在一个场景中，伴随着背景音乐，镜头捕捉到了整个城市庆祝开斋节的场景。歌词写道："（世界各地的）情人们开斋节快乐！"我们看到了那时庆典活动的盛况：一处露天游乐场，装饰华丽的市集，孩子们拥抱在一起。我们还看到连绵相接的屋顶，一眼望去仿佛连成了一片城中之城，而天空中飘扬着数只风筝，它们似乎在地平线上跳着雀跃的舞蹈。

在故事中，天空变成了一个秘密的汇集点，风筝们飞扬旋转，像是在跳一支芭蕾舞，舞动出一行温柔而又随性的字迹——它来自一双熟悉的手，唯有另一个人的那一双眼睛才能读懂。这就像一面隐秘的镜子，隐藏其中的信息仅有心爱之人才能清晰地读懂。

在阿里格尔，和在喀布尔一样，这种爱的潮流是对抗世界的一种手段，它既是一桩令人担忧的阴谋，也是一场凭借意志战胜环境的胜利。这座城市已经悄然改变了，但身处喀布尔的情人们仍然十分擅长发送和读懂求爱的信号，这些信号使天空变得五彩斑斓。一旦我有意去寻找，便会发现它们其实无处不在。"姑娘们，别哭了，我会回来的。"大型丰田越野车的背影宣布道，它们就像挑逗的口哨一样直白大胆，在街道上疾驰而过，藐视一众行人和其他车辆。有的车身上刻着拼写错误的文字："没有姑娘就没有意图,更无焦滤。"[1]——显得车主很酷又令人难以理解,而深色的车窗则令车主更显独特。有些车主还会加上一行小字——"只是开个玩笑。"

浪漫在空中嗡嗡作响,却只在男男女女低头看手机或者温柔地盯着笔记本电脑时才显现出来。最令人脸红心跳的调情方式则发生在虚拟世界:通过短信、在线聊天或电话。在这座城市的网咖和办公室里,人们不停地点击着脸书账户。许多脸书用户会用假名字、假照片,或者注册多个账户以防家人发现他们的资料。这就像是飞扬在塔希拉家院子上的风筝,网络生活代表着关于爱的情感与标识。但有时网络生活也会崩溃。一个年轻人向我讲述了他住在国外的堂表兄弟是如何向他的父母透露自己在脸书上调情的故事。"我必须再开一个私密账户来确保我的家人不知道这事。"他痛苦地说,"他们住在加拿大,"他补充道,"可他们却不想让我在喀布尔拥有生活。"

与别人见面是一种奢侈,需要精心而周密地计划好一切。和我一起工作的一位年轻女士问我,在印度是否可以和年轻男性在公共场合约会。"能不能一男一女单独待在一起呢?"她问道,语气里充满了好奇。我答道:"这取决于你身处印度何处。"阿里格尔的杧果树叶和德里商场中满是牵手的情侣,这种画面很常见,现在仍能浮现在我的脑海中。

2013年的一个下午,我和纳齐拉走在卡特塞的小路上,寻找着情侣们约会的地方。卡特塞是情侣们想要共度时光的热门地点。

---

[1] 原文为"No girls no tention",tention系错误拼写,无此单词,疑为"intention"(意图)或"tension"(焦虑)之误,抑或是兼而有之的误词双关,故此译者兼取,翻译为"意图"和"焦滤"。

该地区在 20 世纪 40 年代被开发为新城的扩建地。那里的房子配备了很大的花园,是为大学教授和公务员建造的。我在喀布尔时,看着这里从一个有着宽阔道路的宁静街区,变成了一处别墅和高层公寓的复合区,门口还矗立着大型钢闸门和武装警卫。据哈立德回忆,在 20 世纪 80 年代,这里有几所精英女子学校、一家法国面包店和一家台球厅,使得这儿成了喀布尔的一片时髦地区。现在的巴里克特影院在我看来只是一片废墟,但在过去,它却是一处新潮的地点。那时它拥有一间顶楼餐厅,傍晚有现场的乐队表演。

那天下午我们走的路上遍布餐馆、面包店和杂货店。路过的小型咖啡馆占据了商业大楼的底层,店铺的门面展示着咖啡杯和炸薯条的手绘图画。有些店拉紧了深蓝色的窗帘,将窗户遮得严严实实、密不透风。其他咖啡馆的风格看起来像美国餐厅(或是这些餐厅在电影中的样子),菜单板上印着汉堡和比萨的图片,店内还摆着闪闪发光的镀铬柜台。"他们管这些地方叫'卡布奇诺'。"纳齐拉告诉我。"比如,'我们今晚在卡布奇诺咖啡店见',或者'我家附近有一家卡布奇诺'。"她补充说,"人人都去那里抽水烟,谈情说爱。"

这些"善解人意"的咖啡馆至少在名义上隐匿了自己的真实身份,为年轻的阿富汗人提供了一处难得的空间,这里既没有人认识他们,也不会有人向他们的家人举报。在喀布尔这一点十分难得。即使身处公共空间,也可能会被你的家人看到。我的朋友卡里姆曾在剧场的庭院中点了一根香烟,这件事无形中警醒了我。因为没过几分钟,他就接到了远在瑞士的父亲打来的电话,斥责他吸烟这件事。我十几岁时在阿里格尔也曾见过这样的事情。在那个手机和长途电话还没有普及的年代，公用电话亭的主人如果看到年轻女孩经常单独打电话，就会向她们父母通风报信。"玛丽亚姆最近经常往德里打电话。"他们的随口之言如同往房间内扔了一颗重磅的手榴弹，杀伤力巨大。

　　我们走进了主干道上的一家餐馆，纳齐拉说这家餐馆很受年轻情侣的欢迎。这家店的外观平平无奇，如果我是一个人的话，很可能会径直走过。餐厅内部看起来也布满灰尘，毫无吸引力，靠墙放着几排空荡荡的桌子。纳齐拉领着我穿过这间发霉的房间，来到了一处内院。我们走到一块草坪上，那儿支着一些伞篷，伞下有一些空桌椅。我们继续往前走，来到花园的另一边，有一层薄薄的织毯像帘子一样把我们彼此隔开。除此之外，还有一些散落着枕头的座台——这种轻松惬意的座位安排在喀布尔的花园和野餐区随处可见。在这些座台上，一群群年轻男女有说有笑，抽着水烟，喝着茶。

　　我和纳齐拉来到一把偏僻的伞下，喝了杯咖啡，聊起我们在喀布尔见过的爱情故事。对于纳齐拉这一代人——尤其是受过教育、在国外待过一段时间的年轻阿富汗人来说——办公室为他们提供了一个很好的撮合机会。这些年来，在不同的地方，女士们向我描述了经营这些男女关系的奥秘。诺拉先前和一个男人在电话里调情，一旦这个男人说她穿罩袍的样子很好看，或者夸她具有朴素天然的美丽，她就不会再和他联系了。她说她喜欢穿牛仔裤，也喜欢化妆。而拉比娅在和她身处德国的堂兄谈恋爱，他们每天都在 Skype[1] 上聊天，且很快就要结婚了。萨娜很喜欢和她坐

---

[1] 一款语音聊天软件。

同一辆班车去上班的同事,他们会在上下班的路上暧昧调情。他是她喜欢上的第二个男人,她希望他能比自己的第一个对象更好。"人人都是这样做的。"纳齐拉在谈到她女性朋友的求爱故事时这样说道,"但他们不会告诉任何人。"不像萨利姆,他每天下午都会给我们讲他的浪漫故事。男人热衷于讲述他们的爱情故事,而女人却会想办法去掩盖这一切。

我问纳齐拉,在她的办公室里有没有她感兴趣的年轻人。她坚定地说,没有。爱情是一道难题。比方说,她用手机给任何一位男性朋友发短信,如果被家人发现了,她就没办法再继续工作了。她见过一些女孩被男友背叛,之后被迫离开大学或失去了工作。而我们都知道,有时候,恋情被揭发的后果比这些还要严重得多。

纳齐拉继续说道,即使一段恋情修成正果,一个女孩嫁给了她爱的人,她的丈夫迟早也会反对她出门,或和其他男人聊天。就像拉比娅,在我和纳齐拉聊天的几个月后,她结了婚,搬到了德国。当一名男同事给她打电话时,她联系了纳齐拉,并对她说:"告诉他不要再给我打电话了。我丈夫不喜欢这样。"

就纳齐拉所知,也像我在阿里格尔了解到的那样,浪漫的代价几乎总是由牵扯其中的女性来承担。而就纳齐拉个人对自己人生的判断而言,这样的代价实在太过高昂。在喀布尔塔利班政府统治时期,她不能去上大学,也不能拥有一份工作。纳齐拉坐在伞下,一一细数着在喀布尔的生活中她所喜欢的每一件事——而这些事情在几年前还是不可能发生的。她喜欢她的工作;她会去任何她想去的地方,穿她想穿的任何衣服。她说,她希望可以在任意一个时间和任何人说话。她不打算为了一个男人而放弃这一切。

我们离开餐厅,朝大学走去,途中路过许多小摊和小店,小小的店面让这条街热闹非凡:嘶嘶作响的炸面团、摇摇欲坠的修车摊、几辆装满水果的手推车,还有随处可见的孩子们那挥舞着焚烟锡罐的身影。

我们穿过铁门进入校园,走在一条两旁种满了树木的宽阔道路上。正如我在阿富汗电影的新闻短片中看到的那样,喀布尔大学于20世纪60年代向女性敞开了大门,在70年代和80年代,女性已经成为占据相当数量的学生群体。2012年,该校近17000名入学新生中,约有4000名女生。[vi] 这也反映了2001年后城市重建和女性生活的发展状况。

我们走在萨利姆夏日恋爱时曾焦躁不安地走过的小径上。纳齐拉说,2004年她还是这里的一名学生,当时如果有年轻情侣坐在树下的长凳上或者在他们的学院外聊天,警察就会把他们抓起来,盘问他们:"你们在干吗呢?你们父母知道你们俩在这儿吗?"这时需要朋友们赶来救场,向警察证明他们仅仅是聚在一起讨论学习。"现在,如果你只是和一个男生坐在一起聊天,这没什么大不了的。"但是,她补充说,这也只限于说说话罢了。"不过即便如此,如果你们是待在一处僻静的角落或密林的树荫下说说话,也是不允许的。"

在喀布尔,能否找到爱情既取决于时间,也取决于地点,这是关键因素。我们一边走出校园,纳齐拉一边向我解释着。那时天色渐晚,校园变得空空荡荡。

"寻寻觅觅,爱情和浪漫还是会发生在工作或校园时光中的,"她说,"毕竟到了晚上,所有人都得回家。"

* * *

如果爱情是一种秘密语言，是在这座城市表面之下敲出的代码，那么喀布尔的婚礼则恰恰相反。它们是爱情的宣言，也是一种大张旗鼓的浪漫，镌刻在这座城市的建筑中。无论是藏于心中的爱恋，还是恣意张扬的告白，都不容忽视。在波斯诗歌的二元性中，它们分别代表着显意与隐意，而后者是一串隐藏的爱情代码，会在一场婚礼中昭示出其隐秘的内涵。

如果说这座爱情的隐秘之城会在日落时落下帷幕，那么喀布尔的婚礼便会再次拉开这个帷幕，点亮整个夜晚。

婚礼一直是喀布尔人生活的重要组成部分。一天晚上，我在家中读到一些采访卡拉巴特居民的文章，采访他们对20世纪70年代喀布尔老城爱情与婚姻的回忆。这是我和乌斯塔德·哈马罕一起走过的地方，也是奥斯曼故事中谢尔和塔希拉的居住之地。阅读这些文章，你会发现这是一座充满欲望的城市，而它的高潮就在于婚姻。文章还详细描述了将社区团结成为一体的婚礼仪式，以及在家庭关系与邻里之间错综缠绕的各种仪式。

采访中的妇女们描述了如何遵守订婚仪式，以及赠送礼物的礼仪。"一些家庭会在冬天的第一个夜晚或一年中最长的夜晚带来礼物，之后在午夜分享西瓜……"在拜拉特之夜（即舍尔邦月的第十五夜）[1]，新郎的家人还会带来烟花、水果和衣物，然后点燃蜡烛，和新娘坐在一起，直到天亮。这一晚如果恰逢月圆，一家人

---

1 拜拉特之夜，指伊斯兰教教历8月15日夜，意为赦免之夜。相传该夜真主大开宽恕、怜悯之门，凡悔过自新者必获赦免。

会盛出一碗水,看着水中月亮的倒影,期盼他们的生活也像月亮一样圆满,而新郎和新娘直到婚礼当晚才会碰面。[viii] 他们会谈论邻居们熬了整宿的汤,以及家人们前往附近圣祠为婚礼祈福的经历。

婚礼的请柬会以糖杏仁的方式分发出去。如果你收到了两枚糖杏仁,这意味着你家中有两个人被邀请了;如果你收到了一把糖杏仁,这意味着全家都被邀请了……在那个年代,如果你仅仅用卡片邀请某人参加婚宴,他会因此而拒绝参加宴会。

在尼卡(nikah)开始之前——意为正式的婚礼仪式——妇女们会给新娘涂上红棕色的指甲油。而尼卡过后,新娘和新郎会被一起带去参加一个叫作安纳玛莎福(aina mashaf)的仪式。那是我经常看到的一种仪式,我知道这是一个风俗中典型的吉祥时刻,最初是为了给夫妻俩初次见面提供一个机会。新娘新郎之间隔着的那层面纱,就像竖起的一面镜子。一对新人先是凝视《古兰经》的书页,然后再隔着镜子彼此对视。

然而,现在的情况已大不相同,精英阶层和那些富豪权贵开始在酒店或俱乐部举行婚礼。几个朋友给我看了他们父母或兄弟姐妹在高档的喀布尔洲际酒店参加婚礼的视频或照片。"人人都在那里结婚。"其中一人的口气好像一位特权人士在描述一个专属于他们的小世界,"除此之外,也没别的地方能举办婚礼了。"在这些照片中,新娘们都穿着深受喀布尔女性欢迎的白色礼服,因为在1909年索拉娅王后妹妹的婚礼上,时尚的哈伊里亚·塔兹(Khayria Tarzi)穿过一袭类似的婚服。[viii] 还有一些照片上的女性穿着优雅的连衣裙和高跟鞋,情侣们在房间里跳舞,歌手们则留着长鬓角,身着时髦的西装倾情献唱。

然而,内战打断了这些庆祝活动。塔利班政府施行严格的社会控制,使得这些婚礼仪式被迫停滞。因此,2001年塔利班下台之后,在喀布尔兴起的第一件事就是举办婚礼。宏伟的婚礼大礼堂如雨后春笋般遍布全城。伴随这些场所的繁荣,相关的产业也兴盛起来——服装和装饰公司、食品和音乐行业。就像历经长时间的压抑后迎来的一次爆发——趋势不受控制,还伴随着无法预料的后果,蔓延到令人意想不到之处。

在新城这样的地区,整条街道都被专门经营婚礼的商家占据了。在婚纱店旁边是一排排美容院,展示出身穿华丽服饰的新娘照片;那里也有蛋糕店,里面陈设着精致的多层奶油蛋糕;此外,还有汽车装饰中心,塑料、泡沫和鲜花改变了那些载着新娘和新郎进入新生活的时髦车辆。我在喀布尔的第一个春天便看到这些婚庆的场景汇聚在了一起。天气日渐转暖,堵车时遇见婚礼亲友团就成了家常便饭。新婚的夫妇会坐在一辆尾部饰以鲜花和金闪闪的爱心的车里,兴致勃勃地向摄制组挥手。而摄影师会从旁边的车里探出身子,记录下他们的一举一动。在开怀大笑之中,这样的欢庆活动包含着战争的喧嚣,也充斥着爱情的疯狂。

这些年来,这种所谓的"殿堂婚礼"变得越发昂贵,数万美元的资金涌入这个行业。2013年,一场婚礼的总花费可能在50万到250万阿富汗尼之间(当时约9000到45000美元)。虽然由男方家庭支付大部分的费用,但按照传统,婚礼的装饰、餐饮和音乐都由女方家庭决定。即使是那些负担不起的男方家庭,也要举债为这些奢侈的场景买单。

这些婚礼殿堂的数量及规模迅速扩大——2001年仅有4家礼堂,2008年已经发展到80多家了。[ix] 这些礼堂尤其集中在城市北部泰马尼附近一条狭长道路的两侧。我记得这里最开始仅有从破败的土墙后盖起的几座房子。后来，这条不起眼的路被加宽，且道路两旁很快矗立起了高大的建筑，由玻璃和钢铁浇铸而成。这些建筑内布设着水景，装饰一新，还安装了高耸的大门。部分建筑的车道从主干道上蜿蜒而过，其他大楼的装饰树上缀满了发光的彩灯。我在喀布尔见到的第一座婚礼大厅——"巴黎之夜"（Shaam-e-Paris）就处在这种不断升级的奢华之中。草坪上放置了埃菲尔铁塔的塑料复制品，在当时显得有些夸张，与城市格格不入。然而不到三年，周边那些更为浮夸的邻居们就使之黯然失色了。

虽然这片"婚礼区"在白天看来气宇轩昂，但在日落之后，它才真正变得鲜活起来，一整片地区都闪耀着喷泉、烟花那斑斓的色彩。汽车排着长队进入不同的场馆。若是在夜晚看到这条路，仿佛进入了错位的拉斯维加斯一角。如果你在天黑后飞往喀布尔，在飞机就可以看到这里闪耀的灿烂灯光。

殿堂婚礼是那个年代的重要象征，这些婚礼反映出了 2001 年后在喀布尔发生的一种变化——当时有一批喀布尔人暴富起来。直至 2012 年，巨额援助资金以及北约基地的建成使喀布尔获得了飞快的经济增长。[x] 这是一场用战争浇灌的经济繁荣：一部分喀布尔人因此变得富裕，还有一部分人获得了一定程度的物质保障。这一时期参差不齐的发展最终被证明仅是昙花一现，一道而来的和平亦是如此，简直不堪一击。不过即便如此，喀布尔人仍然沉浸在这虚假繁荣的幻影之中。他们热衷于奢靡挥霍，醉心于与日俱增的财富和名望，而婚礼殿堂恰恰就是这座城市沉醉于这一风气的真实写照。

婚礼殿堂也是不同年代群体与各种社会价值观发生碰撞的地方。我有一个同事，她之前带着年迈的公公去参加一位表亲的婚礼。这是一次非同寻常的外出，因为婚礼在喀布尔最大的殿堂举行。同事告诉我，她的公公被这盛大的场面惊掉了下巴，看到人们公然炫耀自己的财富和裸露的四肢，他更是大受震撼。我问道："婚礼不是男女分开就席的吗？"她解释道："是啊，但那些女士是特地来向我公公打招呼以表尊敬的。"不过，他也因此命悬一线。"这位可怜的老人几乎要瘫痪在婚礼现场。如此挥霍金钱，裸露肢体，怎么得了啊。"

* * *

身处一场场奢靡盛大的殿堂婚礼，也使参与其中的人变得与平日截然不同。踏入殿堂，仿佛掉进一个镜像世界——曾经的禁忌如今变得随处可见，曾经需要藏起来的东西如今何止是公之于众，简直是要耀武扬威地展示出来。尤其对女人们来说，在婚礼这样的场合，原本有着无数条条框框的约束，但如今她们则盛装出席，坦然地展现自己。

我第一次感受到这种自由，是在各大门店的橱窗里，我看到里面陈列着阿富汗妇女在自己的尼卡仪式后所穿的白色婚纱。漫步在科洛拉普什塔和新城，我路过一间间高级定制服装店，还有主集市里铺着大理石地板的购物广场。在这一小段独行中，我看到了一排婚纱，其中有紧身鱼尾款、大蓬蓬裙款，还有无袖露背的款式。其实，不仅婚纱光彩夺目，那些挂在墙上的新娘照片也十分惹眼。

除了这些，还有用于其他仪式的传统阿富汗服装，以及一些受电视节目影响而流行的印度服装。那里就像是一个藏满金光闪闪的派对礼服裙的地下宝库，那些礼服裙风格多样，有的上面装饰着皮革和金属，有的是出席酒会穿的缎面裙，还有些短款连衣裙。在印度大部分地区，把这种裙子买回家绝对是一个非常大胆的决定。而在喀布尔，在一群身着守旧古板的及踝裙、裹着头巾的妇女中间，这些裙子显得格格不入，似乎是那些服装店主在异想天开。然而事实上，我得知，这些裙子都曾被阿富汗女士们穿着参加过殿堂婚礼。当时与我同行的同事看我一脸惊讶的样子，给我解释道："只有在参加婚礼的时候，和家人在一起，她们才会这样穿。"我听着有些心驰神往。这些衣服让我第一次暗暗感受到喀布尔婚礼的魅力。它们闪烁着欢庆的火花，点亮了这些街道。

我开始罗列愿望清单，列出我一直想要穿上身的衣服，幻想着我能借此参加一场想象中的婚礼。清单上有一件紫色的及地丝质礼服（此刻，我的大脑在飞速地运转），正面还有旋涡状的织物装饰；一件电光蓝的露背连衣裙，搭配一顶装饰着塑料羽毛和花饰的帽子；还有几件金丝编织裙和亮片攒珠裙。我幻想着自己身穿这些裙子在阿里格尔的婚礼殿堂现场闪耀登场，惊艳四座，可事实上，在喀布尔我都没有这个胆儿，根本不敢打扮成这样。

看过这些婚纱后，我又去了美容沙龙。新娘和她的女性亲属会去那里准备各种婚礼的例行仪式——染指甲庆典[1]、正式的婚礼，以及婚礼后的招待宴。美容沙龙是现代喀布尔婚礼的重要一环，这一部分的开销是由男方支付的。男人们常常对此颇有微词，而女人们则为之据理力争。另一个同事告诉我，他表亲的未婚妻把

---

[1] 古波斯人会用散沫花的叶子染指甲，并在身体上绘制图案。在散沫花的原产地以及受波斯文化影响地区的人们还保留着这一习俗——在各大节庆场合上用散沫花染料装饰自己的身体。尤其在新婚之夜，新娘的手脚上往往绘制着华丽的图案。

所有女性亲戚全带去沙龙了。同事闷闷不乐地说:"就为了让新郎吃点苦头,所有人都去了,就连老妇人还有那种根本无从着手打扮的人都跟着去了。"一位女同事反驳道:"凭什么她们不行?女人做美容是天经地义的事。"上述是我在印度经常听到的一些观点,通常是为了证明限制女性的某种快乐或自由是合理的。这些美容沙龙的存在就是为了把女人变成婚礼上闪闪发光的尤物,她们精致的妆容和梳得硬挺的发型让本来熟悉的面孔变得难以辨认。她们就好像披上了另一层外衣,可以自由自在地做自己想做的事,但这个变身的有效期却十分短暂。那些装饰与打扮仿佛给她们平常的自我形象罩上了一层面纱,或穿上了一副盔甲。

在喀布尔的那些年,我经常出入这些沙龙,欣然沉浸在欢快的氛围和谈话中。直到2013年,我才在凯尔哈纳北郊的一个美容院里亲眼观看了新娘亲友团筹备婚礼的全过程。当时那片区域离市区很远,甚至有一场农产品展览会恰好选在那里举办。哈立德笑着说,由于去那儿的路程太过漫长,他母亲过去常备好煮鸡蛋在路上吃。现在,那里已经发展得越来越好了,交通井然有序,但水资源常年匮乏。我几个星期前刚去过那里。我有一位朋友,他的儿子在家门口被谋杀了,我去看望他以示哀悼。他儿子是在与邻居争执的过程中被枪打死的,并且就死在自己的家门前,年仅二十五岁。

那家美容院坐落在当地的另一处,街道两旁还开着另外几家美容沙龙和其他与婚礼相关的店铺。这些商铺沿街铺展,白色的婚纱和绸缎像两条平行线一样延伸至道路的两旁,给人一种永不散去的宴席之感。店铺里面用薄纱窗帘挡住了玻璃,并且禁止男士入内。当时,沙龙老板和六位接待员在为婚礼派对忙碌着,但跟喀布尔的婚礼标准一比较，这样的派对只能算是个小场面。三位女士被淹没在各种各样的吹风、漂染设备中，其他人则坐在沙发上等待。在她们后面，几个小孩子正倚靠着垫子沉睡着。一面墙上贴着落地镜，镜子两侧的架子上则摆满了亮晶晶的瓶瓶罐罐——都是些美容美发产品。

女人们把装着平常衣服的塑料袋随意扔在地上。而此刻，她们已经身着为晚上而准备的绣花套装，整装待发。锡箔盒里放着吃剩的食物，玻璃茶几上摆着纸袋包着的烤肉串、馕饼和米饭。烧水壶还插着电，托盘上的玻璃杯上残留着口红的印记，空气中弥漫着浓浓的橙子味、烤肉味，还有发胶的味道。婚礼当天的大部分时间都耗在了沙龙里。

沙龙老板赛迪恰告诉我，至少得花六小时才能把新娘打扮完毕。她的生意大多来自婚礼团体，就像我刚看到的那些人一样。客户的需求不同，新郎的经济条件也因人而异，根据具体情况，收费也不一样。她告诉我，因相爱而结婚的夫妻会花费更多的钱，能有 20000 阿富汗尼（约 400 美元）以上；而面对那些负担不起高昂费用的顾客，她会打点折，只收取 5000 阿富汗尼（约 100 美元）。因为这是一个善举，可以使女性看起来更漂亮，让她们在婚礼当天感到幸福。在喀布尔，几乎没有哪位新娘是不去沙龙的，即便只是去一家小点的沙龙，哪怕自身经济已难以负担，都一定要至少去上一次。她说："我们只有这一天来实现自己所有的梦想。"这正和我之前在很多地方听到的观点一样。"我必须要确保一切都完美无缺，这一刻美好的回忆会伴随新娘的一生。"正是这昙花一现的美丽，为整个筹备过程增添了一缕激情。它就像一场梦，美好得转瞬即逝。

每每走进喀布尔的沙龙,我就感到自己与欢愉为伍,陷进了欲望与快乐的圈套。沙龙作为女人们梳妆打扮的地方,能让自己以期待的面貌出现在大家面前,既是一处避风港,有时也是一片"易爆"的雷区。记得有一回,一位女士正笔直地坐在椅子上,看到我手中的相机,立刻厉声斥责道:"不要拍我!"即便赛迪恰试图打消她的疑虑,她仍带着担忧的语气不停地说:"要让我丈夫看到我在这儿的照片,他一定会跟我离婚的。"听到这话之后,我们立刻虔诚地默念道:"但愿别发生此事。"于是我便把相机收了起来。

也许出于同样的原因,在那家沙龙工作的女员工也被这复杂的道德束缚触动了。赛迪恰每天都在反复把握协调着这样一种微妙的平衡感,她生意的成功不仅在于她的化妆和造型技术好,还在于她个人的良好声誉。赛迪恰已经四十出头,曾逃难至巴基斯坦,那时她就已经能讲一口流利的乌尔都语了。她有着一头时髦的紫红色波浪鬈发,穿着漂亮的黑色束腰外衣和长裤,精心地化了淡妆——一副标准的现代喀布尔女性模样。

她告诉我,有的家庭不愿意让家中的女性去美容沙龙,因为沙龙店主的名声不好。此外,还有一些店主遭到了一群粗俗之人的骚扰。她所指的"粗俗之人",是说那些从乡下搬来喀布尔的人。这类人和文明得体的城里人不一样,她们会为了钱财跟你争吵不休,而她们家里的男人还可能会带着武器冲进沙龙。因此,沙龙也可能变成一处危险之地,而这也反映了 2013 年喀布尔的动荡时局。她说,新城有一家高档的大型沙龙,一周前,老板九岁的儿子在学校外被绑架了,老板不得不按照绑匪的要求支付赎金。"谁能对这一切负责呢?"她这样问。后来她自己回答道:"这不是任何人的责任。"所以她打算再次离开喀布尔,也许会去印度,在那儿她还能继续开沙龙。

从另一个方面来看,在沙龙工作也是有风险的。赛迪恰说:"她所有的员工都没跟丈夫一家人透露自己在外面工作,更别说是在沙龙里工作了。"因为总是帮其他新娘准备婚礼对自己的姻缘来说并不是什么好事。我的朋友米娜开了一家沙龙,而且她还是宝莱坞电影的粉丝。不管什么时候我去拜访她,她都会大摆宴席款待我,而她的姐妹也会忙前忙后随时听候她的差遣。她姿容美丽又活力四射,只是快三十岁了——在喀布尔,作为一个单身女人,这已经算是高龄了。她每一次差点就要订婚时,男方家庭都会因为她的工作而拒绝这门亲事。不久前,她和自己的表亲订婚了,对方是个司机。这门亲事是她家里的安排。我问米娜是否对这个结果感到满意和幸福,她却只是说,那是因为她丈夫同意她继续从事沙龙的工作。

我看着赛迪恰的助手们给新娘的亲属涂抹粉底液、上完底妆后,她们的脸均匀地呈现出近乎雪白的颜色。然后,助手们梳顺她们的眉毛,并画上新的眉形。接下来给她们卷烫头发,喷好定型喷雾,再夹上几个假发卷,最后在高耸蓬松的发型上装上闪闪发亮的面纱。

到了最后一个环节,也是最重要的一项任务,那就是给新娘化妆。助手上完粉底后,赛迪恰就立马接手下面的工作了。她一层又一层地涂抹着化妆品,接着又在新娘的头发、眼皮还有脸颊上撒了些细闪的亮片。它们就像冰晶一样在新娘浓密的睫毛上闪烁着。赛迪恰在新娘的头发上搭了一个结实的支架,以支撑新娘的面纱。每多一个步骤,新娘的身体就更僵硬一分,她的表情看起来也更像一副面具;每多一层描摹,她和其他人之间就多一分距离感，犹如面纱一般，尽管展露出了面庞，却又朦胧地将其隐藏。新娘这副上完妆的面容将会永远留存在她的记忆里，封印在她的婚纱照中。

赛迪恰结束所有工作时，时间已近傍晚，新娘和亲属们也快要迟到了，不过这不是什么要紧事。她们慢慢悠悠，甚至可以说是拖拖拉拉地离开了沙龙，一路上还在不停地道谢、握手和亲吻赛迪恰和她的助手们。男人们就在门口等着，手里收拾着从帘子后递过来的大大小小的包裹。女人们把孩子、装着衣服的袋子，还有食物打包盒这些零七八碎的东西全移交给男人们，因为她们现在童话般的模样、头发上厚重的摩丝，还有防水睫毛膏，让她们不方便拿任何东西——即使这些东西她们平常天天拿。女人们在上车前就遮起了她们的面容、头发和服装。等到了婚礼殿堂才会正式亮相。

新娘是最后一个离开的。她离开沙龙的时候，身上裹着一件白罩袍，还用一把伞遮挡着她的身形，这样就没有人看见她精致的妆容了。新娘穿着高跟鞋走了几步，钻进车里。她的烈焰红唇在刷白的脸上像一个字母O，被框定在她身后的几幅海报中，海报上是一群新娘，在街头摆着婀娜的姿势。

* * *

几天前，我和婚礼摄像师萨达尔参观了一家婚礼礼堂。萨达尔的工作是上述美容服务一条街的最后一个环节——婚礼跟拍。这可是个赚钱的活儿，同时也很危险。他需要保证他拍的每张好看的照片仅对那些想要看到的人可见。

萨达尔把我从家里接上。我之前问过他,我们能否走路去礼堂,他不同意,因为那样不安全。路上他还开玩笑说,喀布尔已经好久没有发生自杀式炸弹袭击了。"这样他们会很生疏的。"他打趣道。这是喀布尔人都懂的黑色幽默。"本来他们就很少能击中目标。"

之前,萨达尔在白沙瓦难民社区的阿富汗婚礼上给一位年长的摄影师当学徒。2001年后,他和家人回到喀布尔。当时他二十多岁,和弟弟妹妹一起创业,弟弟妹妹晚上放学后也会来帮忙,后来他有了收入和一份还算不错的正式职业。我是通过萨达尔的弟弟和他相识的,他弟弟在一家视频制作公司担任导演,这是一件让萨达尔很自豪的事。

这项家族生意的发展历程与喀布尔婚礼的发展保持着同步。起初,他们还需要租借相机,并在借来的机器上编辑。几年后,他们将赚来的血汗钱用以投资硬件设备,从而使他们的生意在竞争的市场中始终立于不败之地。萨达尔告诉我:"人们想在自己的婚礼和录像上采用最先进的设备和最时髦的元素,他们希望自己的录像能跟宝莱坞电影一较高下。"

我们开车行驶在通往卡尔特·帕尔万附近的大道上,沿街便是公寓楼、超市、地毯商铺和豪宅。在这些高楼大厦之间,还有一些小型的泥屋和路边商店,比一般的棚屋大不了多少。在这片地区,很多居民是从其他省搬到喀布尔的,或者是从伊朗和巴基斯坦或其他地方回到这里,建起属于自己的小家。环形交叉路口附近有一幢大楼,而礼堂就坐落在那里。

这是我第一次在白天看到婚礼殿堂。建筑外的反光玻璃在阳光下照得人极度不适,就像那些在停车场闲逛的人向你投来的明晃晃的目光。我们走进殿堂,路过被各种各样水晶吊灯照亮的房间。礼堂里还有好几间会客厅，或者说"沙龙"，这都是为阿富汗婚礼的不同仪式以及不同宾客规模的婚礼而准备的。这里最小的房间也能容纳三百人，大一点的沙龙房间则能容纳几千人。礼堂还为客人提供安保服务，包括登记武器，配备武装警卫，在必要时采取干预措施等。（比方说，以下的情形需要采取措施：当发生暴力事件，客人想去动用他们的武器时；有人色眯眯地盯着女人看时，或者是被别人认为是在色眯眯地盯着女人时；在停车场偷偷喝酒的那些人开始互相辱骂、用词不堪入耳时；等等。）

所有沙龙都是按照男女分隔安排座位的，大多数座位都设在女性区域里。根据结婚新人的预算和要求，他们会坐在月牙或丝绸帐篷下，穿过一座小木桥走到舞台上，木桥两侧安置着岩石和绿色的蕨类植物。不同的场景之间摆放一些宝莱坞演员身穿婚礼服饰的照片，照片上他们正满面笑容地看着新人和宾客们，就连电梯上都印着他们的面庞。这是一场标准的童话婚礼，跟那些美好的童话故事所描述的那样，这些婚礼布置似乎也是如魔法般凭空变出来的。在这座宏伟殿堂中，从柱子到家具，从礼服再到水晶灯……几乎所有我目之所及的东西，都是从外地进口到喀布尔的。那一件件美好的物品堆砌出了这些童话般的瑰丽殿堂，好像丝毫未曾沾染俗世的尘埃。

我站在其中一间大厅的舞台上，看着一排排系着缎带的椅子面向着我，散发出庄严的气息。在房间的另一头，厚重的粉红色幕布稍稍移动了一两米。水晶吊灯洒下亮黄色的灯光，在粉红色的椅子和室内盆景后面，透过窗户可以一览喀布尔的市容。外面的楼群大厦仍旧保持着蔓延的态势，拔地而起的新建筑一直延伸到远处的山上。我走到窗前，瞧见一只被拴在院子里的狗，还有一个正在用手中的塑料罐接水的小女孩。我眼前这面深色的玻璃也为这座城市覆上了一层朦胧不清的棕褐色滤镜。

* * *

阿富汗与印度相似，婚礼与名望、地位密切相关。在喀布尔，新郎一方会邀请众多宾客，置办奢华气派的宴席，因为这事关家族的声望。而我身处的这家礼堂所承办的每场婚礼，都可以根据不同预算、规模以及品位提供私人定制服务。比方说，在2013年，一个家庭要先支付30万到40万阿富汗尼（约合5500到7000美元）的场地租赁费用。接下来还有婚前派对的花销，包括新娘的首饰和服装、新娘及女方家亲属的沙龙费用，现场乐队以及婚礼摄影拍照等开销。我有一个同事，他的兄弟在伊朗工作，但也是来喀布尔举办婚礼的。同事整个家族都为这次婚礼出资帮忙，因为光是礼堂的租金就高达6000美元，而我同事的月收入才不到300美元。我问他，为什么他的家人不选择在其他地方办一个简单点儿的婚礼呢？他模仿新娘家人的口气说："不在殿堂办的婚礼，那压根儿就不叫婚礼。"而且女方的家人还告诉新郎，如果他掏不出这个钱，那就等他能负担得起时再来找新娘吧。我还问萨达尔，既然殿堂婚礼如此昂贵，为什么现在的人们还趋之若鹜呢？他说："因为喀布尔是个现代化的都市，人们自然想用现代的方式来举办婚礼。"

萨达尔带我走出大厅，前往他的办公室。我们穿过一扇通向楼梯间的门，楼梯最底下是一条昏暗的走廊，走廊的一侧有几个房间。萨达尔叩响了其中一扇门，之后便传来开锁的声音。萨达尔的小助理为我们开了门，等我们进去后，又把门关上了。萨达尔的办公室由两个无窗的房间组成，第一个房间里放着三把椅子，围着中间的一台台式电脑，而后面的房间里放着另一台电脑，桌子上还摆着几块硬盘。这里仿佛另一个世界，与刚刚挂满水晶吊灯的世界有着截然不同的魅力。

萨达尔的工作，介于抹除与显现、描摹与隐匿之间。他晚上大部分时间都在沙龙里工作，为明亮的舞台和婚礼仪式增光添彩。我曾见过类似摄影团队的工作情形：几名身着西装的年轻男子，手里拿着摄像机，全神贯注地指导着新郎、新娘还有在场的亲属。白天，萨达尔则退居阴暗的办公室，一张张温馨美丽的照片由此诞生。这里也像一面镜子，在浮现浪漫画面的同时，也隐藏起了摄影师背后的努力。

萨达尔进门后，向他的助手低声嘱咐了几句。之后助手离开了办公室，一会儿后又回来了，手里拿着几袋装着甜杶果汁的塑料袋，萨达尔把它们递给了我。我一面小口喝着果味十分浓郁的冰镇饮料，一面欣赏着萨达尔电脑显示屏上一幕幕光彩夺目的婚礼画面。

视频的内容是几天前拍摄的一场婚宴。他告诉我，这段视频是按照此类影片的标准规格来拍摄的，在视频的片头，有一个熟悉的声音在庄严地宣告："以真主安拉的名义，仁慈的主，怜悯的主啊……"——这是穆斯林开始工作时的祈祷词。接着，伴随着一首印度电影歌曲的背景音乐，滚动了约两分钟的演职人员名单。名单上还提到了新郎新娘的名字、婚礼地址、沙龙电话和店名、摄影师、布景师以及音乐表演人员。萨达尔跟我说："有时候我们不能用新娘的真实姓名，因为会有新郎不愿让自己妻子的名字从集会上其他男人的嘴里说出来。"视频采用蒙太奇的剪辑手法把新郎新娘的照片组合编辑在一起,照片上这对幸福的新人摆着各种各样浪漫的姿势——有倚靠着彼此、一起吃蛋糕的,还有一同开着精心装饰的婚车的。这些造型都经过了摄影师的编排指导。萨达尔说:"这是最耗时的部分,因为需要添加各种特效。"他正说着,就看到视频中这对新人的脸庞伴随着一阵绚烂的烟花逐渐淡出视频画面。

影片还从外部全方位地展示了举办婚礼的殿堂,喷泉与灯光交相辉映,之后随着镜头的切换,一个个优美宜人的景点也相继映入眼帘。我们看到新娘和新郎并排站在泰姬陵前,又出现在埃菲尔铁塔下,最后是巴米扬湖畔。这对夫妇用双臂环绕着彼此的画面都拍摄于一间影棚中。那是一段充满浪漫色彩的蒙太奇风格影片,这对情侣时而看向镜头,时而含情脉脉地凝视着彼此。

随后,家族的其他成员也出现在了屏幕上,他们伴着传统的阿富汗歌曲翩翩起舞,又随着流行歌曲旋转摇曳,舞姿如同精心编排过的音乐视频那样曼妙绝伦。我问萨达尔,都有谁会观看这些婚礼影片呢?他说,只有自家人会看。除了视频里的人,再没有人会看到这些被记录下的影像——那些画面里既充盈着层层叠叠的诱惑,又承载着满满当当的爱意。

作为视频制作人,萨达尔的工作就是将婚礼这一天打造出史诗级别的浪漫,就像这对新人对彼此的爱一样宽广无边。他的任务就是为一个已然十分华美绚丽的盛会锦上添花,把大家从喀布尔平凡破旧的街头带到一个簇拥他们成为明星主角的世界里。

所有这些浮夸的创造并不是喀布尔所独有的。事实上,世界各地的婚礼视频都充斥着一种矫揉造作的虚幻、大而无当的浪漫。排场很大,但在现实中却无迹可寻。可是,在喀布尔情况又有所不同了，因为婚礼摄像师必须得在有限的想法和现实条件下达到这种绚丽的效果。萨达尔说，如果这些照片从他的硬盘里泄露出去，哪怕只有几张，他的职业生涯差不多就会被迫终止了。他说："这是一项很危险的工作，曾经有人因此而丢过性命。"所以，当萨达尔拍完一段视频后，他会在某位男方家庭成员（比如新郎或他的兄弟）面前把底片删除掉。

我问他，如果他拍出的这些视频这么危险棘手，那男方家庭为什么还要拍呢？"因为如果他们不这样做，新娘的家人就会摆脸色给他们看。"萨达尔解释说，"新郎要是不安排拍摄视频和这样的婚礼仪式，新娘就会一哭二闹，吵着嚷着说新郎不爱她。"萨达尔为婚礼制作的这类龙卷风式爱情视频，是现代喀布尔婚礼的又一特色。

在婚礼殿堂中，萨达尔是一个微妙的存在，在这满屋子都是翩跹起舞、无拘无束的女人当中，他是唯一一个非家庭成员。这也就是说，他和赛迪恰一样需要保持一个绝对完美和清白的名声，打造一个公然无害的形象，仿佛让自己已化身为镜头的一部分，没有多余的人类情感。他说，有一些人只会在他们家族要举办活动时才打电话给他。而他现在就像他们家庭中的一员。近来，还有一些客户会提出只要女性摄像师出场。遇到这种情况，萨达尔就会礼貌地回绝这份工作。因为在喀布尔，根本没有几个能达到相应拍摄资历和经验的女摄影师，而他也不敢冒这个让客户不满意的风险。至少现在看来，他能被当作舞池里女士们的临时亲戚，他也获准能指导新郎新娘摆出拥抱的姿势来拍照。

尽管预先考虑了所有可能的危险情况，萨达尔还是难免会在婚礼上遇到麻烦。"麻烦一般发生在人们喝醉了或者情绪激动时，或者有些人想表现出比其他人'更有分量'时。"萨达尔说的"更有分量"指的是在任何地方的婚礼上都有可能出现的权力博弈，但这事发生在喀布尔，可能会出现更可怕的后果。他回忆道："有一次在婚礼上，新娘的家人不让我去女性亲属区拍摄，于是便把我赶走了。可之后，新郎的哥哥看见了我，就说：'你在这里做什么？回大厅里去拍摄吧。'然后事态演变成了一场打斗，从大厅里打到了街上。新郎的叔叔去会客厅给新娘脸上蹭上了泥印。后来，新娘的哥哥弟弟冲出去打了新郎的哥哥、叔叔和舅舅。更离谱的是，他们第二天又继续举行婚宴。他说：'新郎还是娶了那位新娘，却把她留在家里，又另娶了一个女人。'"萨达尔沉默了一会儿，细品着其中冷酷残忍的报复。他继续说道："一切都变成了权力和地位之争。好像这不是一场婚礼，而是一场战争。"

他说，在婚礼大厅的模糊地带中，他曾见识过各种各样奇怪、悲伤乃至愚蠢的事情。所谓的阿富汗价值观，虽至高无上，有时人们却视若无睹。"在这里，什么事都可能发生，一切都关乎着荣誉。我们似乎身处一个没有法律约束的地方，你可以做任何你想做的事情。"我听他这样说道。我不确定他是在说喀布尔，还是在说这个世界，抑或是他日日夜夜奔波劳碌的殿堂。

我问萨达尔，那么一年在他拍摄的殿堂里一共举行了多少场婚礼。他笑了笑，也不太敢说出一个具体的数字。但他告诉我，在春天、夏天的婚礼旺季期间，这里每天至少会举行两场婚礼，一场从上午9点半持续到下午3点半，另一场从下午4点一直到午夜。他说，从外省来喀布尔办婚礼的人更喜欢前一个时间段，因为在首都的婚礼殿堂里结婚是一种名望的象征。我又问他，殿堂承办婚礼一个月能赚多少钱，他没有回答，只是说现在到处都在兴建殿堂。这是这个国家为数不多发展向好的产业之一，他确信这一点不会改变。即使首都的经济时好时坏，捉摸不定，政局也还在动荡之中，喀布尔的殿堂婚礼生意依然长盛不衰。

萨达尔又聊了一场婚礼的拍摄成本和流水。每拍摄一个婚礼影片，他要收取 600 美元。每个视频的利润约为 300 美元。冬天举办婚礼的很少，但是春夏季节，他需要工作两班倒，平均每天会拍摄两场婚礼。要是他和他的团队多接几个不同婚礼殿堂的活儿，一天下来参加三四场婚礼也是常有的事。萨达尔有时很久都回不了家，白天他就待在工作室里干活儿，晚上则光鲜亮丽地在殿堂里忙上忙下。他估算了一下，在自己的职业生涯中，他可能已经见证过几千场婚礼了。所有的阅历使他对爱情和婚姻抱着一种务实的态度。

萨达尔是家里的长子，也就是说，他本该是家族里第一个结婚的人。我问他近期有没有结婚的计划，他用了另一组数字和计算回答了我的问题。两年前，他为弟弟的婚礼支付了一笔不菲的费用。"婚礼中的所有东西都是顶配，每一处装饰、每一个细节无不如此。"至今，萨达尔仍在为那场盛宴偿还欠下的债务。所以，现在他已无法再承受另一场婚礼的开销了。我问他，他要是遇到了真爱呢？不会想结婚吗？他耸了耸肩——这是一个男人表示不抱希望的动作。他说："除非我能找到一个愿意接受 100 美元婚礼的女人。"

* * *

随着阿富汗婚礼从排场盛大逐渐演变成铺张浪费，政府也出台了各种各样的举措来遏制这一势头。20 世纪 20 年代，阿米尔·阿曼努拉政府颁布了一项限制婚礼消费的法律。1978年四月革命之后，阿富汗人民民主党政府曾试图制定"彩礼钱"的上限。[xi]但这些措施都遭到了强烈的反对：20世纪20年代，有义愤填膺的神职人员抵制阻挠，再到70年代反政府宣传者借此大做文章。2011年，阿富汗当局再一次试图遏制婚礼的奢靡之风，可起草的法律同样也遭到了抵制。

该项法律条文试图通过限制宾客数量以及按人头的收费标准来减少宴饮支出，还试图对文化风俗实施限制，禁止新娘和宾客身着过于暴露和紧身的衣服。[xii]

一些年轻男女对此表示支持，他们想要开始一段婚姻生活而无须背负沉重的贷款。但是，此举也激起了一些阿富汗人的愤怒，他们不希望政府干涉他们结婚和招待客人的方式（颇具讽刺意味的是，立法者和政府高官实际上就是在婚礼中铺张浪费最多的人群），而抗议的人群则包括婚宴场地所有者、人权组织和女性游说团体。

政府颁布了诸多限制举措，加之民间反叛势力不断增强，社会格局愈发动荡不安，这些使得婚庆盛事似乎即将难以为继。这也许恰好解释了喀布尔这么多如梦似幻般的婚礼殿堂，在如此紧迫愤怒的危机下依然如火如荼——因为这已是最后的狂欢了。

也许，这些纵情享乐之人是被一种反叛精神所驱使，被一种想要蔑视政府和塔利班勒令的强烈欲望支配着。也许，他们只是想及时行乐，抓住眼下的幸福。就像那些待在不见天日的房间里、冒着风险观看宝莱坞电影的姑娘们一样，他们只是想通过某种方式留下自己存在的证明。他们栖身的这座城市一直饱受战乱的折磨，他们想超脱这种外在的折磨，哪怕仅有短暂的一瞬，或是通过最微不足道的一些小事，来冒险实现自己的这一梦想。

也许，对于另一些人来说，喀布尔的婚礼狂热是一种及时行乐的方式，借此他们可以从头脑中抹去未知的不确定性，在发生变故之前再一次尽情地享受生活。

在婚礼法律成为喀布尔每家每户的谈资之前，我曾参加过当地一位朋友的婚宴。那时，我们趁着暮色到达泰马尼，车缓缓地行驶在被富丽堂皇的礼堂所装点的街道上。而我参加的婚礼就设在其中最新最大的一栋礼堂之中。礼堂入口处停放着一排排花车，缤纷的彩灯从建筑正面的玻璃上倾泻而下，映出各式各样的花纹图案。当我们进入门厅时，忙碌的婚庆气氛扑面而来。礼堂里设置着安检和存枪处。我的邀请函上写明了不允许我携带相机，且在进入之前，我的包就历经了一番相应的检查。在前厅，我见到了形形色色的年轻男女，他们在沙发上坐了一会儿，一边聊天一边欣赏着镜子里大家的影像。之后，赶在自己的目的被识破之前，他们便各怀心事地散开了。

我走进女宾区，这里有大概500个女孩，她们脱去了外套，展示出自己精美的礼服。这里几乎聚集了所有我之前在商店橱窗里看到过的裙子，女人们穿着性感的高开衩长裙，腰部有很多不规则的开口。我之前陪着朋友们见过她们的裁缝，知道其中一些款式是从浮华的时尚杂志中借鉴来的，当地最好的裁缝都会在商店中放几本《时尚》《名利场》这样的杂志。我朋友们的礼服是好莱坞女星走红毯时穿的裙装款式。在她们之中，我居然成了最与众不同的一个，因为只有我穿着平平无奇的礼服，甚至我还需要为此解释一番。（朋友替我解释道："她不是当地人。"）

亲戚、朋友和邻居们都停下来彼此打招呼，小心翼翼地亲在对方化了妆的脸颊上。别人把我介绍给几位年长的阿姨和奶奶认识，她们一头银发，穿着白色的无袖罩衫和宽松绣花的裤子。有一些人看着周围衣着华丽的人群，表现出纠结困惑的忍耐，而其他人则面露不悦，表示无法理解。我所在的会客厅被一片幕布分隔开，有星星点点的闪光从幕布的缝隙中洒落出来。在这近乎800位宾客的交谈声中，我能听到从男士区域飘来的歌声，歌手唱的大都是阿富汗流行歌曲，以及一些宝莱坞电影中的插曲，还有键盘手和鼓手为他伴奏。

宾客们谈论的主题包括战争、泛滥的罂粟、我们所在的这幢雄伟壮观的礼堂和最近的政府丑闻，等等。不可避免地，他们也会提到塔利班，然后回到喀布尔人的日常生活和交谈话题中。随着歌手开始唱歌，摄像机逐渐扫过大厅里的男性客人，把他们的照片投影到女性区域的那块屏幕上。这些男性大多穿着光鲜亮丽的西装，却拉长了脸，闲坐交谈着。女性的区域里有人在跳舞，一些与新娘关系亲近的男性亲戚便会钻过分隔的幕布，一起加入跳舞的行列，其他人则会用勺子敲打玻璃杯，以示鼓励和欢迎。最终，新娘身着洁白的长裙，和新郎一起走了进来，后面跟着一列穿着绿色紧身连衣裙的伴娘，她们优雅地单立着脚尖，在地毯上旋转，为这对新人头上撒下花瓣。

演唱者表演了预示新娘到来的传统达里语歌曲 *Ahista boro, mah-e-man* ——意为"款款而来，我的月亮"。这对新人缓缓地走向宾客，身后跟着伴娘，被相机和几束灯光追随着。舞台上放着一个精美的三层蛋糕，由新郎新娘亲手切开。接下来便是漫长的亲戚合影时间。这之后的仪式也有条不紊地进行着，摄影机会一一记录下来。我注视着这一切的同时，周围的人群在为诵读《古兰经》做准备。

大厅中间，新娘新郎被一块红纱盖住，从众人的视线中消失片刻，周围的女孩斜移着镜子，咯咯地笑着。无论在喀布尔，还是在阿里格尔，这样简单的仪式使得众人屏息静止，是于大庭广众间徐徐落下的一个亲密节拍。这不是他们第一次约会，但却是第一次以夫妻的身份见面，两个人从此便绑在了一起。

镜子中显现出红纱的影子，镜子的表面不停移动着，闪过或美丽或扭曲的容颜。女孩们再次揭开红纱、调整镜面，这次映出的是头上炫目的灯光。

* * *

婚礼往往代表着故事的结束，就像扎尔和鲁达巴的婚礼一样。他们借助皇室占星家的预言，克服双方家人的反对走到了一起，而他们的后代便是鲁斯塔姆，一位强大的统治者，也是波斯文学中的英雄之一。由于他们的婚礼在喀布尔举行，持续了数天之久，因此他们顺理成章地成为喀布尔纵情享乐之人的先祖。

婚礼还代表着新篇章的开始。我和朋友的家人一起观看了婚礼仪式，还去舞台上排队合影了。之后，新郎新娘离开，为接下来的活动更换衣服。到了用餐时间，年轻的男服务员推着放满食物的手推车出现，带着疲惫不堪的表情熟练地服务着客人们。餐桌上摆着的美味佳肴已经极尽铺张浪费之能事了，而大家却熟视无睹：炖肉饭堆成小山，烤肉串刚吃了一点就直接扔掉，孩子们喝不完的罐装酸奶也被随意丢弃。

晚宴结束后，舞会再次开始，而这一次才是最为隆重、正式的舞会。新郎新娘换上了新服装，在大厅里转了一圈又一圈。之后,他们会再次消失。在一片喜悦欢乐的氛围中,几乎没人注意到他们的离开。接下来舞会的氛围越发热烈,男性挽着手围成一个圈,女性成双结对地展现着繁复绚丽的舞姿。渐渐地,大厅中的人越来越少。

我在一个空荡的角落里看到一个女人在欢乐地舞蹈,旋转了一圈又一圈,她紧紧扎起的头发变得松动,头上固定的发夹都被甩落下来。她今晚大部分时间都在不停地跳舞。不过现在她的小女儿醒了,在哭着追赶她,试图抱住她修身绿裙开口下露出的腿。宴会马上结束了,但显然她还没有跳够。

尽管孩子抱住了她的腿,限制了她的发挥,尽管年长的宾客都在盯着她,尽管时间已晚,而且她现在披头散发的样子也不大体面,但这位女士仍继续舞动着身姿。在那一刻,她就像喀布尔这座城市一样热爱着自己,她旋转着,全身心享受着这一场短暂又奢侈的盛大仪式,享受着音乐、灯光、相机以及人们的关注;在那一瞬间,她就像喀布尔这座城市一样,清楚地意识到不久便会分别,会迎来遗忘,记录的相机也会如先前一般消逝,而剩下的只有黑暗和寂静。她旋转的身姿是对现实叛逆的称颂,透过那翻跹的身影,我还感受到了几分婚礼热潮背后的反叛精神。我们正准备离开,看见另一位女士来到这位正在跳舞的女士身边,想让她抱起女儿。我听见了她斥责的话语:"她在哭呢!可怜的孩子!"身着绿裙的女士弯腰抱起孩子,塞进她那位亲戚的怀中,并说道:"让她哭吧,我怎么能为了这点烦恼,而浪费我的生命呢?"

第七章

重逢
RETURNS

喀布尔的传说始于一座桥,也就是水上之路。据传,这座城市位于魔法湖上的一座小岛,国王建造了一座连接岸边和小岛的桥,这也是离开此岛的唯一道路。重返和离开喀布尔并不是旅程的结束,而是旅程中的不同状态。

2013年我从德里飞往喀布尔时,飞机上的乘客大多是去印度治疗或度假回家的阿富汗人,这和我在2006年的旅行截然相反。当时我乘坐的飞机上满是国际工人和顾问,那时正值一段叙事线的尾声,一场始于2001年、由美国发动的阿富汗战争。

过了几个月,也就是2014年底之前,国际安全援助部队正式结束了在阿富汗13年的战事。国外军队逐渐撤出,而留下的成员则专注于训练,指导阿富汗安全部队。现在,保卫和平的重任落到了阿富汗安全部队肩上,国际社会向阿富汗提供的重建援助不断减少,给阿富汗经济带来了负面影响。而这些军力、财力的撤离所暗含的变化给阿富汗蒙上了一层巨大的不确定性,一旦国际力量撤离,阿富汗多年来取得的那些脆弱而失衡的成就很有可能毁于一旦。定于2014年的大选也遭到了民间反叛力量的暴力威胁。团团疑云和恐惧如雾霭一般扩散开来,笼罩在城市上空,让人们看不到未来的方向。

那时喀布尔的季节与我七年前抵达时完全不同。我当时不知道，这会是我最后一次重返喀布尔。

阿卜杜拉开车载我一起从机场去往泰马尼的新家，那是我们与萨哈卜博士和哈立德合租的房子，距离之前在卡拉法塔胡拉的房子只有几分钟的路程，但这也是我们生活的一个转折点。那栋房子是谢尔普尔豪宅的缩小版，铺着大理石的地板，还有一个可以俯瞰整条街道的阳台，我们中的任何人都未曾体验过将风景尽收眼底的感觉。我的朋友们之前看不上喀布尔的新房子，但最终还是住进了让他们抱怨连连的地方。

哈立德说自己在这个城市的时间越来越少了，所以选择了一个比较好打理的住处，没有需要殷勤照料的花园。房前是一间带顶的车库，还有一条小门廊，萨哈卜博士做了一个鸟笼放在门廊里，里面有两只美丽安静的白鸽。萨哈卜博士十分喜爱这两只鸽子，我以前从没见过他这样。每天早晨，他会给它们喂完食再去上班，走过依然坑坑洼洼的街道，到达办公室；每晚回家，他也会先去看看它们，再进家门。那两只鸽子绝对是整个喀布尔最安静的鸟儿了，我从未见过它们在笼子里扑腾。

但有些事还是老样子。哈立德的朋友还是会在晚上来拜访，他们坐在客厅里，把枪支靠在沙发旁，讲着一个接一个的故事，他们的欢声笑语充满了整栋房子。

我驾驶着阿卜杜拉那辆黄白相间的出租车行驶在街道上，这种颜色是由哈菲佐拉·阿明规定的，他在1979年领导了阿富汗人民民主党大概三个月的时间。阿明曾就读于纽约的哥伦比亚大学，[i]我了解到，他下令让喀布尔的出租车从黑白变为黄色，是为了模仿纽约的出租车。[ii]

我漫步的次数减少了，因为听说离我们街道不远处发生了一起绑架案。走在科洛拉普什塔的街道上,我路过了之前和丈夫住过的第一栋房子。走到沙袋警戒线与新的公寓楼之间时,我瞬间迷茫了,因为过去那条熟悉的街道已经不见了踪影。

时移事迁,在这座城市里漫步勾起了我童年的记忆,那些记忆,有的是关于家园的沧桑变化,有的是关于街道的失踪不见。

1989年末,一个大雾蒙蒙的早晨,我比往常更早出发去上学,想参加一些课外活动。阿里格尔当时实行宵禁制度,但我全然不知这个消息,以为课外活动还会正常进行。那年冬天,印度整个北部地区充斥着不同党派的暴乱冲突,留下了一个草木皆兵、人心惶惶的时代。

尽管如此,不知道为什么,那个早晨我一心只想着去学校。

我出了家门,走进冬天的严寒中。整栋房子沉沉地睡着。步行到学校只有五分钟。我记得水汽和晨雾模糊了我的视线,前方的路若隐若现。也许,这就是我走过一多半的路程时才意识到街道上有多么空旷的原因。一阵微风吹散了雾气,我看到学校大门前停着一辆警车。当时一阵恐惧遍布全身,那一刻我意识到了这时外出有多傻。于是我立刻转身,快步走开。后来无事发生。但我当年走过的路并不是几分钟前我才走过的那条。在这两次经历中间,我忘记了一件事情,那就是——家永远都是安全的港湾,它永远是我的归宿,我也永远能在熟悉的转弯处看到它。

我已经全然忘了小时候的那件事,直到在喀布尔漫步时才回想起来。在这两次经历里,我都是在以不同的方式寻求庇护。尽管这两者之间有着诸多不同,但我仿佛能看到那个大雾蒙蒙的早晨再次重现。

你转过身来,而回家的路已经无影无踪了。

* * *

我思量着这些改变：新城曾经遍地都是商场和餐厅，2006年一度繁华的地方，如今变得破旧衰败；过去外国旅人见面的咖啡馆现在实行更为严格的管制，并且新安装了两道铁门，还需要进行武器检查。多次袭击过后，这些地方的客人越来越少。网吧越来越少，超市却越来越多。房地产的萧条使人们不得不放弃未竣工的房屋。住房、办公室、私立大学以及宏大的清真寺杂乱无序地扩张，已经蔓延到达鲁拉曼宫周围。只有达鲁拉曼宫的残骸一如往常，漫天的沙尘衬托着她的轮廓。

这便是喀布尔，一座正在移形换步的城市，而我所熟悉的地标也发生了变化。我的朋友纳齐拉从米克罗扬搬到了沙鲁卡里（Shahrak-e-Aria），后者是一个邻近机场的高档封闭式小区。那里的公寓楼屋顶被粉刷成显眼的红色，为阿富汗的富人提供先进、安全的居住条件（很像过去的米克罗扬）。整洁的小路连接起门口安检、草地、停车场、清真寺，还有购物中心。这片小区就像一座"微型城市（shahrak）"，通往国际机场的宽阔马路将它与城区分隔开，使之成为一座孤岛。路上的汽车高速飞驰、川流不息，因此步行很难穿过马路。然而，也正是这种远离城区的距离感吸引了大多数人来此定居。我和纳齐拉一起散步，她告诉我，她们住在这里比在之前的社区更加开心，因为妈妈和妹妹可以随意出门，周围的高墙给了她们安全感。

我还计划去伊斯梅尔·萨哈卜的家里拜访，但一位我们共同的朋友说，他们家也搬到了城市边缘的一栋公寓，而他在科洛拉普什塔的房子已经卖掉了。我随之回想起他先前那栋房子里的花园,它经历了和平到战争、再归于和平的历史循环,顽强存活了下来,还有花园里装点灌木丛的一排排蔷薇,盛着泥土和树叶的火箭壳花盆。我问那个朋友,伊斯梅尔为什么要搬走呢?他说,其中一个原因是伊斯梅尔已经没有能力亲自打理他的花园了。

在我的私人地图上,那些喀布尔的空白之处与我所看到的整个城市中消失的地方对应了起来。随着北约军队的撤退,他们带来的东西也随之而去,其中包括餐馆、旅馆、商业合同、建筑工程、援助拨款和盈利,等等。世界银行发布的世界发展指标显示,阿富汗 2012 年的 GDP 增速为 14.4%,2013 年下降到了 2%,这表明阿富汗经济严重依赖国际军事力量和援助。[iii] 外国军队也正在撤离,与他们一同离去的还有援助和重建的计划,但是战争还在继续,并且爆发次数越来越多,形势也发生了变化。[iv]

从 2001 年开始,塔利班组织获得力量的一部分方法便是等待国际部队逐步撤出阿富汗。到了 2013 年,阿富汗安全问题变得更加严峻复杂,除了塔利班之外,还存在着强大的地方势力和本国民兵问题(其中一些势力由美国提供装备供给,目的是作为对抗叛乱的筑垒),阿富汗军队中的腐败问题,以及"绿袭蓝"事件[1]等一系列麻烦。联合国的数据显示,2013 年,该国被杀的平民数量接近 3000 人,受伤的平民数量超过 5000 人,[v] 其中妇女和儿童所占比例有所增长。这些数字深深地刻在人们心中,随着战争规模不断扩大,战火蔓延至各处,殃及了过着平凡生活的普通阿富汗人。

在这一背景下,即使国际社会并未完全撤出,但对阿富汗的

---

1 指阿富汗盟友杀害国际安全援助部队士兵的现象。

帮助也有所削减。那些留下来的外籍人士数量也在减少，他们想方设法离开首都。喀布尔当地的自杀式炸弹袭击次数呈直线上升，这意味着喀布尔的大多数地区对外来劳动人员来说都是禁区。在2013年实行的保障援助人员和顾问安全的措施中，我发现七年前的建议又多了新的变化。就在当时，我被告知不要在喀布尔随意走动。

一天下午，阿卜杜拉开车载我一起去拜访某个援助组织里的朋友。我们行驶在一条高速公路上，2006年时，这条公路周围还是一片空旷干旱的自然景象，而现在它的两侧是一排长长的混凝土墙，路边还停着大型油罐车。援助组织的大院也进行了加固，不仅封闭了入口，还增加了多道检查站。我乘坐的出租车不允许入内。哨兵检查了我的文件，互相商议了一会儿，又在通信设备上进行了一番询问。我在栏杆旁站了几分钟，看着其他车辆进进出出，其中大多数是装甲车，贴着深色玻璃和醒目的标志。几分钟后，守卫挥手让我进去。

走出几步之后，天空缩小了，整个城市完全消失在了防爆墙后面——如今喀布尔的大街上到处都是这类墙壁，但这处大院里的防爆墙顶部还加装了锋利的铁丝网。我和朋友一起走在这座戒备森严的堡垒中，这里的居住区都是由大型集装箱改装而成的，集装箱之间或砌着整齐的花坛，或摆着小型的绿植。我们的晚餐是在一个由集装箱改造的餐厅中吃的，集装箱后面有一片露天的座位。我想起自己曾在某处读到过，人们也将北约在阿富汗的战争称为"集装箱战争"。一些阿富汗人抱怨道，苏联凭借得天独厚的地理条件，至少还为他们的国家建造了一批基础设施，而美国呢，他们打趣道，只留下了一地狼藉的集装箱。

尽管朋友热情款待，但我还是急切地想要远离这种狂热的友好氛围，离开这处令人惴惴不安的生活小区。直到我坐在阿卜杜拉的出租车里，行驶在回家的街道上时，我才松了一口气。这辆毫无特点的汽车给了我一种安全感，在我看来，成为喀布尔通勤车流中的一员意味着一种"机会均等的风险"，这使我放松了一些。

但我知道这种感觉只是自我安慰，一旦发生袭击，防爆墙后面的人是安全的，而冲击却被转移到了外面，波及街道上的行人。随着我们距离市中心越来越近，我想到那些外国工人栖身的安全区——由装甲车和防爆墙为其提供防卫，而喀布尔的"微型城市"也为阿富汗富人们提供了全封闭式的保护。

我又想到了建造喀布尔新城的计划，在首都北部新建造一座大型城市聚居地，其范围扩展到环绕城市的群山之外。这一扩张将由私人资助完成，其中就包括国际支持者。我还听说过许多其他的"新"喀布尔计划，都是为了解决现在城市中过度拥挤、卫生不达标、基础设施差等问题，一部分人想要搬得越远越好，彻底远离那些混乱不堪的街道。那年春天，喀布尔涌现出很多隐形的通道，还出现了各种不露声色的遁逃。

* * *

在马路对面的办公室、住宅以及大多数建筑物中，谈论的话题都是难以预测的未来。国际安全援助部队结束战斗任务的话题在社交媒体上被广泛讨论，并且在一个又一个房间的电视机上播放着，它就像间谍的热气球一般在城市的上空盘旋。接下来的几年里，军事撤离的进展会比原计划慢得多，但是在当下，即将到来的 2014 年似乎预示着一个新时代的到来。

在所有的谈话与喧嚣之中，最强烈的还是人们心中惶惑不安的恐惧，他们担心喀布尔将再次进入一个沉默的时代。外国军队撤离的同时，阿富汗也会从世界的视线中消失，就像内战时期一样。在 1993 年拍摄的一段视频中，一名男子急切地对着镜头说话，仿佛尽快吐露这些话对他来说至关重要 ⁶：“喀布尔没有和平，我们请求联合国，如果你能把我们的声音带到联合国，请他们帮助阿富汗人民，因为我们也是人类。"

当时他得到的回应只有沉默，而如今这种沉默笼罩着整个喀布尔。

但仍然有人选择在这片充满不确定性的土地上扎根。一位前同事邀请我参观他在泰马尼新修建完成的房子，这座房子挨着很多婚礼殿堂。他之前曾在内战时期前往巴基斯坦，2009 年由于当地安全问题日益恶化而回国了。多年来，他一直租房居住，如今终于攒够钱盖自己的房子了。他告诉我，对他来说，在自己的屋檐下招待我是一件十分自豪的事。

我在一本书中读到过，难民回到家乡做的第一件事就是种下一棵树，除了提供阴凉，更多的还是因为它象征着一种稳定，是一种回家的标志。我这位同事在喀布尔变化无常的土地上建起自己的房屋也是同样的道理。尽管身边人谈论的都是不确定的未来，但他依然继续修建门窗，装饰房间，购买成套的餐具，这种大胆的希望很像坠入爱河的感觉，又或许，这是他当时唯一能做的事。

然而，对于我的一些朋友来说，在 2013 年的春天里，他们想的是离开这里。这座城市被人们离去的可能性笼罩着，而城市的景色也因自身被抛弃的可能性而变得黯淡无光。

和这些朋友谈论的话题永远是一串可以为他们提供庇护的城市，对他们来说，喀布尔的街道总有着其他城市的影子，那些城市的名字散发着一种宁静与和平的气息，将自己塑造成了一座家园的模样。朋友们把这些庇佑之地的名字念了一遍又一遍，就像一遍遍反复拨动念珠一般。那年春天，他们谈论着离开喀布尔的线路，有些道路穿越了陆地，有些则通向了大海。

这些关于未来逃离的规划让我想起了过去人民的流离失所，在这些讨论离开喀布尔的人当中，许多都曾逃往过国外，2001年后重新回到了这里。

我的朋友穆拉德年纪轻轻就已经历过多次离开又再次归来的循环往复。我第一次见到他是在2006年，当时他二十出头，在一个朋友的办公室里担任经理。过了一段时间，我才知道他是阿富汗人，其家族历史可以追溯到几代之前。穆拉德可以说是在塔利班时代之后成年的年轻人典型代表：他略显害羞，说话轻声细语，举止无可挑剔。而他的两个哥哥在国际援助中心工作，他们也很年轻，能够讲一口英语，熟悉笔记本电脑、脸书、商场等事物，快速适应了北约军队带来的现代化设施。

多年来，穆拉德和他兄弟的事业取得了令人瞩目的进步。穆拉德接到了海外的业务，总是穿着时髦的西装去上班。他的哥哥在一个礼堂结了婚，很快又有了孩子，这是2001年后喀布尔特有的成功案例之一。

2009年一个下午，我去了穆拉德家，他们住在卡特塞，离我工作的地方不远。那栋单层房舍距离公路还有一段很长的车程。内有几间铺设地毯的小屋，还有一座大花园。穆拉德告诉我，这是从他住在国外的阿姨那里租来的。花园由穆拉德的父亲精心打理，他还种了石榴树和玫瑰花丛。他的母亲给我看了几本相册，她慢慢地翻阅着，看到大女儿的照片时停了下来，这位大女儿已经结婚了，现住在国外，她翻到很少见面的外孙照片时又一次停了下来，照片背景是一座绿植修剪整齐的公园，孩子坐在宽敞的婴儿车里，紧紧系着安全带，被推来推去地哄逗玩耍着。这位女士的小女儿以全额奖学金出国留学了，再过一年就会回来。穆拉德的母亲盼望着孩子们团聚，希望她的儿子们还有他们不断壮大的家庭能够在她的屋檐下欢聚一堂。

几个月之后，我听说穆拉德的父亲搬到了欧洲一个国家，这是这个家庭面对喀布尔变得日益危险的环境做出的反应，他们曾经憧憬过这座城市的未来，然而希望再次破灭了。穆拉德的生活进入了一种"半存在"的状态，既异于寻常却又司空见惯。他在这里，又似乎不在这里。在他上班、购物、和侄子看电视、帮助母亲做家务的时候，我想知道，他看到自己曾经熟悉的城市摇曳在现实和虚幻之间时会作何感想。也许，当他走过喀布尔的大道时，会发现自己才是那个出现又消失了的人。

2011年，我在同一所房子再一次见到了穆拉德的家人。曾经由父亲照顾的树，如今在儿子的悉心照料下长高了。穆拉德的母亲坚强地忍受着和丈夫的长期分离。我听说了有关穆拉德父亲的消息：他很好，只是厌倦了独自一人、远离家庭的生活。"在欧洲生活并不像我们听到的那般容易。"

我最后一次去喀布尔时，和哈立德一起去看望了穆拉德一家。穆拉德的父亲在那年早些时候回到了喀布尔——与当时离开喀布尔的势头大相径庭。多年来，他的生活一直陷在不知所措的境地中，他也获得了住在欧洲的许可，但只能自己独自前往。他厌倦了等待家人获得许可的岁月，也厌倦了这充满着不确定性的生活，于是选择了回家。穆拉德的妹妹完成学业后也回国了，但是在体验过现代化的大学生活之后，她对喀布尔有限的视野感到不满，于是总是念叨着要搬去印度，并劝说哥哥们和她一起去那里定居，然后再把全家接过去，或者另找一个可以让全家团聚的地方。

我们一起在房间吃午饭，桌布上摆满了丰盛的家常菜肴，尽显主人的热情好客。穆拉德的妹妹和嫂子先招呼客人用餐，然后再和孩子一起上桌吃饭。我们分不同的组合拍了照（"现在是女孩们的拍照时间！""现在轮到妈妈和孩子们了！""不用不用，我来拍吧，你去站好吧！"我对这些指令十分熟悉，这让我想起了在阿里格尔时那些熟悉的下午）。那次聚会是未来颠簸旅程的预兆，它弥漫在我们周围的空气中，如阳光下的灰尘一般无处不在。关于穆拉德一家缥缈的未来，有一个更令人悲痛的事实——这将是他们第二次作为难民离开家园。

他们一家人之前在1993年内战期间逃离了喀布尔。穆拉德和他的兄弟姐妹在伊斯兰堡和拉瓦尔品第长大，巴基斯坦境内还聚居着一大批和他们一样的阿富汗难民。他的父亲向亲戚借钱开了一家裁缝店，兄弟俩便在店里工作。他们的故事在喀布尔人中已经见怪不怪了：一个家庭陷入困境，之后背井离乡。但男孩们也照样接受了教育，并掌握了一些技能。后来证明，这些经历对他们非常有用。2005年，这家人搬回了家乡。在我看来，他们的生活来之不易。穆拉德已经工作了，并且上了两年多的夜校，获得一个学位，这有助于他的职业发展。他的弟弟之前在印度读书也是出于同样的打算。而现在，这家人正在筹划着再次离开，预备再度披上难民的外衣前往海外。只是这次旅行是零敲碎打着进行的——每个成员都将独自上路。

那日午后,我们的谈话始终围绕着如何更快启程离开。穆拉德的姑姑正考虑赶在喀布尔房地产价格进一步下跌之前卖掉她的房子。他们一直在找新的住处,能让一大家子住在一起,但目前为止还没找到合适的。在我们坐着聊天的地方开着几扇大窗户,透过窗户可以看到花园里树木葳蕤生长的模样。

午饭后,我和哈立德开车回家,我们前脚刚离开房子,穆拉德就打来了电话,说离泰马尼不远的一个国际非政府组织的宾馆遭遇了袭击。他建议我们掉头,等待麻烦解决完再走。但哈立德还是决定继续开车往前走。没过多久我们便遇上了交通堵塞,当时离家只有几分钟的车程。只见一股浓烟直冲云霄,随着时间的推移,烟雾变得愈发浓烈。袭击的消息在我们前面的车流里传开,司机和乘客纷纷接起电话,从车窗里探出头,伸长了脖子看着那一团蔓延开来的乌云。我自己的手机嗡嗡地响着,信息提示音不断,其中就包括那天下午我准备去见的人发来的短信。"请不要出来,"他说,"战斗似乎快结束了。"后来再交谈时,他告诉我,袭击爆发时他正在招待外国客人。客人们都被近在耳边的枪声吓坏了,不停地问他该怎么办。他回答:"等待。"他们能做的只有这么多了。

一回到家,我听着枪战和爆炸的声音,心里越发忐忑不安。担惊受怕的同时,又不知道该作何反应。除了等待,我什么也做不了,这种感觉很奇怪。我的反应逗乐了我的朋友们,但同时他们也有所触动。"挺好的,"萨哈卜博士带着他那特有的干笑说道,"这说明你还是个正常人。"

他们打开电视,播放音乐视频,盘腿坐下看了起来。外面响着阵阵枪声。偶尔有人出声道:"刚才的那枪声听起来很近啊。"

我走上楼,从窗户往外看去。暮色四合,慢慢笼罩着空无一人的街道。山上的房屋逐渐亮起灯光,照亮了地平线。房屋后面便是环绕着喀布尔的群山。我小心翼翼地撩起窗帘的一角,从露出的缝隙中窥视外面,透过缭绕的云雾和氤氲的尘埃,群山看上去朦胧而虚幻。

我想起了2006年5月的一个早晨。那日早上正值交通高峰,在凯尔哈纳附近,一辆美国军用车引发了一场交通事故。后来,这起事件发酵成一场全面的暴乱,波及首都大部分地区,造成了至少14人死亡。暴动的人群穿行于城中,展开大肆袭击,还纵火焚烧了街上的餐馆和国际机构驻地。他们高举标语牌,反对卡尔扎伊和美国。[vii] 而这起暴力事件是一个不祥的征兆,预示着喀布尔即将到来的风云。这也是第一次,在阿富汗的首都能清晰地感受到民众的怒火,矛头直指阿富汗当局及国际组织。

暴乱爆发的当天,我正身处巴米扬佛教圣地,对着那些因没了佛像而空荡凄凉的佛龛看了一整天。我在一家小型网吧里读到了关于喀布尔暴乱的报道。之后,我回到这座躁动不安的城市——表面寂静无声,实则一触即发。后来有一位朋友告诉我,就在暴乱发生后不久,他参加了一个在外国迎宾馆举行的派对。这场狂欢日落前便开场了,黎明时才结束,以配合在喀布尔立即执行的宵禁制度[1]。我看着窗外的城市一点点昏暗下去,回想着很久之前的那个黎明。午后那场袭击留下的浓烟源源不断地汇入空

---

[1] 2006年5月29日喀布尔发生暴乱,29日当晚阿富汗政府宣布在首都喀布尔实施宵禁,要求当地居民在29日晚10点到30日早晨4点不要上街,违反者将受到"严肃处理",以平息因美军车辆撞死平民引发的大规模暴乱。

气，令其愈加浓稠。

这次袭击发生后几个月，穆拉德的哥哥带着家人搬去了另一个国家；没多久，穆拉德也动身前往加拿大的一个常年多雪的小镇；他的父母则留在了喀布尔。

* * *

在全世界的想象中，喀布尔是一个人们急于逃离的地方。

2013年时，又有一批难民离开了这座城市。可是，姥爷却给我讲了一些从前的故事，从另一种角度展现了喀布尔的历史。当从前的人们陷入战争和冲突的洪流时，是喀布尔为其提供了蔽身之所。在这些故事里，喀布尔意味着安全。它是人们旅程的终点，而非逃亡的起点。

例如，我读到在第一次世界大战期间，沙皇俄国曾俘虏了一批来自德国、奥地利和匈牙利的战士，后来这些战俘设法遁逃，躲进了阿富汗境内。当时的阿富汗国王是阿米尔·哈比布拉，他曾顶住英国方面施加的压力，拒绝加入其盟军。也正是他给这些战俘提供了庇护之所。这些战俘便在喀布尔住了下来，一直到战争结束。他们从旧城中心搬到位于恰尔代平原中央的阿利亚巴德山脉，在那里可以俯瞰整片田野和果园。我还读到，"他们根据自己的技能被招募到各种岗位，在阿富汗军队中担任教官，但其中最著名的是为建筑施工"[viii]。这些战俘帮助建立了当时新兴的现代化喀布尔，建起一座座医院和住宅，这其中就包括为未来继位的国王阿米尔·阿曼努拉建造的房屋。他们很有可能是从曾经熟稔于心的建筑中汲取灵感，然后将其在喀布尔复刻了出来，以纪念自己那远在天边的家园。

不过,姥爷讲给我的故事则更关注连通着阿富汗和印度的道路。对于反抗英国殖民统治的印度人民来说,情况更是如此。早在 1915 年,一个印度流亡政府便在喀布尔成立了。总统是一名来自阿里格尔的印度自由战士——拉贾·马亨德拉·普拉塔普(Raja Mahendra Pratap)。他试图说服阿米尔·哈比布拉接受德国的支持,向英国宣战。间谍、革命者、前往其他地方参加反英统治斗争的学生和秘密使团们——所有这些人都应感激这里,因为,是喀布尔为这些不同的人及其行动提供了庇佑,而通往他们梦寐以求的自由之路,也都贯穿于这座城市之中。

在姥爷讲给我的故事里,最富戏剧性的要数发生于 1920 年的"希吉拉(hijrat)迁徙运动"。这一名称用来描述大批穆斯林从英属印度的北部省份向阿富汗迁徙的现象。[ix] 在阅读了这次迁徙的相关历史记载后,我发现这场群众自发、声势浩大的运动,已经快从印度公众的记忆中逝去了。

我还发现,这场迁徙的根源在于印度国内高涨的民族主义情结,这种情结自第一次世界大战后便席卷全国。令众多民众感到愤怒的是,第一次世界大战中印度为英国鞍前马后,尽心效力,但是战后英国却背弃承诺,拒绝赋予印度更多自治权的请求。穆斯林及其领导人对此尤为不满。英国作为同盟国之一,在分裂奥斯曼帝国的领土方面发挥了重要作用。这实际上将哈里发(Khilafat)——全世界穆斯林的政教领导人——削弱为一个有名无实的领袖。印度穆斯林在奥斯曼帝国解体中也扮演了帮凶的角色,对此他们感到怒不可遏,又羞愧难当。还有民众担心他们的习惯法会被英国的律法所取代。这些爆发的反英情绪引起了一定的社会反响，而"希吉拉运动"便是其中之一。

穆斯林呼吁迁徙的依据在于，他们认为英国统治下的印度将不再是伊斯兰教的净土，所以他们要离开印度，到别处寻求庇护，这是他们的宗教职责。在别处定居后，他们还会努力将自己的祖国从英国的统治下解救出来，这样就能重返故土。这个想法没有得到当时民族主义潮流的广泛支持，也没能鼓动许多穆斯林神职人员加入，但某些领导人还是表示力挺此举。[x]

如果没有得到一个出人意料的人物支持，这场迁徙很可能会一直处于边缘状态。1920年2月，阿米尔·阿曼努拉承诺"欢迎所有打算迁移的穆斯林和印度教教徒"。他甚至愿意为其宗教信仰和保卫哈里发献出自己的生命。[xi]

1919年阿曼努拉宣布阿富汗要从英国统治下完全独立。他可能是想抓住这个契机，以便在接下来与英国政府的谈判中占据上风。不过也有可能，这个加冕演讲仅仅是一个宣传，而不是一项认真的打算。但是他的外交部部长马哈茂德·塔齐在抵达印度与英国进行谈判时又重申了这一提议，并且在印度新闻界进行了广泛宣传。正如一位官员指出："无论这次迁徙运动最终命运如何，前往喀布尔的思想迁徙，已经从此开始了。"[xii]

这场迁徙运动始于5月，印度北部的炎热夏季也正于此时开启。起初，离开印度的大多是一些贫苦农民，怀揣着前往阿富汗发展的美好愿景，人群迁徙的速度比较缓慢。但很快，人口的流动便开始加速，并且一路上人们都洋溢着兴奋之情。这些迁徙者还受到了沿途村民的欢迎，边境地区普什图部落的阿夫里迪人甚至还会用冰冻果子露款待他们。[xiii] 对这场运动反响最热烈的是印度西北边境省份，从旁遮普和信德省出发的人数比较少。迁徙的人潮中还包括一些来自较为富裕地区的移民。

对于这次移民潮，英国没有过激的反应。其政府也没有试图干预或遏止这股移民潮，而是乐观地认为这波移民热会自行消退。可是随着这股移民热逐渐蔓延到军队、警局和政府机构，在政界引起的不安也一波高过一波地涌现。

从历史记载来看，书页中浮现出的图景描绘了一个情绪剧变的时期。不同于难民逃离天灾或人祸的举动，至少从名义上来说，"希吉拉"是一场群众自发的迁移运动。然而它的情感内核却是人们对着面目全非的家园所产生的一种难以抑制的冲动。在这些穆哈吉（muhajir）——意为"移民"——之中，有性烈如火的自由战士，他们随身携带着自己的卡凡（kafan），或称裹尸布。一些农民以低价出售了他们的土地和牲畜。还有一些村庄进行了整体迁移，甚至那些不情愿的人也被迫跟着大部队一起离开。那是一个世世代代安家落户的时代，旅居是一件代价高昂而困难重重的事情。这些村民中的许多人在坐上开往阿富汗的大篷车之前可能还从未出过省。我读着那些关于背井离乡之人的描述，讶异于人们移居背后隐藏着的深刻情感。这次迁徙运动是他们由心而发的抗议之举，他们将迁往阿富汗视为手中最为有力的工具。

虽然这场迁徙声势浩大，参与者也满腔热情，但它始终是一项非暴力运动。这些穆哈吉人一路颂歌，誓要与这座给予他们庇护的城市共同进退。这些诗句让我从一个全新的视角认识了喀布尔，因为现身于那个历史时刻的喀布尔是一座希望之城，一处庇佑之地。

对于毁灭，我们不理不睬。

对于不幸,我们不闻不问。

哦,朋友,无论发生什么,

我们都要向喀布尔进发!向喀布尔进发! [xiv]

据官方估计,截至 1920 年 8 月,跨越边界的穆哈吉人数在 4 万人左右,大部分人经由开伯尔山口(Khyber Pass)进入阿富汗。而非官方的统计数字则高达 6 万。[xv]

没过多久,这次移民的规模就压垮了阿富汗人。阿米尔·阿曼努拉分配给穆哈吉的移居土地很快就用完了。随着资源的减少,最初的欢迎也变得逐渐淡漠。阿富汗政府开始试图扭转局势。

新法规规定,每名穆哈吉进入阿富汗时必须持有不少于 50 卢比的现金。政府会拘留和审讯没有家人陪同的难民。商队沿路还遭到了洗劫。阿米尔·阿曼努拉被迫筹集资金以满足新移民的需要,而这加剧了本地居民的不满。

不到三个月,这场运动便宣告失败。阿米尔·阿曼努拉发布了一项命令,阻止进一步的移民活动。阿富汗也随之关闭了边境的关卡,禁止旅队入境。于是,晚几天抵达的一大队人马面对的便是荷枪实弹的边防战士了。愤怒的人们威胁说要冲破关卡。虽然最终双方达成了妥协,但这不过是一个敷衍了事的结果。

慢慢地,旅队掉转了方向。英国政府一面助力移民回程,一面暗中松了一口气。然而,苦于舟车劳顿和疾病,许多移民死在了回程的路上,其他人则遭到了抢劫和骚扰。我读到的文献中写道:"从阿富汗边境到喀布尔的这段路上,布满了穆哈吉的坟墓。"[xvi] 据估计,大约百分之七十五的移民返回了家园,还有一些人去了更远的土耳其或俄罗斯。

这些旅队被人遗忘了，而在这条他们曾走过的路上，我发现那些流亡与迁徙的声响仍在回荡，它们更贴近我心中所定义的时代。从最初的热情欢迎到犹疑不定，从主动提出庇护再到隐隐约约的恐惧——这些复杂的情绪似乎已经倾诉了数十年之久。从我的喀布尔朋友那里，我明白了寻求庇护是一条艰难的道路。聆听着这些湮没在过去的声音，我领悟到庇佑也是一份令人忧虑的礼物。

阅读"希吉拉运动"的故事为我们提供了一个观察的视角：一处家园是如何在一夜之间从人们的故乡变成被迫离开的地方。它提醒着我们，我们都生活在那些看不见的断层线上，那里的任意一处都可能竖起一道边墙，阻隔你前进的方向。

有一天你转身回望时会发现，回家的路已蓦然不见了踪影。

* * *

2013年，我离开了喀布尔。当时是阿卜杜拉开车送我去机场的，电台里的艾哈迈德·扎希尔唱了一首应景而忧郁的曲子，饱含离愁别绪。

离机场大楼还很远时，阿卜杜拉的出租车就被拦住了。我向他道了别，下车走向安全检查站。那是一个挂着帘子的小木棚，里面坐着三个穿着棕色罩袍和裤子的女人，正边吃印度薄饼边喝着茶。我还注意到玻璃茶杯的边缘蹭上了口红。其中一个人一面吃着东西，一面对我进行全面的搜身检查，仔细到了让我不适的地步。天气炎热，棚子里也是高温难耐，散发着汗水和建筑木材混杂在一起的味道，还有接连不断的食物气味钻入鼻腔。在搜查过程中,女卫兵的手似乎带着一股愤怒的气息。另一个女人则翻开了我的包,接着是钱包,然后她抽出里面的阿富汗纸币,问我:"你去的地方需要这些东西吗?""你为什么不把它们留给我们呢?"当我还在犹豫的时候,她又咄咄逼人道:"你还会回来吗?"这句话点醒了我,此前我从未想过这一点。但我还是把钱留给了她。

离开喀布尔前的某个下午,我参加了为一名即将离任的外交官举行的欢送会。地点选在为大使馆设立的安全区内,自2009年以来,这个地方便逐渐与城区隔离开了。就像在机场那样,在第一个检查站那里我便下了出租车,从警卫身边走过。路上我还穿过了一所学校,那里的学生是少数能进入这片安全区的人。然后又通过好几道安全检查,才得以进入那座美丽的房子,也就是聚会的举办场所。

聚会设在户外,在紧靠着住宅的大花园里举行。晚上这里将举办一场音乐会,我看到一些阿富汗乐师在草坪旁边的凉亭里,边等候边调试着他们的乐器。那天下午,喀布尔刮起了大风,卷起漫天的褐色灰尘,城市被笼罩上一层烟霾,也把参会者的发型吹得一片凌乱。等外交官和援助工作者相继发表完演讲,我们便分散开来,去喝茶吃点心。正当我们吃饭的时候,一架直升机停在了花园上空,轰隆隆地响着。我挤过人群去向主人道别。他正站在花坛旁,向我指着那些和煦的阳光下绽放的玫瑰花。在直升机的噪声中,他提高了嗓门,谈论着这些花看起来多么美丽。"短短几天它们就长出来了,"他大声说道,"这种景象只有在喀布尔才能一见,别处难寻啊。"

那时我便领悟到,离开喀布尔,就意味着带着喀布尔一起踏上征程。

在我数度往返阿富汗的这些年里,从我的家乡阿里格尔浮现出了一条通往喀布尔的道路。除了印阿共同的文化传承,通过一些细微的习惯和物品,这座城市也开辟了一条通往我姥爷家的小径,而这也是喀布尔流落在外的一部分自我。

每天清晨,姥爷都会用我从曼达伊集市买给他的香叶泡茶喝,而喀布尔就在这杯茶中闪烁着微光。在视力衰退之前,他一直亲自冲泡茶叶,以确保冲泡得当。喀布尔也藏身于我外祖母喜爱的杏干和杏仁里,那是我从法塔胡拉的商店带回来的礼物。它还躺在姥爷书架上的卷页里,现在那书架上又添了几册我买给他的书。每次我们谈论起喀布尔的时候,它就在这些谈话中日渐生长,变得愈发深刻。

在我最后一次前往喀布尔的两年后,我的外祖母在家中去世了。自那之后的几个星期里,姥爷就像独自漂流的船只,无处停泊。两个月后,他也随之而去,再没有从睡梦中醒来。

他们房中的寂静蔓延到了我的生活中。失去了姥爷,我便迷失了方向。这就好像我一直在向他描绘喀布尔,而他也一直在向我讲述这座城市。现在,我丢掉了我的地图和故事,也失去了我的观众和向导,以及我们曾一同创造的乐园。

天黑以后,每次我离开他们的屋子,都会在客厅外的小门廊上停下脚步,透过窗户看着他们。我坐在比我还要年长的餐桌旁,就着小小一寸灯光凝视着他们,听着收音机,或者只是默默地坐在一起。每一次我都把这幅影像定格在我的记忆里,它就像一个护身符。"当我不在的时候,他们就是这样生活的。"我呢喃自语着,"我回来的时候应该见到这样的他们。他们应该就是这样生活着的。"

我从未设想过，如果没有了他们，我会是什么样子。

或者说，我也从未设想过，如果那条我曾经熟悉的道路突然变得黑暗而陌生，照不进一丝光亮，连窗户都失去了踪影，我会是何种感受。

* * *

2014 年之后，阿富汗从世人的视野中消失了，取而代之的是无处不在的阿富汗人。难民的字眼占据着报纸头条，全世界的媒体目睹了成千上万名流离失所者在欧洲寻求庇护。2015 年，躲避战火的叙利亚人又成为世界上最大的难民群体。但长期来看，即便得到了联合国难民署的援助，阿富汗难民依旧在难民人口中所占比重最大，就在 2015 年，在全世界范围内仍然有着 270 万阿富汗难民。[xvii] 这个群体在几代人的冲突中建立了一个没有边界的国家。我知道，在新加入这场民族流散的人群中，就有来自喀布尔的朋友。

看到这次迁徙的新闻，我想起了姥爷经常讲的一个故事：曾经有一位自由战士，他一生中的大部分时间都致力于解放他的祖国。为参加一个国外的运动，他在年轻时离开了印度，后来遭到拘捕，被判长期监禁。当他被释放时，这位老人回到他的村庄，可他只是伫立在村庄的十字路口处，等到有人发现时，他已在那儿站了许久。因为，他忘记了回家的路。

每每讲起这个故事时，姥爷总会在结尾处提高他的声音："他忘记了回家的路。"他用惘然的语气说道，设想一下，这件事情就这样自然地发生了。

几年前,当我第一次从喀布尔归来时,姥爷为我吟诵了几行诗句。它们就像一条无形的丝线,在那些离去之人的故事间铺展开来。

> Ghurbat mein hon agar hum
> Rehta hai dil watan mein
> Samjho wahin humein bhi
> Dil ho jahan hamara

> 即使身在流亡
> 也仍心系故乡
> 遥想梦回故土
> 家乡——我心长存的地方

"jahan"这个词也可以翻译成"世界"。这样,伊克巴尔所写的诗句便可以重新解读为:"我们的心中装着世界。"或者也可以这么阐释:无论我们走到哪里,家永远在我们心中。

* * *

家是一座与我们同行的城市。它是我们投射到未知中的已知,是认知和情感交织而成的网络,我们依靠这张网破译着别的城市或其他地方。就像姥爷,在喀布尔用诗歌为我引路;也像巴布尔,凡是他走过的土地上都会通上沟渠,奔涌着自来水;还像萨哈卜博士，夜复一夜地拯救着他童年回忆中的城市。

我所讲的故事并不仅限于喀布尔，而是关于那些所有我愿称之为家的地方。倘若将这座城市比作画像，那么姥爷为我绘下的便是关于它的一幅幅速写，展现着他眼中喀布尔的万千世界，为我开启前往探索的大门。而当我离开喀布尔时，它便成了暗影之城的一部分，星星点点地覆盖于其他城市之上，凡我落脚之处，背后都伴随着它的印记，形影不离。

当我提笔在这本书中记录下我的漫步时，才意识到我是在反向记述着自己的人生之旅。书页上浮现的每一条道路、每一处地标、每一幅景象，都如同镜子一般，一览无遗地映照出对立的现实。似乎通过记录喀布尔，我也在学着从远处观察它。

就在我目之所见和笔之所及的间隙里，喀布尔不断扭曲着形状，甚至就在你读着它的时候，它又发生了变化。"Bood, nabood."它在那里，它又不在那里。它的容颜随着万花筒的转动而变化，眼睛轻轻一眨，它便出现了，旋即又消失得无影无踪。

不久前，一位朋友给我发来一张喀布尔的照片。这张照片拍摄于山顶，那是我们两人都熟悉的有利位置，也是他曾经的家。从照片里那样的高度俯瞰，喀布尔展现在我的面前。可是在那张照片中，我却找不到那座熟悉的城市了。我已在那闪闪发光的高楼大厦中迷路，踌躇于鳞次栉比的房屋以及拥挤庞杂的街道。几年前，那位朋友离开了喀布尔，以难民的身份寄居海外。我们俩都已离去，这座城市仍一如往昔。

昨晚，我梦见自己走上那座山，感受着脚下的泥土柔软而细腻，空气清新而凛冽。地上覆盖着雪，道路蜿蜒曲折，透过树林可以不时地瞥见喀布尔的全景。不过当我走到山路尽头时，我见到的才是照片中的城市——一个我已辨认不出的喀布尔。我寻觅着熟悉的远景线索,但它们似乎总是在溜走。终于,我看到东方闪现出一块土地:那是一座山坡,坡面闪闪发光,覆盖着湿漉漉的泥土,山顶上隐约露出一座堡垒的轮廓。它像一个片段,让所有碎片都拼成我熟悉的模样。它在那儿,它又不在那儿——在我的梦里,喀布尔,终于,还是显露出了它的身影。

致谢

这本书于 2006 年逐步成形,此后便随着我每一次的喀布尔之行愈渐丰厚。大多数时候,这些重返的旅途是为了完成与阿富汗的媒体工作人员合作的一些项目。而我在工作中结识的人都成了我的朋友,是他们为我指明了漫步喀布尔的道路。在他们及其亲朋好友的陪伴下,我发掘出了这些故事,而这些故事最终也融入这本书中。他们的存在指引着我漫步的方向。他们就像我的镜头,让我得以透过日常生活,亲密地观察着这座城市。我的每一次重返都要面临新的转变,但因为有了他们,我在喀布尔一直有宾至如归之感。我至今仍然和他们中的一些人保持着联系,并且这已成为我生活的一部分。对此,以及其他的诸多方面,我都表示感激不尽。

我将最深沉的谢意献给书中的每一个人,感谢他们与我分享自己的故事,让我走进他们的生活。为保护他们的隐私,我改动了其中一些人的姓名和身份信息。我还想由衷地感谢赛义德·哈比布拉(Syed Habibullah)、卡里姆·阿明(Karim Amin),以及我在喀布尔的每一位朋友和同事,是他们指引着我前行,成为我最坚强的后盾。

历时多年,我的漫游蜿蜒曲折,在书页上描绘出了各式各样的形状。谢谢你们,爱丽丝·阿尔比尼亚(Alice Albinia)、C. 拉杰夫(C. Rajeev)、朱塞佩·卡鲁索(Giuseppe Caruso)、阿凡提·巴蒂（Avanti Bhati）、斯尼格达·普纳姆（Snigdha Poonam）、安琼·哈桑（Anjum Hasan）、舒德达布拉塔·森古普塔（Shuddhabrata Sengupta）、乔纳森·佩奇（Jonathan Page）。还有劳拉·兰普顿·斯科特（Laura Lampton Scott）和拉希·巴苏（Rakhi Basu），谢谢你们和我一起进入战壕，又适时地将我拉出泥潭。还要谢谢拉胡尔·索尼（Rahul Soni），一直为我答疑解惑。乔里恩·莱斯利（Jolyon Leslie）对我的初稿给出了他的专业意见，并且慷慨地分享了他对喀布尔的深刻见解。也要感谢喀布尔和加拿大的读者，他们通过持续不断的幽默感为我提供了反馈信息。纳维纳·纳克维（Naveena Naqvi）和赛义德·阿里·卡辛（Syed Ali Kazim）一起，将历史学家的目光投向了这些漫步之旅，感谢你们，让本书增色不少。我还要感谢希瓦·桑贾里（Shiva Sanjari）和西迪克·巴马克（Siddiq Barmak），感谢你们帮助翻译了波斯习语和诗歌；还要感谢阿扎米·杜赫特·萨法维教授（Azarmi Dukht Safavi），为解读波斯诗歌的复杂蕴义提供了宝贵见解。

我作品中的喀布尔是一座虚拟之城，它滋养着我的创作。书写带来了慰藉和践行的智慧，为此，我得感谢阿努拉德哈·森古普塔（Anuradha Sengupta）、纳雷什·费尔南德斯（Naresh Fernandes）、康诺利（M. T. Connolly）、阿德里安·妮可·勒布朗（Adrian Nicole LeBlanc）、拉菲尔·克罗尔－扎伊迪（Rafil Kroll-Zaidi）、阿兹马特·汗（Azmat Khan）、安娜塔西亚·泰勒－林德（Anastasia Taylor-Lind）、迈克尔·斯科特·摩尔（Michael Scott Moore）、乔纳森·迈伯格（Jonathan Meiburg）、汤姆·詹宁斯（Tom Jennings）、克里斯汀·科斯比（Kristen Cosby）、简·帕克（Jane Park）、马乔里·萨阿达（Marjorie G. Sa'adah）、米歇

尔·梅兰（Michelle Memran）、凯伦·詹宁斯（Karen Jennings）、阿乌诺希塔·莫朱姆达尔（Aunohita Mojumdar）、安希卡·米斯拉（Anshika Misra）、乌尔米·朱维卡尔（Urmi Juvekar）、桑帕斯（G. Sampath）、桑希塔·艾因（Sanchita Ain）。特别感谢沙克拉·侯赛因（Shakyla Husain）、朱莉·毕劳德（Julie Billaud）、普拉桑特·沙玛（Prashant Sharma）、索尼娅·穆勒－拉帕德（Sonia Muller-Rappard）为我敞开家门，予我温暖。也感谢我在孟买的朋友和家人，既为我提供了独处的空间，又赋予了我归属感。还有萨迪亚·赛义德（Sadia Saeed）和托尼·史蒂文斯（Toni Stevens），感谢你们助我挺过艰难时期；以及法拉·巴图尔（Farah Batool）和德斯蒙德·罗伯茨（Desmond Roberts），感谢有你们做我的港湾。

我还要感谢查托温都斯出版社（Chatto & Windus）的团队，特别是克莱拉·法默（Clara Farmer）和格雷格·克劳斯（Greg Clowes），是他们给了这些文字编织的故事一个归宿。也要感谢凯瑟琳·弗莱（Katherine Fry），让杂乱无序的段落变得井井有条；还有朱丽叶·布鲁克（Juliet Brooke）提供的早期指导。在印度企鹅兰登出版社，我的编辑斯瓦蒂·乔普拉（Swati Chopra）在这本书还没出版之前就发现了它；而阿斯莱莎·卡迪安（Aslesha Kadian）则小心翼翼地关注着它的面世。我也非常感谢朱莉娅·康诺利（Julia Connolly）、哈尔沙德·马拉西（Harshad Marathe）和甘詹·阿拉瓦特（Gunjan Ahlawat），为这本书做了这么漂亮的封面设计。还有艾玛·帕特森（Emma Paterson），我的经纪人和贤明的顾问，有你的保驾护航，为我发声，我真的很幸运。

我曾在以下组织或机构写过部分关于漫步的文章：桑伽姆之家国际作家驻地（Sangam House International Writers'

Residency)、麦克道威尔文艺营（MacDowell Colony）、凯里全球公益研究所的洛根非小说类奖学金（Logan Nonfiction Fellowship at the Carey Institute for Global Good）、詹·米卡尔斯基写作与文学基金会（Jan Michalski Foundation for Writing and Literature）等。也要感谢瑞士文化艺术基金会的一处工作室，批准我参观在日内瓦的国际红十字委员会电影档案馆。还要感谢那些为我们提供温馨庇佑的朋友们：蒂帕·帕沙克（Deepa Pathak）和阿施施·阿罗拉（Ashish Arora），你们赠送了我们来自索纳帕尼[1]的礼物；贾亚·彼得（Jaya Peter），陪我在蓝色长椅上坐了很多天；还有拉利萨·苏哈西尼（Lalitha Suhasini）和南丹·纳德卡尔尼（Nandan Nadkarni），感谢他们严厉的爱和午餐。还要感谢索米亚·罗伊（Saumya Roy）真挚的友谊，以及他们一家为我敞开的家门。

自2006年以来，我写于喀布尔的作品便出现在各种报纸和杂志上。因此，我十分感谢下列出版物，当然也感激那些编辑。以下是我发表的随笔和论文：《阅读喀布尔》（Reading Kabul）和 Dhishum Dhishum Hero，2011年发表于《大篷车》（The Caravan）杂志；《档案中的图像；或者，如何从远处观看喀布尔》（Images in an Archive; or, How to see Kabul from a Distance），2014年发表于 Berfrois 杂志；《喀布尔婚礼录像》（Shootings in Kabul），2015年发表于《南亚喜马拉雅》（Himal Southasian）；《喀布尔的佛教》（The Buddha of Kabul），2016年发表于《格尔尼卡》（Guernica）；《喀布尔的街道：道路景观和故事》（Street of Kabul: Roadscapes and Stories），2017年发表于《城市景观》（Cityscapes）杂志第8期。

---

1 喜马拉雅山脉附近的一处村庄。

刊登出的这些文章随后也汇编在了我的书中，作为其中的章节或章节的部分内容。

最后，我还要感谢一个温馨无比的大家庭——我在阿里格尔、兰普尔、坎普尔、勒克瑙、穆斯塔法巴德、德里以及世界其他地方的家人。谢谢你们教会我倾听的意义，也一直关心着我的生活——对一个作家来说，再没有什么比这更好的馈赠了。我还要感谢库姆罗利一家多年来对我的大力支持和关爱。而我最想感谢的，是我的母亲，我生命中的北极星，让我自由自在地漫游。还有我的父亲，一个备受爱戴的旅行家，你永远都不会被人忘记。

我的外祖母，也就是姥姥，名字泽赫拉·迈赫迪（Zehra Mehdi）并不常出现在书页里，但从始至终，这本书都萦绕着她的气息。早先我写下的那些故事便出自她之口，也是她带着我领略日常生活中的美丽，而我笔下的这些故事便是对她的缅怀。我想，我的外祖父，我姥爷 S. M. 迈赫迪，也会赞成我的做法。

最后的最后，不会忘了你，阿萨德（Asad），感谢有你，一直在我的身旁。

原文注释

前言

i   Daniel Balland, 'Preface to the French Edition', in May Schinasi, *Kabul: A History 1773—1948*, translated by R. D. McChesney, Leiden and Boston: Brill, 2017, p. vii

ii Darran Anderson, *Imaginary Cities*, London: Influx Press, 2015, pp. 236—7

第一章　重返

i   May Schinasi, *Kabul: A History 1773—1948*, translated by R. D. McChesney, Leiden and Boston: Brill, 2017, p. I

ii   Jos J. L. Gommans, *The Rise of the Indo-Afghan Empire, c.1710—1780*, Delhi: Oxford University Press, 1999, p. 9

iii Iqbal Husain, *The Rise and Decline of the Ruhela Chieftaincies in Eighteenth Century*, India, Delhi: Oxford University Press, 1994, p. 175

iv   Thomas Barfield, *Afghanistan: A Cultural and Political History*, Princeton: Princeton University Press, 2010, p. 275

v   See 'Country Dashboard', Fragile States Index, https://fragilestatesindex.org/country-data. In 2014, the ranking was renamed 'Fragile States Index'

vi   Transparency International's 2007 Corruption Perception Index ranked the country 172nd out of 180 countries: see https://www.transparency.org/research/cpi/cpi_2007/0 (accessed 19 June 2019)

vii This 'walk' draws from Nancy Hatch Dupree, in collaboration with Ahmad Ali Kohzad, *An Historical Guide to Kabul*, Kabul: The Afghan Tourist Organization, 1972; Schinasi, *Kabul*; Xavier de Planhol, 'Kabul ii. Historical Geography', *Encyclopædia Iranica* XV/3, 2011, pp. 282—303, available online at http://www.iranicaonline.org/articles/kabul-ii-historical-geography (accessed 19 June 2019)

viii Planhol, 'Kabul ii'

ix   L. B. Poullada, 'Amānallāh', *Encyclopædia Iranica* I/9, 1985, pp.

	921—3,available online at http://www.iranicaonline.org/articles/amanallah-1892—1961-ruler-of-afghanistan-1919–29-first-with-the-title-of-amirand-from-1926-on-with-that-of-shah (accessed 19 June 2019)
x	Nancy Hatch Dupree, *The Women of Afghanistan*, Islamabad: Office of the UN Coordinator for Afghanistan, 1998, p. 2
xi	Dupree, *An Historical Guide to Kabul*, p. 58
xii	Schinasi, *Kabul*, p. 147
xiii	Nancy Dupree, 'A Building Boom in the Hindukush: Afghanistan 1921—1928', *Lotus International* 26, 1980, p. 2
xiv	Schinasi, *Kabul*, p. 147
xv	Tanya Goudsouzian, 'Afghan first lady in shadow of 1920s queen?', Al Jazeera website, 1 October 2014, https://www.aljazeera.com/news/asia/2014/09/afghan-first-lady-shadow-1920s-queen-2014930142515254965.html (accessed 19 June 2019)
xvi	D. Balland, 'Bačča-ye Saqqā', *Encyclopædia Iranica* III/3–4, 1989, pp. 336—9, available online at http://www.iranicaonline.org/articles/bacca-yesaqqa(accessed 19 June 2019)
xvii	Barfield, *Afghanistan*, p. 281. 关于苏联入侵和阿富汗内战在喀布尔的情况，见 pp. 210—254
xviii	Marcus Schadl, 'Kabul—A City That Never Was: Reflections on the Revitalization of the Old City', Trialog 88, 2006, pp. 10—15
xix	'Timeline: The fall of Kabul', *The Guardian*, 13 November 2001, https:// www.theguardian.com/world/2001/nov/13/afghanistan.terrorism18(accessed 19 June 2019)
xx	Jolyon Leslie, 'Kabul', *Encyclopædia Britannica*, 7 February 2019, https://www.britannica.com/place/Kabul (accessed 19 June 2019)
xxi	Estimate cited in 'Kabul: Urban Land in Crisis—A Policy Note', 13 September 2005, available at http://documents.worldbank.org/curated/en/417221467994630457/pdf/704180ESW0P0830al0Kabul0Land0Repo rt.pdf (accessed 19 June 2019)
xxii	*Babur Nama: Journal of Emperor Babur*, translated by Annette Susannah Beveridge, New Delhi: Penguin, 2006, p. 125
xxiii	Nancy Hatch Dupree, in collaboration with Ahmad Ali Kohzad, *An Historical Guide to Kabul*, The Afghan Tourist Organization, Kabul 1972
xxiv	Barfield, *Afghanistan*, p. 281

xxv   World Bank Data, https://data.worldbank.org/indicator/NY.GDP. PCAP.CD?locations=AF&page=1 (accessed 19 June 2019)
xxvi *Afghanistan Development Update*, World Bank, August 2018, p. 2, available at http://documents.worldbank.org/curated/en/985851533222840038/pdf/129163-REVISED-AFG-Development-Update-Aug-2018-FINAL.pdf (accessed 19 June 2019)
xxvii 相关讨论见 Jonathan Goodhand, *Contested Transitions: International Drawdown and the Future State in Afghanistan*, NOREF, November 2012, p. 9.
xxviii 本书中提到的所有20世纪90年代的录像都可见于日内瓦红十字国际委员会（ICRC）的电影档案馆。视频名为 *Afghanistan: Tools of Peace*, 1996. 参考编号 V-F-CR-F-00347
xxix 关于穆罕默德·伊克巴尔的诗歌，我的译文可见于：*Tarana e Hindi*, 1904 https://www.rekhta.org/nazms/taraana-e-hindii-saare-jahaan-se-achchhaahindostaan-hamaaraa-allama-iqbal-nazms (accessed 19 June 2019)

第二章　写在城市上的印迹

i   Rabindranath Tagore, *Kabuliwala*, 1892, various reprints. See, for instance, *Selected Short Stories: Rabrindranath Tagore*, (ed.) Sukanta Chaudhuri, New Delhi: Oxford University Press. 2002
ii   D. Balland, 'Bačč-ye Saqqā', *Encyclopædia Iranica* III/3–4, 1989, pp. 336—9, available online at http://www.iranicaonline.org/articles/baccaye-saqqa(accessed 19 June 2019)
iii Nancy Hatch Dupree, in collaboration with Ahmad Ali Kohzad, *An Historical Guide to Kabul*, Kabul: The Afghan Tourist Organization, 1972, p. 134
iv   Steve Coll, *Ghost Wars: The Secret History of the CIA, Afghanistan, and Bin Laden, from the Soviet Invasion to September 10, 2001*, London: Penguin Books, 2005
v   Khaled Hosseini, *The Kite Runner*, London: Bloomsbury, 2003
vi   所有对《巴布尔回忆录》的引用都来自 *Babur Nama: Journal of Emperor Babur*. Translated by Annette Susannah Beveridge, New Delhi: Penguin, 2006.
vii Ibid., p. 126
viii Ibid., p. 215
ix   Ibid., p. 300

x	Translated by S. M. Mehdi
xi	Åsne Seierstad, *The Bookseller of Kabul*, translated by Ingrid Christophersen, Boston: Little, Brown, 2003
xii	2011年，挪威一家上诉法院裁定塞尼斯塔侵犯了赖斯家人的隐私，参见 Alexandra Topping, 'The Bookseller of Kabul author cleared of invading Afghan family's privacy', *The Guardian*, 13 December 2011, https://www.theguardian.com/world/2011/dec/13/bookseller-of-kabul-author-cleared (accessed 20 June 2019). Shah Muhammad Rais, *Once upon a Time there was a Bookseller in Kabul*, Kabul: Shah M Book Co, 2007
xiii	阿布·卡西姆·菲尔多西（Abul Qasem Firdausi）的《列王纪》（*Shahnama*）成书于11世纪。可参考 English translation by Arthur George Warner and Edmond Warner, *The Sháhnáma of Firdausí*, 9 vols, London: Kegan Paul, Trench, Trubner, 1905—25
xiv	Dupree, *An Historical Guide to Kabul*, pp. 71—72
xv	Maryam Papi, 'Why is Persian dying out in India, despite its deep roots? An Iranian finds the answer in Kolkata', *Scroll*, 7 September 2017, https://scroll.in/magazine/848675/why-is-persian-dying-out-inindia-despite-its-deep-roots-an-iranian-finds-the-answer-in-kolkata (accessed 20 June 2019)
xvi	May Schinasi, *Kabul: A History 1773—1948*, translated by R. D. McChesney, Leiden and Boston: Brill, 2017, p. 58
xvii	Franklin Lewis, 'Golestān e Saʻdi', *Encyclopædia Iranica* XI/1, 2003, pp.79—86, available online at http://www.iranicaonline.org/articles/golestan e sadi (accessed 20 June 2019)
xviii	除特别注明，所有波斯语翻译均由希瓦·桑贾里（Shiva Sanjari）和西迪克·巴马克（Siddiq Barmak）完成
xix	阿富汗是世界上识字率最低的国家之一。据联合国估计，15岁以上的成年人识字率约为31%。见 'Enhancement of Literacy in Afghanistan (ELA) Programme', UNESCO Office in Kabul website, www.unesco.org/new/en/kabul/education/youth-and-adult-education/enhancementof-literacy-in-afghanistan-iii (accessed 20 June 2019)
xx	Dupree, *An Historical Guide to Kabul*, pp. 94—5; also Schinasi, p. 35
xxi	Dupree, p. 68
xxii	Nile Green, 'Introduction', in Nile Green and Nushin Arbabazadah (eds), *Afghanistan in Ink: Literature between Diaspora and Nation*, London: Hurst, 2013, pp. 10—11

xxiii　Ibid., pp. 12, 76
xxiv　'Qahar Asi', habibpune/YouTube, 15 April 2012, https://youtu.be/P4ZEmfTvwZw (accessed 20 June 2019)
xxv　James Rattray, *Scenery, Inhabitants, & Costumes of Afghaunistan*, London: Hering & Remington, 1847
xxvi　Annemarie Schimmel, 'Iqbal, Muhammad', *Encyclopædia Iranica* XIII/2, 2006, pp. 197—200, available online at http://www.iranicaonline.org/articles/iqbal-muhammad (accessed 20 June 2019)
xxvii　关于伊克巴尔的旅程，见 Nile Green, 'The Trans-Border Traffic of Afghan Modernism: Afghanistan and the Indian "Urdusphere"', *Comparative Studies in Society and History* 53(3), 2011, pp. 479—508
xxviii　由阿扎米·杜赫特·萨法维教授（Azarmi Dukht Safavi）教授翻译，穆罕默德·伊克巴尔的诗歌《旅行者》（*Musafir*）最早于1936年在拉合尔发表，见 https://www.rekhta.org/ebooks/masnawi-musafir-allama-iqbalebooks (accessed 20 June 2019)
xxix　Muhammad Iqbal, *Javed Nama*, 1932, https://rekhta.org/ebooks/javednama-allama-iqbal-ebooks; 'Afghanistan, the Heart of Asia', Hashia blog, 15 May 2011, https://hashia.wordpress.com/2011/05/15/'afghanistanthe-heart-of-asia/more-40 (both accessed 20 June 2019)
xxx　Qayoom Suroush, 'Reading in Kabul: the state of Afghan libraries', Afghanistan Analysts Network, 9 April 2015, https://www.afghanistananalysts.org/reading-in-kabul-the-state-of-afghan-libraries (accessed 20 June 2019)
xxxi　Dupree, *An Historical Guide to Kabul*, p. vii, quoting an anonymous translator
xxxii　'Kabul' (2013), unpublished poem by Ramazan Ali Mahmoodi. Translated by Shiva Sanjari and Siddiq Barmak

第三章　缺失

i　May Schinasi, *Kabul: A History 1773—1948*, translated by R. D. McChesney, Leiden and Boston: Brill, 2017, pp. 52—53
ii　Ibid., p. 140
iii　关于这件事有诸多媒体报道，包括 Ron Synovitz, 'Afghanistan: land grab scandal in Kabul rocks the government', Radio Free Europe/Radio Liberty website, 16 September 2003, https://www.rferl.org/a/1104367.

	html (accessed 20 June 2019). Also see Joanna Nathan, 'Land grab in Sherpur: monuments to powerlessness, impunity, and inaction', Middle East Institute, December 2009, https://www.mei.edu/publications/land-grab-sherpur-monuments-powerlessnessimpunity-and-inaction (accessed 20 June 2019)
iv	关于英阿敌对情况，见 J. A. Norris, L. W. Adamec, 'Anglo–Afghan Wars,' *Encyclopædia Iranica*, II/1, pp. 37—41, available online at http://www.iranicaonline.org/articles/anglo-afghan-wars (accessed 20 June 2019)
v	Nancy Hatch Dupree, in collaboration with Ahmad Ali Kohzad, *An Historical Guide to Kabul*, Kabul: The Afghan Tourist Organization, 1972, p. 51
vi	Ibid., p. 54
vii	'#001: Who is the Cemetery Keeper?', Kabul at Work/YouTube, 4 July 2011, https://youtu.be/yjjLDm_C4tA (accessed 20 June 2019)
viii	Mark Fineman, 'A rogues' gallery of foreigners: for expatriates in Kabul, hard times on war's edge', *Los Angeles Times*, 10 May 1989, https://www.latimes.com/archives/la-xpm-1989-05-10-mn-2773-story.html (accessed 20 June 2019)
ix	Svetlana Alexievich, *Zinky Boys: Soviet Voices from the Afghanistan War*, translated by Julia and Robin Whitby, New York: W. W. Norton, 1992, p. 126
x	Thomas Barfield, *Afghanistan: A Cultural and Political History*, Princeton: Princeton University Press, 2010, p. 238
xi	Rod Nordland, 'In Kabul, a service for slain aid workers', *New York Times*, 12 August 2010, https://atwar.blogs.nytimes.com/2010/08/12/scenes-from-a-memorial-service-for-slain-aid-workers (accessed 20 June 2019)
xii	Dexter Filkins, 'A nation challenged: in memoriam; at a Kabul cemetery, British soldiers honor the victims of wars past', *New York Times*, 23 February 2002, https://www.nytimes.com/2002/02/23/world/nationchallenged-memoriam-kabul-cemetery-british-soldiers-honorvictims-wars.html (accessed 20 June 2019)
xiii	Schinasi, *Kabul*, p. 192
xiv	关于苏联入侵、圣战者抵抗和喀布尔内战的历史，见 Barfield, *Afghanistan*, pp. 233–254

xv   Ibid., p. 234
xvi Sayd Bahodine Majrouh (ed.), *Songs of Love and War: Afghan Women's Poetry*, translated by Marjolijn de Jager, New York: Other Press, 2010, p. 40
xvii Barfield, *Afghanistan*, p. 281
xviii ICRC News 44, November 1996, cited in Chris Johnson and Jolyon Leslie, *Afghanistan: The Mirage of Peace*, London and New York: Zed, 2004, p. 6
xix Ibid., p. 6
xx   'Blood-Stained Hands: Past Atrocities in Kabul and Afghanistan's Legacy of Impunity', Human Rights Watch, 6 July 2005, https://www.hrw.org/report/2005/07/06/blood-stained-hands/past-atrocitieskabul-and-afghanistans-legacy-impunity (accessed 20 June 2019)
xxi ICRC Film Archives, Geneva. *Afghanistan, February 1993*, Reference V-F-CR-F-00430
xxii *Casting Shadows: War Crimes and Crimes against Humanity 1978—2001*, Afghanistan Justice Project, 2005, p. 5. Available at https://www.opensocietyfoundations.org/sites/default/files/ajpreport_20050718.pdf (accessed 20 June 2019)
xxiii 《沾满鲜血的手：喀布尔暴行与逃罪免罚的遗留问题》的导读对这句话进行了详细的解析
xxiv Majrouh, *Songs of Love and War*, p. 39
xxv 参见《巴布尔回忆录》，第 227 页关于该隐墓的记载。在杜普里的《喀布尔历史指南》第 114—115 页中提到了巴布尔对圣泉赫兹尔（Khizr）的看法。另见辛纳西（Schinasi）《喀布尔》，第 42 页关于圣泉和圣墓
xxvi ICRC Film Archives, Geneva. *Reportage Afghanistan*, Février 1992, Reference V-F-CR-F-00242
xxvii 考古遗址的历史来源于 Zafar Paiman and Michael Alram, 'Tepe Narenj: A Royal Monastery on the High Ground of Kabul, with a Commentary on the Coinage', *Journal of Inner Asian Art and Archaeology* 5, 2010, pp. 33—58. 我同时参考了 N. H. Dupree, 'Afghanistan viii. Archaeology', *Encyclopædia Iranica* I/5, 1985, available online at http://www.iranicaonline.org/articles/afghanistan-viii-archeo; Carla Grissmann, 'Kabul Museum', *Encyclopædia Iranica* XV/3, 2011, available online at http://www.iranicaonline.org/articles/kabul-museum (both accessed 20 June 2019)

xxviii　Grissmann, 'Kabul Museum'
xxix　Schinasi, Kabul, p. 174
xxx　Dupree, *An Historical Guide to Kabul*, p. 117

第四章　移动的影像地图

i　May Schinasi, *Kabul: A History 1773—1948*, translated by R. D. McChesney, Leiden and Boston: Brill, 2017, p. 141
ii　Helena Malikyar, 'When Clint Eastwood came to Afghanistan', Al Jazeera website, 29 February 2016, https://www.aljazeera.com/indepth/opinion/2016/02/clint-eastwood-afghanistan-cinemaoscars-160225090238611.html (accessed 20 June 2019)
iii　See Arley Loewen and Josette McMichael (eds), *Images of Afghanistan: Exploring Afghan Culture through Art and Literature*, Oxford: Oxford University Press, 2010, p. 199
iv　Nancy Hatch Dupree, in collaboration with Ahmad Ali Kohzad, *An Historical Guide to Kabul*, Kabul: The Afghan Tourist Organization, 1972, p. 148
v　Named for Dost Mohammad Khan's son Akbar Khan, who played a prominent role during the first Anglo-Afghan War
vi　Graham Bowley, 'Spy balloons become part of the Afghanistan landscape, stirring unease', *New York Times*, 12 May 2012, https://www.nytimes.com/2012/05/13/world/asia/in-afghanistan-spy-balloonsnow-part-of-landscape.html (accessed 20 June 2019)
vii　在阿富汗共产党执政时期，阿富汗国旗也是红色的，上面有一根小麦和一个机械装置。见：Robert D. Crews, *Afghan Modern: The History of a Global Nation*, Cambridge, MA: Belknap Press, 2015, p. 243
viii　John Baily, *War, Exile and the Music of Afghanistan: The Ethnographer's Tale*, Abingdon: Routledge, 2017, pp. 153—4
ix　Erlend Clouston, '"If I find one reel, I must kill you"', *The Guardian*, 20 February 2008, https://www.theguardian.com/film/2008/feb/20/features.afghanistan (accessed 20 June 2019)
x　See also Loewen and McMichael, *Images of Afghanistan*, p. 288
xi　各种媒体报道包括 Khwaja Baseer Ahmad, 'MPs oppose moving film archive to Presidential Palace', Pahjwok Afghan News, 8 July 2018, https://www.pajhwok.com/en/2018/07/08/mps-opposemoving-film-archive-presidential-palace; '"Arg archive would only be run by MoIC,"

President Ghani', Ministry of Information and Culture, 21 July 2018, http://moic.gov.af/en/news/arg-archive-would-only-berun-by-moic-president-ghani (both accessed 20 June 2019)

第五章 **与精灵同行**

i Barbara Lopes Cardozo et al., 'Mental Health, Social Functioning, and Disability in Postwar Afghanistan', *JAMA* 292(5), 2004, pp. 575—84

ii Quoted in 'Mental health problems in Afghans', *Dawn*, 11 October 2010 (original source cited as AFP), https://www.dawn.com/news/570706 (accessed 20 June 2019). See also Ron Moreau, 'Do the Taliban get PTSD?', *Newsweek*, 6 December 2010, https://www.newsweek.com/do-taliban-get-ptsd-68973 (accessed 20 June 2019)

iii 'Depression a leading cause of ill health and disability among Afghans– fighting stigma is key to recovery', World Health Organization Regional Office for the Eastern Mediterranean, 9 April 2017, http:// www.emro.who.int/afg/afghanistan-news/world-health-day-2017.html (accessed 20 June 2019)

iv *WHO–AIMS Report on Mental Health System in Afghanistan*, Kabul: World Health Organization Afghanistan, 2006, available at https://www.who.int/mental_health/evidence/Afghanistan_WHO_AIMS_Report.pdf (accessed 20 June 2019). Also see Ghulam Dastagir Sayed. 2011. 'Mental Health in Afghanistan: Burden, Challenges and the Way Forward', *Health, Nutrition and Population* (HNP), Washington, DC: World Bank. http://documents.worldbank.org/curated/en/692201467992810759/Mental-health-in-Afghanistan-burdenchallenges-and-the-way-forward (accessed 20 June 2019)

v Nancy Hatch Dupree, in collaboration with Ahmad Ali Kohzad, *An Historical Guide to Kabul*, Kabul: The Afghan Tourist Organization, 1972, pp. 133–4

vi Tim McGirk, 'Asylum inmates left to suffer and die: one man is trying to save patients at a Kabul mental hospital from starvation and marauding guerrilla bands', *The Independent*, 15 May 1993, https://www.independent.co.uk/news/world/asylum-inmates-left-to-sufferand-die-one-man-is-trying-to-save-patients-at-a-kabul-mentalhospital-2322937.html (accessed 20 June 2019)

vii *Afghanistan: Drug Use Survey 2005*, UN Office on Drugs and Crime

(UNODC), available at https://www.unodc.org/documents/afghanistan/Opium_Surveys/Price_Monitoring/2005/Afghan_Drug_Use_Report_2005.pdf (accessed 20 June 2019)

viii *Drug Use in Afghanistan: 2009 Survey—Executive Summary*, UNODC, available at https://www.unodc.org/documents/data-and-analysis/Studies/Afghan-Drug-Survey-2009-Executive-Summary-web.pdf(accessed 20 June 2019)

ix 深入了解阿富汗的鸦片生产历史及其与1978年开始的冲突周期的联系，以及塔利班在2000年颁布的禁令，可参见 *Global Illicit Drug Trends* 2001, United Nations Office for Drug Control and Crime Prevention, 2001, pp. 30—41, available at https://www.unodc.org/pdf/report_2001-06-26_1/report_2001-06-26_1.pdf (accessed 20 June 2019)

x 关于这些策略的概述，见 *Counternarcotics: Lessons from the US Experience in Afghanistan*, Special Inspector General for Afghanistan Reconstruction, June 2018, https://www.sigar.mil/interactive-reports/counternarcotics/index.html (accessed 20 June 2019)

xi 2007年，阿富汗种植了19.3万公顷罂粟，2013年，种植量超过了20万公顷。见 *Afghanistan: Opium Survey 2007*, UNODC, October 2007, available at https://www.unodc.org/documents/cropmonitoring/Afghanistan-Opium-Survey-2007.pdf; *Afghanistan: Opium Survey 2013—Summary Findings*, UNODC, November 2013, available at https://www.unodc.org/documents/crop-monitoring/Afghanistan/Afghan_report_Summary_Findings_2013.pdf (both accessed 20 June 2019)

xii *2015 Afghanistan Drug Report*, Ministry of Counter Narcotics, Afghanistan, 9 December 2015, available at https://www.unodc.org/documents/afghanistan/UNODC-DRUG-REPORT15-ONLINE-270116_1.pdf (accessed 20 June 2019)

xiii 'Afghanistan National Urban Drug Use Survey (ANUDUS)', INL Demand Reduction Program Research Brief, December 2012, p. 4, available at https://2009—2017.state.gov/documents/organization/212957.pdf(accessed 20 June 2019)

xiv Schinasi, *Kabul*, pp. 52, n. 178

xv 'ANUDUS'

xvi Schinasi, Kabul, p. 44

xvii Matthieu Aikins, 'Kabubble: counting down to economic collapse in the

Afghan capital', *Harper's Magazine*, February 2013, https://harpers.org/archive/2013/02/kabubble (accessed 19 June 2019)

第六章 面纱下的城市

i 'Afghanistan: Kabul vs New Kabul City', *The Telegraph*, 1 April 2011, https://www.telegraph.co.uk/news/worldnews/asia/afghanistan/8420583/Afghanistan-Kabul-vs-New-Kabul-City.html(accessed 20 June 2019)

ii Ewen MacAskill and Patrick Wintour, 'Afghanistan withdrawal: Barack Obama says 33,000 troops will leave next year', *The Guardian*, 23 June 2011, https://www.theguardian.com/world/2011/jun/23/afghanistanwithdrawal-barack-obama-troops (accessed 20 June 2019)

iii Arthur George Warner and Edmond Warner, *The Sháhnáma of Firdausí*, 9 vols, London: Kegan Paul, Trench, Trübner, 1905—25, vol. 1, p. 261—262

iv Ibid., p. 273

v Akram Osman, *Real Men Keep Their Word: Tales from Kabul, Afghanistan—A Selection of Akram Osman's Dari Short Stories*, translated by Arley Loewen, Oxford: Oxford University Press, 2005, pp. 1—23

vi Ministry of Higher Education, Government of Afghanistan, Higher Education Statistics, cited in *Higher Education in Afghanistan: An Emerging Mountainscape*, World Bank, August 2013, available at http://documents.worldbank.org/curated/en/307221468180889060/pdf/809150WP0Afgha0Box0379822B00PUBLIC0.pdf (accessed 20 June 2019)

vii Unpublished draft of oral testimony about marriage practices in the old city of Kabul, Aga Khan Trust for Culture, 2009

viii Nancy Hatch Dupree, *The Women of Afghanistan*, Islamabad: Office of the UN Coordinator for Afghanistan, 1998, p. 2

ix Kirk Semple, 'Big Afghan weddings, banned under Taliban, are back', *New York Times*, 14 January 2008, https://www.nytimes.com/2008/01/14/world/asia/14iht-wedding.1.9190667.html (accessed 20 June 2019)

x Charles Recknagel and Mustafa Sarwar, 'The changing face of Kabul: after years of foreign-fueled growth, an uncertain future', Radio Free Europe/Radio Liberty website, 13 June 2016, https://www.rferl.org/a/changing-face-of-kabul-uncertain-fututure-foreign-troopsleaving/27795414.html (accessed 20 June 2019) xi 'The bride price: the Afghan tradition of paying for wives', Afghanistan Analysts Network, 25 October 2016, https://www.afghanistan-analysts.org/the-bride-price-the-afghan-tradition-ofpaying-for-wives (accessed 20 June 2019), 在上述文献中，法扎勒·穆扎（Fazal Muzhary）解释了mahr 和彩礼的区别，以及节日法律的历史背景

xii Discussed in Bente Scheller, 'Import ban on bridal dresses: a draft law of the Ministry for Women's Affairs asks for moral guards to control private celebrations', Heinrich Böll Stiftung website, 1 May 2011, https://www.boell.de/en/2011/05/01/import-ban-bridal-dressesdraft-law-ministry-womens-affairs-asks-moral-guards-control(accessed 20 June 2019)

第七章　重逢

i Robert D. Crews, *Afghan Modern: The History of a Global Nation*, Cambridge, MA: Belknap Press, 2015, p. 235

ii Sandra Schäfer, 'Every Change Engendered Its Own Specific Films', interview with Siddiq Barmak and Engineer Latif Ahmadi, 2004, available at http://mazefilm.de/publications/essays-by-sandra-schaefer(accessed 20 June 2019). 这篇访谈是对下文的改写：Sandra Schäfer, Jochen Becker and Madeleine Bernstorff (eds), *Kabul/Tehran 1979ff: Filmlandschaften, Städte unter Stress und Migration*, Berlin: b_books, 2006

iii 'The economic disaster behind Afghanistan's mounting human crisis', International Crisis Group, 3 October 2016, https://www.crisisgroup.org/asia/south-asia/afghanistan/economic-disaster-behindafghanistan-s-mounting-human-crisis (accessed 20 June 2019)

iv 这里还有关于毒品贸易的非法经济，见 Alice Speri, 'Afghanistan's opium economy is doing better than ever', *Vice News*, 21 May 2014, https://news.vice.com/en_us/article/ev7kzw/afghanistansopium-economy-is-doing-better-than-ever (accessed 20 June 2019)

v *Afghanistan: Annual Report 2013—Protection of Civilians in Armed Conflict*, United Nations Assistance Mission in Afghanistan (UNAMA), February 2014, available at https://unama.unmissions.org/sites/default/files/feb_8_2014_poc-report_2013-full-report-eng.pdf (accessed 20 June 2019). See also 'Afghan civilian casualties similar to record levels of 2011—UNAMA report', UNAMA, 8 February 2014, https://unama.unmissions.org/afghan-civilian-casualties-similar-record-levels-2011-

	unama-report (accessed 20 June 2019)
vi	ICRC Film Archives, Geneva, *Afghanistan, February 1993*, Reference V-F-CR-F-00430
vii	Carlotta Gall, 'Afghans riot after deadly crash by US military truck', *New York Times*, 29 May 2006, https://www.nytimes.com/2006/05/29/world/asia/29cnd-afghan.html (accessed 20 June 2019)
viii	May Schinasi, *Kabul: A History 1773—1948*, translated by R. D. McChesney, Leiden and Boston: Brill, 2017, pp. 9, 102
ix	关于这一时期的历史，我参考了以下文本，其中使用了许多来源和分析：Dietrich Reetz, Hijrat: *The Flight of the Faithful—A British File on the Exodus of Muslim Peasants from North India to Afghanistan in 1920*, Berlin: Verlag das Arabische Buch, 1995; M. Naeem Qureshi, 'The "Ulamā" of British India and the Hijrat of 1920', Modern Asian Studies 13(1), 1979, pp. 41—59; Lal Baha, 'The Hijrat Movement and the North West Frontier Province', *Islamic Studies* 18(3), 1979, pp. 231—42
x	关于当时印度的"非合作"运动的更广泛背景，见 Reetz, pp. 13—22
xi	Qureshi, 'The "Ulamā" of British India', p. 45
xii	Quoted ibid., p. 55
xiii	Reetz, p. 47
xiv	Quoted in Baha, 'The Hijrat Movement', p. 236
xv	Qureshi, 'The "Ulamā" of British India', p. 57
xvi	Reetz, p. 69
xvii	*UNHCR Mid-Year Trends 2014*, UNHCR, January 2015, p. 4, https://www.unhcr.org/uk/statistics/unhcrstats/ 54aa91d89/mid-year-trendsjune-2014.html (accessed 20 June 2019)

参考文献

梅·辛纳西（May Schinasi）和南希·哈奇·杜普里（Nancy Hatch Dupree）的著作为后来的旅行者，譬如我，开辟了一条通往喀布尔历史的不朽之路。感谢他们忘我的学术精神和对这座城市的热爱。参见梅·辛纳西的《喀布尔1773—1948年的历史》（*Kabul: A History 1773—1948*）（Leiden and Boston: Brill, 2017）和南希·哈奇·杜普里的《喀布尔历史指南》（*An Historical Guide to Kabul*）（Kabul: The Afghan Tourist Organization, 1972）。已故的南希·杜普里是推动喀布尔大学阿富汗研究中心建立的重要人物。关于阿富汗的文件和资源可以在 http://ACKU.edu.af 上在线查阅。我还参考了线上版本的《伊朗百科全书》，网站为 http://www.iranicaonline.org。

前言

关于失去方向这一话题的探讨，参见丽贝卡·索尔尼特（Rebecca Solnit）的《迷失实地指南》（*A Field Guide to Getting Lost*）（Edinburgh: Canongate, 2006）收录的一些文章。有关印度漫游的挑战和乐趣，可以参见希尔帕·帕德克（Shilpa Phadke）、萨米拉·汗（Sameera Khan）和希尔帕·拉纳德（Shilpa Ranade）合著的《为何闲荡？孟买街头的妇女与危机》（*Why Loiter? Women and Risk on Mumbai Streets*）（New Delhi: Viking, 2011），

还有苏布希·吉瓦尼（主编）的《夕拾故事：印度小镇日落之后的生活》(*Day's End Stories: Life after Sundown in Small-Town India*)（Chennai: Tranquebar Press, 2014）。

第一章　重返

阿富汗的人口数据往往是估算出的，而且会随着资料来源的不同存在差异。第一次全国性的人口普查开展于1979年，正值政治动荡时期，调查发现，阿富汗总人口接近1400万。对于这种基本的人口统计，数据含糊不清足以说明，我们对这个国家的了解，实际上是少之又少的。对此，可以参见丹尼尔·巴兰德发表在《伊朗百科全书》(*Encyclopaedia Iranica*)上的《阿富汗第二次人口普查》一文，网址为 http://www.iranicaonline.org/articles/census-ii。

关于在阿富汗波斯语中"达里"这个词的使用，参见《阿富汗印象：文艺视角下的阿富汗文化探索》(*Exploring Afghan Culture through Art and Literature*)第131页，由阿利·罗文（Arley Loewen）和乔塞特·麦克迈克尔（Josette McMichael）主编（Oxford: Oxford University Press, 2010）。

有关索拉娅女王，以及时髦女郎的时代风尚对阿富汗政治的影响，参见南希·杜普里的《阿富汗女性》(*The Women of Afghanistan*)（Islamabad: Office of the UN Coordinator for Afghanistan, 1998）。

安妮·芬斯特拉（Anne Feenstra）在自己一篇名为《婚礼、蛋糕与建筑：俗不可耐》(*Kitschy Wedding Cake Architecture*)的文章中，讨论了喀布尔浮夸庸俗的婚礼蛋糕结构，文章于2010年8月27日发表在阿富汗分析师网上，网址为 https://www.Afghanistan-

Analysts.org/kabuls-kitschy-wedding-cake-architecture。

关于《沙赫尔·阿肖布》(Shahr Ashob)的介绍,参见由艾哈默德博士(Dr na'im Ahmad)主编的版本(Delhi: Maktabah Jami'ah, Ltd. 1968),由普里切特(Frances W. Pritchett)译自乌尔都语,可参考网址 http://www.columbia.edu/itc/mealac/pritchett/00urduhindilinks/workshop2009/txt_naim_ahmad_1968.html。

拉娜·萨法维(Rana Safavi)在《沙贾汉纳巴德、沙赫尔·阿肖布诗歌和1857年起义》(Shahjahanabad, Shahr Ashob Poetry and the Revolt of 1857)一文中讨论了德里和沙赫尔·阿肖布的渊源,参见网上印度百科全书 https://www.Sahapedia.org/Shahjahanabad-shahrashob-Poetry-and-the-Revolt-of-1857。

此外,克鲁斯(Robert D. Crews)的《现代阿富汗:一个全球化国家的历史》(Afghan Modern: The History of a Global Nation)(Cambridge, MA: Belknap Press, 2015),将阿富汗几个世纪以来的世界主义延伸到了贴近当代的交流活动,重新构建了人们认知中孤立绝缘的阿富汗形象。想要对这种思想和人群的交流有更广阔的了解,请参阅潘卡吉·米什拉的《从帝国废墟中崛起:从梁启超到泰戈尔,唤醒亚洲与改变世界》(From the Ruins of Empire: The Revolt against the West and the Remaking of Asia)(London: Allen Lane, 2012)。由杰瓦德·卡拉哈桑(Dževad Karahasan)撰写、斯洛博丹·德拉库利奇(Slobodan Drakulić)翻译的《萨拉热窝:一座城市的迁移日札》(Sarajevo, Exodus of a City)讲述了萨拉热窝这座受人喜爱的城市湮没于战火中的故事(New York: Kodansha International, 1994)。

第二章　写在城市上的印迹

拉宾德拉纳特·泰戈尔（Rabindranath Tagore）笔下关于阿富汗货郎的故事已被译成多种语言，还被改编成了电影。其实，大多数到过加尔各答的货郎都来自阿富汗的南部省份，比如帕克提卡省（Paktika）和帕克蒂亚省（Paktia）。纳兹·阿弗罗兹（Nazes Afroz）和莫斯卡·纳吉布（Moska Najib）负责的摄影项目记录下了这场民族流散，参见 https:// www.kabultokolkata.com。

海德里·约迪（Haideri Wojodi）和卡哈尔·阿西（Qahar Asi）的素描图见于《阿富汗影像》(*Images of Afghanistan*) 中第 80 页和第 85 页。

尼罗·格林（Nile Green）在他与努辛·阿尔巴布扎达（Nushin Arbabzadah）合著的书中讨论了他的旅行见闻，以及阿富汗对现代化的追求，他这样写道："这是斐利亚·福克在阿富汗的来世生活——穿梭于阿富汗文学中的时空旅行。"参见《墨字下的阿富汗：民族流散中诞生的文学》(*Afghanistan in Ink: Literature between Diaspora and Nation*)（London: Hurst, 2013）第 67—90 页。我读过的欧洲游记包括安妮玛丽·施瓦岑巴赫（Annemarie Schwarzenbach）的《所有的路都向你敞开：记 1939—1940 年的阿富汗之旅》(*All the Roads are Open: An Afghan Journey 1939—1940*)，由伊泽贝尔·法戈·科尔（Isobel Fargo Cole）翻译（London: Seagull, 2011），以及艾拉·梅拉特（Ella K. Maillart）的《残酷之旅：1939 年开着福特车从瑞士驶往阿富汗》(*The Cruel Way: Swiss to Arab in a Ford*)（London: Hurst, 2013）。这两位女士曾一起从日内瓦驱车前往阿富汗。

关于阿富汗早期的文学创作以及马哈茂德·塔尔齐（Mahmud

Tarzi）的形象，参见梅·希纳西的《20世纪初的阿富汗：阿富汗的民族主义报刊：光明新闻研究（1911—1918）》（*Afghanistan at the Beginning of the Twentieth Century: Nationalism and Journalism in Afghanistan: A Study of Seraj Ul-Akhbar（1911—1918）*）（Naples: Istituto Universitario Orientale, 1979）。

穆拉·纳斯鲁丁（Mulla Nasruddin）这个人物角色广为流传，中亚、土耳其乃至更远的地区都能听到关于他的传说。不同地区的人们称其为Khwaja、Khoja或Hodja[1]。他身边总是有一头忠诚的毛驴相伴，与他一起云游四方。

纳兹·阿弗罗兹（Nazes Afroz）于1927年从印度来到喀布尔教书，他还翻译了赛义德·穆杰塔巴·阿里（Syed Mujtaba Ali）写的回忆录。而纳兹本人所撰写的《生活在远离故园的土地上：在阿富汗的孟加拉人》（*In a Land Far from Home: A Bengali in Afghanistan*）（New Delhi: Speaking Tiger, 2015）是一本富有洞见的书，从印度人的视角观察阿富汗谋求现代化的重要时期，用风趣的笔调描述了阿米尔·阿曼努拉在此期间采取的现代化措施。阿里被卷入了1929年的叛乱，最终乘坐飞机从谢尔普尔机场撤离。

第三章 缺失

托马斯·巴菲尔德的《阿富汗的文化与政治历史》（*Afghanistan: A Cultural and Political History*）（Princeton: Princeton University Press, 2010）提供了珍贵的背景资料，助我

---

1 霍加，意为"先生"。

研究从苏联入侵阿富汗到纳吉布拉政府上台这段冲突的历史，以及后来的喀布尔内战，参见该书第 211—254 页。有关英阿战争时期的概述，请参阅杜普里的《喀布尔历史指南》，第 49—55 页。

当喀布尔落入"圣战者"之手后，纳吉布拉曾试图逃往印度，但最终被迫躲进联合国办事处避难。他挺过了内战，但 1996 年塔利班攻陷喀布尔时，他遭到了残酷的处决。

阿富汗司法工程是一个独立的非党派组织。其 2005 年发布的报告《荫翳笼罩：1978—2001 年战争罪和危害人类罪》(*Casting Shadows: War Crimes and Crimes against Humanity 1978—2001*) 可在 https://www.Opensocietyfoundations.org/publications/casting-shadows-warcrimes-and-crimes-against-humanity-1978-2001 上查阅。人权观察组织发布的报告《沾满鲜血的手：喀布尔暴行与逃罪免罚的遗留问题》(*Blood-Stained Hands: Past Atrocities in Kabul and Afghanistan's Legacy of Impunity*，2005) 聚焦于 1992 年 4 月至 1993 年 3 月喀布尔爆发的种种事件，查询网址：https://www.hrw.org/reports/2005/afghanistan0605/。

有关"特赦法"的探讨内容，参见萨里·库沃（Sari Kuovo）的文章《历经两年法律空白期后：初看审批通过的"特赦法"》(*After two years in legal limbo: a first glance at the approved "Amnesty law"*)，阿富汗分析师网，2010 年 2 月 22 日，https://www.Afghanistan-Analysts.org/After-two-years-in-legal-limbo-a-first-glance-at-the-approved-Amnesty-Law；另外还可参见 2010 年 3 月 10 日人权观察网上的"阿富汗：废除大赦法"('Afghanistan: repeal amnesty law', Human Rights Watch, 10 March 2010) 一文，网址为 https://www.hrw.org/news/2010/03/10/afghanistan-repealamnesty-law。

此外，为考察这一时期发生的事件与2001年后的阿富汗之间存在的联系，我参考了阿南德·戈帕尔（Anand Gopal）撰写的《没有人是无辜的：美国、塔利班和阿富汗人眼中的战争》（*No Good Men among the Living: America, the Taliban, and the War through Afghan Eyes*）（New York: Metropolitan，2014）。哈桑·卡卡尔（M. Hassan Kakar）的《阿富汗：1979—1982苏联入侵及阿富汗的反应》（*Afghanistan: The Soviet Invasion and the Afghan Response 1979–1982*）（Berkeley: University of California Press, 1995）生动地描述了针对共产主义政府的城市抗议活动，有关该内容的部分摘自作者的日记。

弗洛伦蒂娜·塞尔（Florentina Sale）的《阿富汗：一位不屈不挠的维多利亚时代女士讲述喀布尔大撤退》（*Afghanistan: An Indomitable Victorian Lady's Account of the Retreat from Kabul during the First Afghan War*）（Leonaur: 2009），以知情人士的视角叙述了1841至1842年间发生的重大事件。塞尔夫人于1843年出版了她的日记，书中记述了发生在喀布尔比马鲁山附近的战斗，令英军声名扫地的大撤退，以及她被扣为人质数月之久的坎坷经历。

第四章　移动的影像地图

民族音乐学家约翰·贝利（John Baily）探讨了RTA音乐档案的"保存"问题——这一叙述与阿富汗电影档案的叙述是类似的。"这是一个美好的故事，但肯定不是全部的真相。"他在《战争、流亡与阿富汗音乐：民族志学者的故事》（*War, Exile and the Music* of Afghanistan: The Ethnographer's Tale）(Abingdon: Routledge, 2017）第 153—154 页中总结道。

一些阿富汗电影制片人和艺术家反对将电影档案馆搬到阿富汗艺术中心,他们认为档案馆应该设在一个便民的专用中心。

2001 年之后的几年里,喀布尔似乎到处都是国际顾问。可即便是在 20 世纪 70 年代,"阿富汗的人均外国'专家'数量也堪称世界之最,与西方人和苏联人的数量大致相当"——泽维尔·德·普兰霍尔（Xavier de Planhol）在其文章《喀布尔（第二卷）：历史地理》(Kabul ii. Historical Geography）中这样写道,可参见网上伊朗百科全书,网址为 http://www.iranicaonline.org/articles/kabul-ii-historical-geography。

在喀布尔时,威廉·韦弗（William Weaver）翻译的伊塔洛·卡尔维诺（Italo Calvino）的作品《看不见的城市》(Invisible Cities）(New York: Harcourt Brace Jovanovich, 1974) 时常浮现在我的脑海中。

第五章　与精灵同行

在《喀布尔新"绿带"安全计划：为谁竖起保护墙》("The new Kabul 'Green Belt' security plan: more security for whom?")一文中,伊莲娜·别莉察（Jelena Bjelica）和凯特·克拉克（Kate Clark）探讨了"T 形防爆墙成为阿富汗平民的安全隐患"这一问题,消息源自阿富汗分析师网,2017 年 9 月 25 日,可参见网址 https://www.afghanistananalysts.org/the-new-kabul-green-belt-security-plan-moresecurity-for-whom。

安·琼斯的《致敬军人：伤兵如何从战场归来——不为人

知的故事》(They Were Soldiers: How the Wounded Return from America's Wars—The Untold Story)(Chicago: Haymarket, 2013)揭露了阿富汗战争对美国军队造成的影响。

第六章　面纱下的城市

据2012年阿富汗全国城市毒品使用调查，喀布尔占全国人口的13%，占城市总人口的一半以上。其中一部分是移民，他们为了躲避内战和饥荒，从国内其他地区移居至喀布尔。

国际安全援助部队介入阿富汗，及其之后的撤军阿富汗，对阿富汗经济的影响见诸下列文章，马蒂厄·艾金斯（Matthieu Aikins）的《喀布尔泡沫：阿富汗首都经济崩溃的倒计时》(Kabubble: counting down to economic collapse in the Afghan capital)，《哈珀杂志》，2013年2月（Harper's Magazine, February 2013），可参见网址 https://harpers.org/archive/2013/02/ kabubble；还有乔纳森·古德汉德（Jonathan Goodhand）的《备受争议的过渡：国际撤军与阿富汗的未来》(Contested Transitions: International Drawdown and the Future State in Afghanistan) 一书，挪威建设和平资源中心，2012年11月（NOREF, November 2012）。还可以参看《阿富汗日益严峻的人类危机及背后的经济灾难》(The economic disaster behind Afghanistan's mounting human crisis) 一文，国际危机组织网站，2016年10月3日（International Crisis Group, 3 October 2016），可参见网址 https://www.crisisgroup.org/asia/south-asia/afghanistan/economic-disaster-behind-afghanistan-s-mountinghuman-crisis。

此外，人类学家朱莉·毕劳德（Julie Billaud）撰写的《喀布尔狂欢节：战后阿富汗的性别政治》(Kabul Carnival: Gender

Politics in Postwar Afghanistan）（Philadelphia: University of Pennsylvania Press, 2015）一书，对2007年生活在喀布尔大学国立女子宿舍中年轻女性的声音倾注了心血。

阿富汗知识分子兼诗人赛义德·巴霍丁·马杰鲁（Sayd Bahadine Majrouh）的诗集《爱与战争之歌：阿富汗女性诗歌》（Songs of Love and War: Afghan Women's Poetry），由马约林·德·雅格（Marjolijn de Jager）翻译成英文（New York: Other Press, 2010），里面收录了阿富汗民间短蛇诗（landay）或称匿名"歌曲"。马杰鲁在序言中写道："这部通俗诗集的伟大独创性在于女性所展现出的积极主动性。在别的地方，女性是男性诗人的灵感源泉，但在这部诗集中，女性作为创作者，其地位凌驾于一切之上。'她'既是吟诗的人，又是诗中的风景，谱写无数诗篇。"[1] 1988年，马杰鲁在流亡白沙瓦期间被杀害。

第七章 重逢

结合多方来看，自2001年涌入阿富汗的国际援助资金只是昙花一现。托马斯·巴菲尔德（Thomas Barfield）在《阿富汗：文化与政治历史》（Afghanistan: A Cultural and Political History）中指出，其中很大一部分资金被"提供援助者本身的花费所吞噬"。2008年阿富汗救援协调机构估算出，自2001年以来向阿富汗提供的150亿美元重建资金中，"以公司利润和顾问工资的形式返回捐助国的资金比例达到了惊人的40%"。此外还有一种资金流出方式。2001年之后，先前流亡海外的阿富汗侨民打着参与国内重

---

[1] 源于译文。

建项目的旗号回国，实则是将重建资金收入了自己的口袋。"据阿富汗央行的估算数据，仅 2011 年一年，就有 46 亿美元现金通过合法途径，从喀布尔国际机场运离了阿富汗。"——马蒂厄·艾金斯在发表于 2013 年 2 月《哈珀杂志》的《喀布尔泡沫》(*Kabubble, Harper's Magazine,* February 2013）一文中如是说，具体可参见网址 https://harpers.org/archive/2013/02/Kabubble。

据《纽约时报》报道，2017 年时，美国驻喀布尔的大使馆雇员仍要乘坐直升机过马路。该消息出自罗德·诺德兰（Rod Nordland）的《美国扩大驻喀布尔安全区，为下个十年掘壕固守》一文，2017 年 9 月 16 日，网址为 https://www.Nytimes.com/2017/09/16/world/asia/kabul-green-zoneafghanistan.html。

如果要访问喀布尔新城的官方网站，可登录该网址：http://www.dcda.gov.af/。

乔里昂·莱斯利（Jolyon Leslie）的《流亡花园》(*The Garden of Exile*)（Ostfildern: Hatje Kantz, 2012）一书讲述的主题是失落的王国与孤独，主角是喀布尔最著名的难民——布哈拉王国末代的阿米尔。关于城中城和城外城的叙述，参见达伦·安德森的《虚构的城市》(*Imaginary Cities*)（London: Influx Press, 2015）一书。安娜·巴德肯（Anna Badkhen）在《世界是张地毯：阿富汗村庄的四季》(*The World Is a Carpet: Four Seasons in an Afghan Village*)（New York: Riverhead, 2013）一书中探究了在阿富汗时间的本质是什么。关于奇妙的旅程，请参阅加利布·拉赫纳维（Ghalib Lakhnavi）和阿卜杜拉·比尔格拉米（Abdullah Bilgrami）的《阿米尔·哈姆扎的奇遇：吉星遇合之王》(*The Adventures of Amir Hamza: Lord of the Auspicious Planetary Conjunction*)（New

York: Modern Library, 2007）一书，由穆沙拉夫·阿里·法鲁奇（Musharraf Ali Farooqi）译成英文。有一些女性绘制的隐秘空间之著作，如爱丽丝·阿尔比尼娅（Alice Albinia）的《印度河帝国》（*Empires of the Indus*）（London: Hodder & Stoughton, 2009）一书，也有萨拉·苏勒里（Sara Suleri）的《无肉的日子》（*Meatless Days*）（Chicago: University of Chicago Press, 1989）一书，还有伊斯马特·楚泰（Ismat Chughtai）的《被子和其他故事》（*The Quilt and Other Stories*）（London: Women's Press, 1991）一书。

远方译丛
（第一辑）

到马丘比丘右转：一步一步重新发现失落之城
〔美〕马克·亚当斯 著　范文豪 译

走过兴都库什山：深入阿富汗内陆
〔英〕埃里克·纽比 著　李越 译

彻悟：印度朝圣之旅
〔澳〕萨拉·麦克唐纳 著　向丽娟 译

行走的柠檬：意大利的柑橘园之旅
〔英〕海伦娜·阿特利 著　张洁 译

龙舌兰油：迷失墨西哥
〔英〕休·汤姆森 著　范文豪 译

巴基斯坦寻根之旅
〔英〕伊桑巴德·威尔金森 著　王凤梅 译　蓝琪 校

带上查理去旅行：重寻美国 （待出）
〔美〕约翰·斯坦贝克 著　栾奇 译

幸福地理学：寻找世界上最幸福的地方
〔美〕埃里克·韦纳 著　田亚曼　孙玮 译